重遇文學香港

陳國球　主編

商務印書館

重遇文學香港

主　　編：陳國球

責任編輯：曾卓然

封面設計：涂　慧

出　　版：商務印書館 (香港) 有限公司
　　　　　香港筲箕灣耀興道 3 號東滙廣場 8 樓
　　　　　http://www.commercialpress.com.hk

發　　行：香港聯合書刊物流有限公司
　　　　　香港新界大埔汀麗路 36 號中華商務印刷大廈 3 字樓

印　　刷：美雅印刷製本有限公司
　　　　　九龍觀塘榮業街 6 號海濱工業大廈 4 樓 A

版　　次：2018 年 3 月第 1 版第 1 次印刷
　　　　　© 2018 商務印書館 (香港) 有限公司
　　　　　ISBN 978 962 07 4562 1
　　　　　Printed in Hong Kong

香港的文學風景
——《重遇文學香港》序

陳國球

夫大塊噫氣，其名為風。泠風則小和，飄風則大和。景，光也，境也；光所在處，物皆有陰，所照處有境限也。於是，有風景。窺情風景之上，鑽貌草木之中；可以見物色，可以體文心。

多少年來，一隅之地的香港，只落在所不及照之陰影處。然而大塊噫氣，風尚有所轉移，意識有所更新；「文學香港」的景貌，終於進入日光映照境限之內。

這是《香港文學大系》編輯團隊的期盼。

《香港文學大系 1919-1949》十二卷於 2014 年至 2016 年陸續編成出版。這項工程之啟動以至完成，由計劃意念之形塑、資金的籌募、同道之招集響應、宗旨之商榷駁辯，各卷資料的鈎沉、爬梳、整合、分解、鎔裁，而至選文定編、修撰導論，再而與出版社責任編輯推敲封面題籤、排版插圖、校正訛誤，等等等等，都是一道一道的難關；我們也一步一步的闖過，有時少不免有點跟蹌。在《大系》第一輯全套出版以後，編委會再有檢討商量，認為《大系》的宗旨、觀點與體例，在〈總序〉與各卷〈導言〉都有所交代；然而

在漫長的旅程中，團隊成員嚐盡辛酸，思潮跌蕩，悲懷逸興畢俱，其間感遇，或者也值得一記。由是我們再請各卷主編，撰寫編後感言，並聲明篇幅不限，體例無拘，大可率意揮毫灑墨。同時，我們又約請關心《大系》的各方友好，為我們記下其初讀的反應；同樣不刻意講求格式，務求信心而出，信腕直寄。

　　從各位主編的編餘後話所見，香港的文學風景除了是天然景致之外，時局帶來的風雲變幻、個人目光如何聚落，更是其中關鍵樞紐。陳智德編新詩，就看到光所在處，物皆有陰：「而你醜陋的梅毒的島」、「我要向這卑污的土地，吐一口輕蔑的唾液！」意識到天邊有一抹「憎恨香港」的黑雲，「並不美好，卻是香港必需直面的真實情志傾向」。謝曉虹從被遺棄的文獻形如「菜乾」，看出搜尋的浪漫，看到「文學如此靜默，幾乎就像城市裏的草木一樣，它們低微地呼吸、與萬物互通訊息，悄悄地改變着我們腳下的土地」。黃仲鳴則由「垃圾」得到啟蒙，發現通俗面相的「山水畫」，看到文本中的「蒙太奇」、「大特寫」，生命活力自在其中。樊善標讀南來文人的散文，感觸的是他們在烽火之餘的心靈遊蕩：「窗外瀰漫着靜謐而芳香的夜」、「假使有一天地層變動，這島國變成流動，流到各處去」，這些「絮語」或許是戰火陰影下的「如果」、大時代的零餘。盧偉力在編輯過程中，見證「有一種美麗叫希望」，可以穿越時間，撲面而來，撩起他的創作衝動。黃念欣思考《大系》是否「太過『二十世紀』」？眾卷的觀景方法，究竟「是一場『遠讀』還是『細讀』？」她念中還有一種技藝，可以為我們展視層層疊疊的「文字雲」。林曼叔未必意會「遠讀」，但他的確有意「遠觀」；近在目前的

「漢奸文學」,他聲明「絕不視作香港文學範圍」;他望遠的確有所得,他注意到當時在香港的「馬華文學」論述——這是國族主義、離散寫作,與在地關連之思考的開端。霍玉英也在遠觀香港兒童文學,看到「兒童」光影背後自北而南的大政治,看到香港兒童文學流播到南洋,影與響既深且遠。程中山則多方思量《大系》所照處有境限,未及展示「從開埠至 1949 年間,舊體文學應是香港主流文學」,因而深感遺憾。至於編後感言中篇幅最長的一篇「閒話」,是危令敦在檢視點算補天的五色石所指向的「大憾」:《大系》的文學風景,本就經歷與「現代」同臨的地裂天崩;如何拾遺?如何補闕?班雅明如呵護戀人一樣去組織他的檔案與藏書、趙家璧如下和抱璞般保存新文學運動的資料、方修與張錦忠等細察「馬華」與「華馬」之孰是,以至無論是「懸浮於天地間」的空中之音還是作為「市聲」的香港英語寫作,盡是有待填補的裂口罅漏。陳智德編《大系》史料卷,也為歷史的斷裂、文化的「斷層」,憂心忡忡。陳國球的編餘箚記,模仿六一居士的「資閒談」,只能探照隅隙,談不上包括宇宙,總攬人物。

香港文學,或者好比《文心雕龍》所描繪:日月疊璧,垂麗天之象;山川煥綺,鋪理地之形。其間風景,在《香港文學大系》不完整的映照下,呈現出甚麼樣的物色?一葉且或迎意,蟲聲有足引心;本編所集的各方書評,是為初始卻極重要的感應。慨允為我們撰文的朋友,以本地的文化人居多;但來自境外的論家,也不在少數。這二十二篇文字迴響,有專論、有合論;從《大系》整體以至各卷,都有所瞻顧。有的從經驗上如何感覺香港說起,有的從地方

呈現的方式思考，有的斟酌歷史之補白填空的意義，有的比對同一文類之分卷取向的差異，有的砥礪切磋，有的匡正疏漏。讀法各有不同，取景角度也有不同的選擇；卻都能犀燃燭照，生發新義。

正如〈大系・總序〉所說：「我們不強求一致的觀點，但有共同的信念。我們不會假設各篇〈導言〉組成周密無漏的文學史敘述，所有選材拼合成一張無缺的文學版圖。我們相信虛心聆聽之後的堅持，更有力量；各種論見的交錯、覆疊，以至留白，更能抉發文學與文學史之間的『呈現』（representability）與『拒呈現』（non-representability）的幽微意義。我們期望這十二卷《香港文學大系1919-1949》能夠展示『香港文學』的繁富多姿。我們更盼望時間會證明，十二卷《大系》中的『香港文學』，並沒有遠離香港，而且繼續與這塊土地上生活的人對話。」現在我們再集錄各卷的編後感言以及四方朋友的讀後反應，正是所期待的對話之延伸；「文學香港」的存在，正有賴多方的參照，不斷的對話。時日推移，或許山河有異，總是風景不殊。

目　錄

一

風景背後

《新詩卷》編後記

陳智德　香港教育大學

　　大概 1993 年暑假，我從書店見到市政局公共圖書館的宣傳海報，得知文學月會的訊息，遂按時按址到大會堂圖書館，那是我第一次得見盧瑋鑾老師，聽她主講三十年代香港文學，她當時利用高映機投映膠片，向我們介紹劉火子、李育中、易椿年、李心若、鷗外鷗等人的新詩，我驚訝於 1930 年代，已有許多描述香港都市現象的作品，以現代派文學或寫實主義文學技巧呈現，前此我曾在舊書攤買得 1987 年出版的《八方文藝叢刊》第五輯，裏面有「重讀鷗外鷗」小輯，除了鷗外鷗新舊詩作，另有鍾玲〈論鷗外鷗的詩：《狹窄的研究》〉和梁北（也斯）〈鷗外鷗詩中的「陌生化」效果〉等評論文章，知道三十年代的香港有鷗外鷗，但未知更有劉火子、李育中、易椿年、李心若等詩人。

　　盧老師當時使用的投映膠片是從原刊影印出的，她雙手在高映機熾熱的玻璃台上謹慎地更換一張又一張投映膠片，娓娓介紹出劉火子〈最後列車〉、李育中〈都市的五月〉、易椿年〈普陀羅之歌〉等作品。投影出的文字有些不太清楚，她小心調校焦距，辨認個別

殘破字粒，講述出一段又一段早期香港文學的故事。我第一次知道五十年代以前的香港，更有如此豐富而遙遠的詩句，它們帶點神秘而且斑駁，教我腦際如同菲林感光，留下強光一般的記憶，大概可說是我的「早期香港新詩發現事件」。

盧老師當時已出版了《香港文縱：內地作家南來及其文化活動》一書，考掘也分析了早期香港新文學的發展，特別有關抗戰初期香港文藝界的分歧，論析最深刻，唯該書重點不在作品討論。及後，至1996年我再讀到當時新出的黃康顯所著《香港文學的發展與評價》一書，在「萌芽期香港的新詩」一節，他對劉火子、李育中、鷗外鷗等人的新詩另有不同的分析。從盧瑋鑾、黃康顯等著作和《八方文藝叢刊》提供的線索開始，我再找到當時在書店可以買到的侶倫《向水屋筆語》和鷗外鷗《鷗外鷗之詩》，努力想像那遙遠的早期香港新詩圖像。

《香港文學大系1919-1949・新詩卷》的工作差不多於2011年正式開始，我據目前已知線索，重新檢閱早期報刊和詩集單行本資料，香港新詩在最早階段，即二、三十年代間，較能確知作者身份而且作品水準比較穩定的，應是《伴侶》、《島上》、《鐵馬》、《今日詩歌》、《紅豆》等刊物上的作品，但我再細讀1924至1925年出版的《小說星期刊》，內容雖以舊體文學為主，1925年出現的若干新詩作品，大部分是以「補白」的形式刊出，而作者L.Y、許夢留、陳關暢、余夢蝶、陳俳柘等，俱未能查知確切身份，《小說星期刊》在香港出版，作者則包括省港兩地文人，不過L.Y在《小說星期刊》第十四期發表白話散文〈夜行堅道中迷途〉，文中提到從香港半山

往下望，見到海灣、電燈和屋宇，從而可推斷作者 L.Y 至少曾居於香港。許夢留則在《小說星期刊》第二年第一期發表的〈新詩的地位〉一文，提及作者本身是粵籍人士，他在文中論及 1920 至 1923 年間出版的胡適、康白情、俞平伯、冰心、徐玉諾、劉大白和郭沫若等人的詩集，策略性地指出新詩在文學變革中的地位而沒有否定舊詩的價值，正針對也回應當時香港文壇新舊並置的處境，正如《小說星期刊》雖以舊體文學為主，但也刊出了 L.Y、許夢留、陳關暢、余夢蝶、陳俳柘等帶有早期五四白話新詩風格的試作。我編《香港文學大系 1919-1949‧新詩卷》時考慮到《小說星期刊》在香港新詩中的前驅位置，故選入 L.Y 和許夢留的詩作。

1920 年代中後期，香港作者在多種報刊發表創作，思考新詩的寫作，另一方面也由於香港本身與廣州、上海等地頻繁的貿易連繫，可以很快讀到來自廣州和上海等地的報刊，這種閱讀以至寫作上的便利和自由，對 1927 年以後，政治風潮湧動的時代來說十分重要，概括來說，香港透過廣州（包括文學書刊的輸入和「大革命失敗」後逃避廣州政府追捕的作家）引進了左翼革命和文化思潮，也透過上海（包括《現代》、《今代文藝》、《新詩》等現代派文學刊物）引進摩登的現代派文學風尚，這兩種思潮都促進三十年代的香港新詩發展，我們在香港出版的《今日詩歌》、《紅豆》、《南華日報》、《大眾日報》等報刊，不難發現相關的討論和創作。

三、四十年代可說是早期香港新詩的全盛期，劉火子、李育中、鷗外鷗、易椿年、柳木下等寫出了成熟作品，鷗外鷗的〈禮拜日〉表面上以禮拜堂為焦點，實質上是指向都市背後觀念層次上的

思考。李育中〈維多利亞市北角〉一詩透過觀察的角度表達對都市的態度，鷗外鷗和李育中都以現代派詩歌對都市不太負面或至少是中性的描述態度來寫香港，如果可以從「香港都市描述史」的角度理解，鷗外鷗〈禮拜日〉和李育中〈維多利亞市北角〉等作品的意義可説是劃時代的。陳殘雲〈海濱散曲〉和〈都會流行症〉二詩則代表比較接近左翼詩歌對都市持批判和負面描述的態度，更可以連繫到戰後初期黃雨〈蕭頓球場的黃昏〉、〈上海街〉、沙鷗〈菜場〉等詩對都市的否定，都不單純是否定都市外觀或基於現實層次上的不滿，而是更從意識形態上否定都市背後所代表的資本主義文明和殖民地政治。由此見出，三四十年代的香港新詩，有現代派風格，也有寫實主義取向，對都市的描述有認同、反諷，也有批判，無論從學習、閱讀或研究的層次，這些詩歌都有許多解讀和論述上的空間。

　　早期香港新詩風格和意識傾向的多面性，也是我透過編選《香港文學大系 1919-1949・新詩卷》時嘗試帶出的，由此，我們不太能夠簡單地概括出早期香港新詩的面貌，難以簡單地説它就是如何如何。早期香港新詩，特別是抗戰時期以至戰後一段期間，由於不少作者肩負着特定的主題反映任務，他們留下的作品，其實也和抗戰時期不少中國內地作品一樣，離開特定的時代脈絡背景之後，缺少文學可讀性，而當中真能在文學上有所超越的作品也不多，這是特定時代任務下作品的固有局限，但我們也不妨以時代記錄的角度閱讀，看早期香港新詩對城市和人們的情志留下甚麼印記，例如李育中〈維多利亞市北角〉一詩如何記述北角的開拓，徐遲〈大平洋序詩——動員起來，香港！〉和淵魚〈保衛這寶石！〉如何在日軍

首次空襲香港後，分別以激情和寫實的筆法記述空襲下之所見；劉火子〈都市的午景〉和袁水拍〈梯形的石屎山街〉、〈後街〉皆從低下層市民或勞工者的角度記述都市居住空間，鷗外鷗〈狹窄的研究〉所寫的「標貼着 To Let 的招子不超過一小時。／永久的只有銀行的地址！」更是對香港都市空間有力而具超越性的概括。亮暉〈難民營風景〉記述抗戰爆發後香港政府在新界設難民營收容內地人民的情況，羅玄囿〈端陽節〉、〈生命沒有花開〉表達日治時期作家的壓抑心境，盧璟〈新墟呵，新墟〉從一所雜貨店（士多）角度，記述戰後新界屯門新墟的生活狀況，留下相當罕見的描述。

黃雨〈蕭頓球場的黃昏〉記述灣仔修頓球場夜市小販的叫賣，也發出呼籲他們離港北上的暗示。黃雨在〈給露宿者〉、〈走出夜街〉、〈上海街〉等作品中，也極力刻畫香港都市的黑暗一面，他在〈給露宿者〉一詩質問當時都市現象的奇怪因果：「是誰迫你們到這地獄裏來／可是，你們也知道嗎／迫人流亡的人快要流亡了」，最後仍以「走出」「回去」「去奪回那失掉了的田園家屋」作為真正出路。符公望〈黃腫腳〉、沙鷗〈菜場〉、金帆〈夜行人〉等詩，對香港的描述同樣負面甚至絕望，如金帆〈夜行人〉發出的咀咒：「我要向這卑污的土地，／吐一口輕蔑的唾液！」讓我想起陳殘雲寫於 1941 年的〈海濱散曲〉，也有類近的咀咒：「吐一口憎恨的唾沫」「而你醜陋的充滿梅毒的島／你島上的不要臉的狗」，我們從不同時期香港新詩見出可稱為一種「憎恨香港」的書寫：不同詩人以「地獄」「卑污」「充滿梅毒的島」來形容香港，共同對香港報以「吐一口輕蔑的唾液！」「吐一口憎恨的唾沫」，這種「憎恨香港」書寫，竟從戰前延

續至戰後，黃雨、盧璟、符公望、沙鷗、金帆等諸位作家留下更多戰後香港社會的負面印象，並不美好，卻是一種香港必須直面的真實情志傾向。

以上作品是詩歌，卻也由於其寫實的取向，留下大量真實記錄，可說在正式的歷史記錄以外，留下了「詩史」式的歷史記載，而另一方面，更因為它們是詩歌，因而表達歷史處境中的情志，留下不同時期的人們生活掙扎的記錄，有時，作者也在記述和表達以外，作出具傾向性的引申和暗示，提出他們對當下時代處境的看法，視之為困頓中的出路，並期望對當時讀者有所啟發。這些作品，其文學可讀性或許不高，但如果我們可以從時代記錄，以至從「詩史」的角度閱讀，《香港文學大系 1919-1949・新詩卷》所整理、編選出的作品，關乎早期都市現象的理念引申，也關乎抗戰與不同文化思潮的思索，包括不同時期在港詩人的經驗和他們所塑造的框架，當中有觀察，有發現，也有憎恨、掙扎和具特定意識形態傾向的提供出路的暗示，1950 年代以前的香港新詩，不單見證「香港文學」發展階段中的重要歷程，也是我們理解「香港」的其中一種被忽略的關鍵。

最後，正如我在〈香港文學大系 1919-1949・新詩卷・導言〉所說，整理香港文學，編纂香港文學大系的意義關乎香港本土，亦超乎香港本土，我期待它終將發揮更廣闊的作用。

二〇一七年二月

如果遠方沒有戰爭——《散文卷一》編後感

樊善標　香港中文大學

1

張愛玲在〈燼餘錄〉的開篇說，「我與香港之間已經隔有相當的距離了 —— 幾千里路，兩年，新的事，新的人。戰時香港所見所聞，唯其因為它對於我有切身的，劇烈的影響，當時我是無從說起的。現在呢，定下心來了，至少提到的時候不至於語無倫次。然而香港之戰予我的印象幾乎全限於一些不相干的事」。[1] 這是指 1941 年 12 月的香港淪陷之戰。脫困返回上海之後，張愛玲開始她輝煌的創作生命，〈燼餘錄〉即寫於這一時期。《散文卷一》出版至今，也已兩年，重讀一遍，要說的話能否「不至於語無倫次」尚未可知，但戰火的光影仍是掩映不已 —— 從民初列強侵華到 1930 年代抗日建國，到第二次世界大戰……

1　張愛玲：《流言》（台北：皇冠出版社，1976 年），頁 41。

「如果遠方有戰爭，我應該掩耳／或是該坐起來，慚愧地傾聽？」余光中問。[2] 如果這遠方和我們有某種情感或道德的連繫，慚愧地傾聽未足以盡其心意或責任，如果戰火燃燒過來，掩耳不聞無濟於事，那還可以怎樣？

1934 年，錢穆回想亂世中撰述的艱難：「余之著書，自譬如草間之麛兔，獵人與犬，方馳騁其左右前後，彼無可為計，則藏首草際自慰。余書，亦余藏頭之茂草也。如此為書，固宜勿精。」[3] 證諸錢氏畢生著述宗旨及興學功績，顯然並非遺世之人，但在當日，藏首自慰的抉擇，自己和他人都可完全無疑？

學術研究畢竟還有相對客觀的是非標準，評價文學創作的高下，判斷某一作品是否算是文學，不僅是評論者的鑑賞品味問題，更基本的是文學何為的信念：言志、載道、興觀羣怨，或源自近世西洋的為藝術而藝術……？文學何為當然又與寫甚麼、怎樣寫、如何期待讀者的反應等等相關。從歷史可見，紛繁的主張沒一種能夠長期稱尊，輪流當道的思潮不斷試圖指引創作的方向，重評再釋既有的作品。英國學者 Terry Eagleton 在他的名著《文學理論導讀》裏設想一個極端的情景：如果社會經歷了足夠深刻的變化，莎士比亞的戲劇有可能令讀者感到充滿「狹隘或不相干的思維方式和感情」，

2　余光中：〈如果遠方有戰爭〉，《在冷戰的年代》（台北：純文學出版社，1969 年），頁 40。

3　錢穆：〈跋〉，《先秦諸子繫年》，《錢賓四先生全集》第五冊（台北：聯經出版事業公司，1998 年），頁 701。

而沒有任何啟發。[4] 這是因為 Eagleton 認定,「體現某特定社會階級視為文學的價值和『品味』,這種寫作就是文學」,[5] 即使是莎士比亞,也不能「體現」一切社會階級的價值。這或許是正確的,但在真正「深刻」的變化發生之前,特定階級未能壟斷整個社會的意識形態,各種對「文學」的界線或內涵的想法還有商榷爭持的餘地。

新文學的四個主要文類中,只有散文兼具實用的職能。所謂「文學散文」,有時是指寫作水平,有時則指寫作目的或規範。雖然不少古代文人得到詩文兼擅的美稱,但白話散文給視作文學的一個類目,並非自始即然。胡適寫於 1922 年的〈五十年來中國之文學〉說:「活文學自然要在白話作品裏去找。這五十年的白話作品,差不多全是小說。直到近五年內,方才有他類的白話作品出現。」[6] 文末總結五年來 —— 即「文學革命運動」後 —— 的白話文學成績,按文類分為四點敘述:白話詩、短篇小說、白話散文、戲劇與長篇小說。其中,「白話散文很進步了。長篇議論文的進步,那是顯然易見的,可以不論。這幾年來,散文方面最可注意的發展乃是周作人等提倡的『小品散文』。這一類的小品,用平淡的談話,包藏着深刻的意味;有時很像笨拙,其實卻是滑稽。這一類的作品的成功,

---

4　Terry Eagleton 著,吳新發譯:《文學理論導讀》(台北:書林出版有限公司,1995 年 12 月三刷〔訂正〕),頁 25。

5　同上注,頁 31。

6　沈寂編:《胡適學術文集‧新文學運動》(北京:中華書局,1993 年),頁 134。編者注:「本文作於 1922 年 3 月 3 日,原載 1923 年 2 月《申報》五十周年紀念刊《最近之五十年》。」同上書,頁 94。

就可以徹底打破那『美文不能用白話』的迷信了」。[7] 在胡適的設想裏，長篇議論文和「小品散文」都屬於文學散文，但更重要的是後者。根據他的文學發展藍圖，新文學和傳統文學是斷裂的，那麼作為文學文類的散文，也需要由尋求共識開始。

「小品散文」——周作人稱之為「美文」[8]——仿自英法的 informal essay。日本英國文學教授廚川白村的描述令人神往：

> 如果是冬天，便坐在暖爐旁邊的安樂椅子上，倘在夏天，則披浴衣，啜苦茗，隨隨便便，和好友任心閒話，將這些話照樣地移在紙上的東西，就是 essay。興之所至，也說些以不至於頭痛為度的道理罷。也有冷嘲，也有警句罷，既有 humor（滑稽），也有 pathos（感憤）。所談的題目，天下國家的大事不待言，還有市井的瑣事，書籍的批評，相識者的消息，以及自己的過去的追懷，想到甚麼就縱談甚麼，而托於即興之筆者，是這一類的文章。[9]

三〇年代初林語堂在上海創辦《論語》雜誌，鼓吹幽默的小品文，蔚成風氣。「幽默」雖然是林語堂始創的音譯，但胡適形容周作人的「笨拙」、「滑稽」，其實正是幽默。林語堂又將幽默連上晚明的

7　沈寂編：《胡適學術文集‧新文學運動》（北京：中華書局，1993 年），頁 160。

8　周作人：〈美文〉，《談虎集》（止庵校訂，石家莊：河北教育出版社，2002 年），頁 29-30。原載北京《晨報‧副刊》1921 年 6 月 8 日。

9　廚川白村著，魯迅譯：〈Essay〉，《出了象牙之塔》（上海：北新書局，1935 年 9月四版），頁 7。據《魯迅全集》（北京：人民文學出版社，2005 年）第十卷《譯文序跋集》，魯迅《出了象牙之塔》後記》編者注，此書「魯迅譯於 1924 年至 1925 年之交」，頁 272。

性靈説，「欲由性靈之解脱，由道理之參透，而求得幽默」，[10] 並認為「周作人先生小品之成功，即得力於明末小品」。[11] 可見白話散文藉「小品」式的寫法取得「文學」戶籍，是二、三〇年代周作人和林語堂 —— 當然還有其他人 —— 接力推動的結果。

　　上引廚川白村的譯文出自魯迅之手，但魯迅不一定欣賞那種 essay，尤其到了小品文大行其道的時候，魯迅對提倡閒適、幽默的人更是一再譏嘲，如他的名言「生存的小品文，必須是匕首，是投槍」，就是針對林語堂而發。[12] 魯迅早年在北京《新青年》「隨感錄」發表短評，移居上海後，以撰寫雜文維持生計，對於這些文章算不算文學，曾有所游移。有人認為他如要愛惜文學家的聲譽，就不該寫短評，魯迅回應說，「我以為如果藝術之宮裏有這麼麻煩的禁令，倒不如不進去」。[13] 但後來瞿秋白化名何凝編成《魯迅雜感選集》，在〈序言〉裏宣佈，「雜感這種文體，將要因為魯迅而變成文藝性的論文（阜利通 —— feuilleton）的代名詞。自然，這不能夠代替創作，然而牠的特點是更直接的更迅速的反應社會上的日常事變」。[14] 當時所謂創作，是指新詩、小説、戲劇，而散文不包括在內，所以

10　林語堂：〈論文〉下篇之三〈文章孕育〉，上海《論語》半月刊第 28 期（1933 年 11 月 1 日），頁 172。

11　林語堂：〈論文〉下篇之四〈會心之頃〉，同上注。

12　魯迅：〈小品文的危機〉，《魯迅全集》卷四《南腔北調集》，頁 592。原載上海《現代》第 3 卷第 6 期（1933 年 10 月 1 日）。

13　〈題記〉，《魯迅全集》第三卷《華蓋集》（北京：人民文學出版社，2005 年），頁 4。原載北京《莽原》半月刊第 2 期（1926 年 1 月 25 日）。

14　何凝（瞿秋白）：〈魯迅雜感選集序言〉，《魯迅雜感選集》（上海：青光書局，1933 年），頁 2。文末署 1933 年 4 月 8 日。

這還只是有限度地提升雜感的地位罷了。魯迅雜感何以具有「文藝性」？瞿秋白說：

> 　　現在的讀者往往以為《華蓋集正續編》裏的雜感，不過是攻擊個人的文章，或者有些青年已經不大知道「陳西瀅」等類人物的履歷，所以不覺得很大的興趣。其實，不但「陳西瀅」，就是「章士釗（孤桐）」等類的姓名，在魯迅雜感裏，簡直可以當做普通名詞讀，就是認做社會上的某種典型。[15]

用意是把文章裏的具體人名看成超乎個別的文學形象，於是在雜感裏攻擊某人可詮釋為痛斥某種現象，就像小說從特定的人和事出發而指向普遍意義。魯迅似乎頗為同意瞿秋白的說法，乃有「我的壞處，是在論時事不留面子，砭錮弊常取類型」的自剖。[16]「壞處」當然不是真的壞處。[17] 及至馮雪峰〈魯迅與中國民族及文學的魯迅主義——1937 年 10 月 19 日在上海魯迅逝世周年紀念會上的講話〉

15　何凝（瞿秋白）：〈魯迅雜感選集序言〉，《魯迅雜感選集》（上海：青光書局，1933 年），頁 12。

16　魯迅：〈前記〉，《魯迅全集》第五卷《偽自由書》，頁 4。文末署 1933 年 7 月 19 夜。

17　馮雪峰：〈關於魯迅在文學上的地位——1936 年 7 月給捷克譯者寫的幾句話〉「附記」引魯迅語：「作這種評價的還只有何凝一個人！同時，看出我攻擊章士釗和陳源一類人，是將他們作為社會上的一種典型的一點來的，也還只有何凝一個人！我實在不大佩服一些所謂的前進的批評家，他們是眼睛不看社會的，以為終是魯迅愛罵人，我在戰場上和人鬥，他們就在背後冷笑……」馮雪峰《馮雪峰憶魯迅》（石家莊：河北教育出版社，2001 年），頁 124。可見魯迅同意瞿秋白的論述。但須注意，這是馮雪峰憶魯迅的複述。

更認為「魯迅先生獨創了將詩和政論凝結於一起的『雜感』這尖銳的政論性的文藝形式。這是匕首，這是投槍，然而又是獨特形式的詩！」[18] 藝術評價更高，而且匕首、投槍的用語正呼應魯迅〈小品文的危機〉。但魯迅雜文裏的專名，全都可以視作類型嗎？

　　為了抗衡幽默、閒適的小品文，以及這種文學風格所代表的右翼、自由主義、個人主義政治及文化立場，左翼文人另行建構雜文的文學價值。他們以批判精神作為雜文文學價值的核心，但一旦時世改易，批判鋒芒需要收斂，這些雜文的文學性將何所附麗？三〇年代中後期左翼文人之間曾有過魯迅雜文是否過時的爭論。鷹隼（錢杏邨）詢問：

> 「如果魯迅不死，他是不是依舊寫着這樣的雜文，還是跟着抗戰的進展而開拓了新的路？」
>
> 　　我的答覆是屬於後者的。
>
> 　　我想魯迅的雜文，決不會再像過去禁例森嚴時期所寫的那樣紆迴曲折，情緒上，也將充滿着勝利的歡喜。[19]

幾年後毛澤東在中共當時的根據地延安一錘定音：

> 把雜文和魯迅筆法僅僅當作諷刺來說，這個意見也只有對於

18　馮雪峰：《馮雪峰憶魯迅》（石家莊：河北教育出版社，2001年），頁132。

19　鷹隼（錢杏邨）〈守成與發展〉，中國社會科學院文學研究室編《1913–1983魯迅研究學術論著資料彙編》第二卷（北京：中國文聯出版公司，1986年），頁971。原載上海《譯報‧大家談》，1938年10月19日。

<u>人民的敵人才是對的。</u>魯迅處在黑暗勢力統治下面，沒有言論自由，故以冷嘲熱諷的雜文形式作戰，魯迅是完全正確的。我們也需要尖銳地嘲笑法西斯主義和中國的反動派，但在給革命文藝家以充分民主自由，僅僅不給反革命特務分子以民主自由的陝甘寧邊區及各敵後的抗日根據地，雜文形式就不應該和魯迅一樣，可以大聲疾呼，不要隱晦曲折，使人民大眾不能看懂。如果不是對於人民的敵人，而是對於人民自己，那末，「雜文時代」的魯迅，也不曾嘲笑和攻擊過革命人民和革命政黨，雜文的筆法也和對於敵人的完全兩樣。…… 我們並不一般廢除諷刺，但必須廢除諷刺的亂用。[20]

其實肯定魯迅雜文的文學性，還有另一種辦法。不屬於左翼陣營的郁達夫說，「魯迅的文體簡煉得像一把匕首，能以寸鐵殺人，一刀見血。重要之點，抓住了之後，只消三言兩語就可以把主題道破——這是魯迅作文的秘訣」。[21] 李長之也認定「雜感是他〔魯迅〕在文字技巧上最顯本領的所在」，又說「他的雜感文的長處，是在常有所激動，思想常快而有趣，比喻每隨手即來，話往往比常人深

20　毛澤東：〈在延安文藝座談會上的講話〉，《毛澤東集》（香港：近代史料供應社，1975 年）第八卷，頁 142。座談會在 1942 年 5 月舉行。本書以初出或較早的文章版本為底本，注明與其他通行版本的文字差異。此文所用的底本出自 1944 年版《毛澤東選集》卷五，有底線的句子在 1951 年後的《毛澤東選集》中給刪去，整段話的意思沒有改變，但有此兩句更清楚地表示毛澤東對魯迅筆法並不完全贊同。

21　郁達夫：〈導言〉，《中國新文學大系・散文二集》（上海：良友圖書印刷公司，1935 年），頁 14。

一層，又多是因小見大，隨路攻擊，加之以清晰的記憶，寂寞的哀感，濃烈的熱情，所以文章就越發可愛了」，不過，「有時他的雜感文卻也失敗，其原故之一，就是因為他執筆於情感太盛之際，遂一無含蓄，……太生氣了，便破壞了文字的美」。[22] 可是類似的文體，如果改用來「道破」評論者不認同的主題，還能得到正面評價嗎？尤其是在評論者所認定的危機逼近時。

但樂觀地看，危機總會過去，在並非生死攸關的時候，平心考察各種我們未必贊同的主張，不遽然禁止，也不暗中掩埋，才算是尊重知識的最低限度吧。是以《散文卷一》〈導言〉提出，「不宜限定只有採用某些表達手法、追求某些效果，才算文學性的散文，而不妨以未必前後一致的標準來嘗試測繪文學散文的界線」。[23]

2

自小在香港受英式教育的「番書仔」无夢，五四運動前後遠赴北京大學攻讀，深深體會到「言語不同，風俗不同」的文化差異，也見識了胡適之、辜鴻銘等「出露風頭」的新舊人物。十多年後，辜氏已逝，胡氏變作紳士，當年有朝氣的學生當了官僚政客，守舊的同學則向左轉。作者感慨繫之，卻不想指摘他們，因為明白「出

22　李長之：〈魯迅之雜感文〉，《魯迅批判》（上海：北新書局，1936 年），頁 128、165。文末署「二十四年九月七日下午八時一刻」，即完稿於 1935 年。

23　樊善標主編：《香港文學大系 1919-1949‧散文卷一》（香港：商務印書館，2014 年），頁 53。（以下簡稱《散文卷一》。）

風頭的投機，許多意志薄弱的青年都是一樣」。[24] 相比之下，外來者對香港的批評就強烈多了，如適夷說，「想着必須和這班消磨着、霉爛着的人們生活在一起，人便會憂鬱起來」，[25] 又如樓棲說，「祖國在抗戰，香港的僑胞卻在火山上跳舞」。[26]

　　抗戰顯然是一大原因。1937 年 7 月中國政府宣佈抗日，但戰況失利，上海、南京等大城市相繼陷落，戰區和淪陷區人口大批南遷。其時英國採取中立，香港在英治下暫保安全，正是內地災民性命財產托庇之所，也是抗敵宣傳、地下活動的好地方 —— 日本以及其他國家當然也不會放過利用這一空間。無論是逃難者或抗日者，冀盼早日勝利還鄉是人之常情，他們期望於香港的是同讎敵愾和克難精神，這對從未捲入戰事的香港居民，是否要求過高？

　　從這一角度看，同樣是南來文化人的薩空了就顯得別樹一幟了。薩空了原是上海著名報紙《立報》的總編輯兼經理，1937 年 11 月初，上海陷落，月底《立報》停刊，翌年 4 月《立報》在香港復刊，薩空了任發行人，並主編「小茶館」副刊。薩空了在「小茶館」以筆名了了發表評論，最為人知的是〈建立新文化中心〉一文，尤其是他的預言：「只要加上『人力』〔引者案：指相對於地理環境的

24　无夢：〈北大回憶〉，《散文卷一》，頁 145-146。原載香港《香港工商日報·市聲》，1934 年 5 月 1 日。

25　適夷：〈香港的憂鬱〉，《散文卷一》，頁 298。原載香港《星島日報·星座》，1938 年 11 月 17 日。

26　樓棲：〈教育的苦悶〉，《散文卷一》，頁 313。原載香港《大公報·學生界》，1939 年 9 月 14 日。

因素〕，今後中國文化的中心，至少將有一個時期要屬香港」。[27] 這篇短文更值得留意的是上海來客的自省：

> 由文化中心，逃難來香港的人帶給香港的只是揮金如土一類的豪舉，上海是文化中心的憧憬，如此實現〔現實〕的證例已漸在港人心上破碎了。[28]

能設身處地才有以自省。薩空了的評論顯示他不僅關心全國大事，也留意當地問題，如〈關於保育兒童〉呼籲設立救濟流浪兒童的公育機關，[29]〈由練習簿說起〉引用上海經驗提出解決香港購買教科書困難的建議，[30] 竟像近年香港政治人物常說的「民生無小事」。他又「主張留在香港的知識分子現在應好好在文化事業方面努力。這種努力當然要如曲君〔引者案：一位來信《立報》的讀者〕所說的由外來人的先事團結，並和本地人聯絡為基礎」。[31] 這些言論固然不表示薩空了萌生出日後意義的香港「本土認同」，但也不見得純屬短期利用的策略。

27　了了：〈建立新文化中心〉，《散文卷一》頁 232。原載香港《立報·小茶館》，1938 年 4 月 2 日。

28　同上注。

29　了了：〈關於保育兒童〉，《散文卷一》頁 233-235。原載香港《立報·小茶館》，1938 年 4 月 6 日。

30　了了：〈由練習簿說起〉，《散文卷一》頁 236-237。原載香港《立報·小茶館》，1938 年 9 月 12 日。

31　了了：〈作點有益的事情〉，《散文卷一》頁 236。原載《立報·小茶館》，1938 年 5 月 2 日。

不久薩空了離港到新疆去，1941 年 9 月重返，負責籌辦中國民主政團同盟的機關刊物《光明報》，旋即遇上香港淪陷之戰，至翌年 1 月下旬才偷渡離開，又一年後把那個多月裏親歷的事用日記形式寫出來。香港文學史研究者小思回憶她初讀這本《香港淪陷日記》時驚訝不已：

> 只見他〔引者案：指薩空了〕輕易用「偷渡」方式在港九兩岸走來走去。烽煙四起，他可以由上環走到跑馬地、從西營盤行去中環香港大酒店去見許多報界、文化人，甚至與英國情報部負責人聯絡。又促成英國高官擺佈的梁漱溟與華人代表羅旭龢見面談戰況⋯⋯淪陷期間，日軍滿街之際，他還是通街跑，很容易找到錢去解決用錢可以解決的困難。好像極易找到給梁漱溟及自己棲身之所。又可請爛仔做些犯日軍禁的事。一切太神奇，與其說是紀實日記，不如說是極之複雜的間諜故事。[32]

薩空了顯然身負某種政治任務，但在他的日記裏卻又隨處可見迥異於政治人物刻板形象的細節，例如在緊張的時局下，他抽空讀《小婦人》，深受感動，認為這本書「一定曾給許多家庭增加過幸福，為父母子女姊妹兄弟者，讀了這本書，大約很少能不油然生出互諒互愛的心」。於是他想到當前的中國也需要一部小說，「寫三十年來，

32　小思：〈重讀薩空了《香港淪陷日記》〉，《香港淪陷日記》（香港：三聯書店〔香港〕有限公司，2015 年），頁 xii-xiii。寫作此書的經過參薩空了〈序〉，同上書，頁 xxi-xxiv。《香港淪陷日記》最早在 1946 年由進修出版教育社出版，出版地似乎是香港。

中國在革命過程中人與物的損失，希望以這種損失之慘痛，喚起在政治上的工作者，懂得如何互愛互諒，今後共同為建設新中國而努力」。[33] 這段話與魯迅的名言「其實革命是並非教人死而是教人活的」，正宜相參。[34] 薩空了接着說，「如果在香港是一個長困的局面，自己很想嘗試一下這個工作」。[35] 可惜情勢激變，三個星期後他就離開了，終究沒有寫出這樣的一部小說。

與薩空了想法相似的人應該還是有的，但後來膾炙人口的是像這種一分為二的判斷：

> 香港文化，在好的方面說，是將來世界新文化的雛型，是兼有着火藥、美女、富翁成分的社會生活所形成的。在壞的方面說，牠是駝鳥文化，和六朝的佛學、明代文藝的抄襲。
>
> 中國文化的健全，牠的不拔的基礎是抗戰。牠將是中國的而又是世界的，是世界的而依然是中國的。[36]

在這些人看來，沒有全心全意投入抗戰，是香港的原罪。文學作品即使寫到戰爭，如果僅僅是作者個人傷感的回憶，「絲毫沒有打算到這些文章對於抗戰有甚麼作用，大體可說是『無關抗戰之文』」，

33　1942 年 1 月 4 日的日記，《香港淪陷日記》（香港：三聯書店〔香港〕有限公司，2015 年），頁 148。

34　魯迅：〈上海文藝之一瞥〉，《魯迅全集》卷四《二心集》，頁 304，原載上海《文藝新聞》第 20 期（1931 年 7 月 27 日）及 21 期（1931 年 8 月 3 日）。

35　薩空了：《香港淪陷日記》，頁 148。

36　文方：〈香港文化〉，《散文卷一》，頁 384-385。原載香港《國民日報‧新壘》1941 年 8 月 21 日。

至於「常被譏為『抗戰八股』」的文藝，最終「好的一面是屬於它的」。[37]

3

思平的〈香港山水一瞥〉題目平平無奇，意旨卻不容易一瞥而知。作者一方面把維多利亞港比作法國的麗芒湖（Lac Léman，今譯萊芒湖，又名日內瓦湖），把港城夜景擬為東方的那不勒斯（Naple，今譯那坡里），極力渲染香港島的「南歐色彩」；另一方面輕蔑這是「一個普通的商業城市而已」，「趕不上上海高度的繁華」，而且「中西書籍之貧乏，廟宇香火之鼎盛，這絕妙的照下，就知道有無文化可言了」。[38] 如果以為這是營造此地外表和內涵的反差，諷刺居人的鄙俚，但篇幅最長的一段卻是作者到青年會泳場享用茶點，看海聽浪，消暑散心，感到「一切令人神往」。[39] 更明顯的前後不一致，是前面才批評過「香港是個不甚摩登的地方」，後文卻「驚嘆英國人經營的毅力」，「東區的新填地，十年前還是一片滄海，如今已建築好無數樓宇，完整非常了」。[40] 再細心一看，文中用來比擬香港島的，除了法國、那不勒斯，還有蒙地加羅（Monte-Carlo，今

37　友秋：〈島上談文〉，《散文卷一》，頁 306。原載香港《立報・言林》1939 年 2 月 8 日。

38　思平：〈香港山水一瞥〉，《散文卷一》，頁 188-189。原載香港《紅豆》第四卷第三期（1936 年 4 月 15 日）。

39　同上注，頁 190。

40　同上注，頁 190-191。

譯蒙地卡羅）、挪威、瑞士，[41] 這些地方其實只有那不勒斯在南歐。本文速寫港島各處，抒發一瞬間的印象，前後理路不大連貫，誠然是礙眼的瑕疵，但與主題先行的作品相比，未必更為遜色。文末描寫山城夜景的妙喻尤其有趣：

> 像一羣金色的蜂鑽進蜂房，像一件滿鑲珍珠的寶冠，它是一種令人心花怒放的奇觀！假使有一天地層變動，這島國變成流動，流到各處去，將舉世若狂罷。[42]

彷彿一種強大的力量，還未釋放出來已斷斷續續地干擾作者的理智。這未必是有意為之，但無心插柳卻使得願意想入非非的讀者得到某種閱讀的樂趣。

有時作者的用心明確得多。西夷在三〇年代後期的《大公報》「文藝」副刊寫了多篇英美小說的書介，如 D. H. Lawrence 的 *The White Peacock*、*Sons and Lovers*，Hugh Walpole 的 *Mr. Perrin and Mr. Trail*，最有趣是〈老婦譚〉。[43] 與其他各篇類似，此文主要是概述原書（Arnold Bennett 的 *The Old Wives' Tale*）情節，並略加評論，但文末介紹中譯的情況，信筆開了吳宓的玩笑：

41　思平：〈香港山水一瞥〉，《散文卷一》，頁 188-189。原載香港《紅豆》第四卷第三期（1936 年 4 月 15 日），頁 188、191。

42　同上注，頁 191。

43　西夷：〈老婦譚〉，《散文卷一》，頁 300-302。原載香港《大公報・文藝》1938年 12 月 28 日。西夷其他書介可以在香港中文大學圖書館的「香港文學資料庫」（http://hklitpub.lib.cuhk.edu.hk）瀏覽全文。

以前《國聞週報》曾經揭載過一小部的譯文，不幸因為吳宓先生的怪脾氣，未能竟其全業。然而這是吳先生最喜歡的一本書，在他的失戀詩中曾經這樣寫道：「江干老婦譚軼事，聽唱中郎事最哀。」我還不知道「老婦譚」為甚麼被引用到失戀詩句之中，也許在隱隱的譏諷着那位拋他而去的某小姐？[44]

這些「軼聞」，純粹是從怪脾氣的譯者吳宓聯想而來，也強化了吳氏怪脾氣的形象，和《老婦譚》的評價沒有甚麼關係，但正合於廚川白村所說 essay 是「任心閒話」、「想到甚麼就縱談甚麼」，以及林語堂所說小品「不為格套所拘，不為章法所役」，[45] 帶出一種隨意自在的語調。

幽默、閒適遇上戰爭，難免不合時宜。香港在尚算平靜的 1934 年，已可聽見批評「小品文化」、「『幽默』諸公」的聲音。[46] 隨着內地局勢日亟，香港社會更強烈地感受到戰爭的氣氛，不同立場、背景的報紙的副刊紛紛呼喚與抗戰相關的內容。[47] 陳國球說得好，「戰爭於人類固然是不幸，但又會催逼人們更深切思量在生死

44　思平：〈香港山水一瞥〉，《散文卷一》，頁 188-189。原載香港《紅豆》第四卷第三期（1936 年 4 月 15 日），頁 302。

45　林語堂〈論文〉下篇之四〈會心之頃〉，上海《論語》半月刊第 28 期（1933 年 11 月 1 日），頁 173。西夷所述的「軼聞」不盡可靠，發表於《國聞週報》的《老婦譚》實由燕京大學英文系學生王友竹譯，吳宓校，從第 9 卷第 18 期（1932 年 5 月 9 日）刊至第 50 期（1932 年 12 月 19 日），全書未載完。

46　衛道：〈幽默風行人間何世 ── 林博士主幹人「人間世」出版後之批評〉、古董〈摩登文壇〉，《散文卷一》頁 143、147。原載香港《香港工商日報·市聲》1934 年 4 月 30 日、5 月 1 日。

47　樊善標：〈導言〉，《散文卷一》，頁 49。

存亡的危急關頭，精神文化可以有多少的承擔能力」。[48] 也許有些
人和魯迅一樣看不過眼——「藝術之宮裏有這麼麻煩的禁令」，拒
絕進去，但仍然可見另有取向的作者。〈散文卷一‧導言〉舉出苗
秀、袁水拍、柳木下、梨青等，或引入回應社會現況的題材，或追
蹤新時勢下的精神狀態，散文在他們筆下不止是宣傳工具，而多少
探索了危機時代文學所能承擔的社會任務，或者說，他們在嘗試拓
展文學散文的疆界。[49] 在這羣作者中，葉靈鳳值得再次細讀。

葉靈鳳在 1938 年 10 月下旬廣州淪陷之後長居香港，直至去
世。〈相思鳥〉刊登於同年 11 月 3 日的香港《星島日報‧星座》，[50]
而據文中自稱屬於「流散在祖國地面上無數的失去了家鄉的人」之
一，推測寫作時仍在內地。翌年 1 月 7 日在香港《立報‧言林》發
表的〈摩登半閑堂〉，以賈似道影射中國人裏的親日者，[51] 用意當然
是斥責漢奸，但措詞小心翼翼，自因當時港英政府厲行報刊檢查，
不容許明顯的反日詞句出現。不過在可能情況下，葉靈鳳也會異常
直接。[52]

葉靈鳳雖然被戰火驅趕而來，文章裏也表現出民族主義的義

48　陳國球：〈導言〉，《香港文學大系 1919–1949‧評論卷一》（香港：商務印書館，
　　2015 年），頁 63。

49　樊善標：〈導言〉，《散文卷一》，頁 49-50。

50　同上注，頁 279。

51　同上注，頁 279-280。

52　這從汪精衛陣營作者娜馬的反應可見一斑。娜馬〈夜感〉有一節引用葉靈鳳罵他
　　的話：「但今天看見《南華日報》的副刊，有一個署名娜馬（我疑心他是不是姓
　　『丟』！）……。」《散文卷一》頁 369。原載香港《南華日報‧半週文藝》1941 年
　　5 月 29 日。

憤，但他的心情遠為複雜。葉靈鳳在上海以實驗性的小說闖出名堂，其後與穆時英、施蟄存等並稱為新感覺派作家。葉靈鳳也喜歡東西洋藝術，他原來就讀於上海美術專門學校，二十歲加入創造社時，以英國比亞茲萊（Aubrey Beardsley）和日本蕗谷虹兒風格的插畫引起讀者注意，後來又因為蒐集藏書票，和日本人齋藤昌三成為通信的朋友。[53] 可以說他對於文學和藝術都有強烈的興趣，也有跨國友誼的體驗。不得不提的是，葉靈鳳早年在小說裏嘲諷過魯迅，招來猛烈反擊，在魯迅成為「民族魂」之後，葉靈鳳如何自處？複雜的心情在複雜的環境下如何表達，是閱讀葉靈鳳香港時期散文應該念茲在茲的問題。〈忘憂草〉寫失落在廣州的圖書，〈還沒有跌下來的人〉寫英美的電影和書報檢查制度，[54] 兩文顯然都有現實影射，但所談的事物在在可見作者的深厚興趣，談論的方式也不止是要帶出唯一的結論。「忘記了罷，像忘記一朵開過了的花，像忘記一個亮過的火焰一樣。詩人雖是這樣向我們慰藉，但是，誰能忘記呢？我忘記不掉這幾本書，正像忘記不掉使我安居了八個月的那一片可愛的肥沃的土地一樣」，[55] 國土之可愛是因為有很多值得愛的人和事物在那裏，如果不能令讀者感受到那些人和事物的可愛，愛國就只是教條。

53　與齋藤昌三結識，見葉靈鳳〈忘憂草〉，《散文卷一》，頁 287。原載香港《星島日報・星座》1939 年 1 月 11 至 13 日。

54　《散文卷一》，頁 280-291。〈還沒有跌下來的人〉原載香港《星島日報・星座》1939 年 9 月 27 日。

55　葉靈鳳：〈忘憂草〉，《散文卷一》，頁 288。

4

穆時英在 1936 年從上海來到香港,拍過電影,也當過報刊編輯。1937 年 10 月返回上海,翌年 1 月出任汪精衛政府下的《國民新聞》社長,6 月遭暗殺而死。葉靈鳳在上海時曾與穆時英合辦《文藝畫報》,居港期間也多往來。穆時英橫死,葉靈鳳迅速表態。〈哀穆時英〉一文開首即說,「短短六個月的小漢奸的生命,就斷送了一個二十九歲的青年的生命」,[56] 明確指出穆時英落水是在離開香港以後。接着又說,「對於過去曾經和他有過相當『友誼』的我們,則穆時英今天的死,自從他公然叛逆國家的民族,成為漢奸以後,是早在大家意料之中的」。[57] 基於民族大義,這樣說是非常合理的,客觀上也有避免受累的作用。葉氏斷言,「在只有抗戰到底才是整個國家民族,甚至個人的唯一的活路的當前,其他妥協投降的途徑都是死路」。[58] 其實穆時英在香港時期所寫的〈我的墓誌銘〉、〈中年雜感〉,已充滿遲暮的情緒,甚至死亡的氣息。[59]

儘管最後的政治立場不同,葉靈鳳活路死路之說,穆時英當是同意的。他們都感到集體和個體的不調和,分歧只是葉靈鳳選擇服從集體,穆時英卻辦不到。〈我的墓誌銘〉說「深切的偏愛」午夜,

---

56 《散文卷一》,頁 292。原載香港《立報‧言林》1940 年 7 月 1 日。

57 同上注。

58 同上注。

59 《散文卷一》,頁 260-264。分別原載香港《星島日報‧星座》1938 年 8 月 26 及 30 日。《散文卷一》初版〈我的墓誌銘〉刊登日期誤標為「8 月 30 日」。

因為在這時候，自己「不再是一種社會關係」，而「是一個靈魂，一個感情，一個『人』」。[60] 深宵獨處，「我只看見祖國的勝利，只看見貪官污吏被推上斷頭台，只看見正義的旗，只聽見歡樂的喊叫，只聽見未來的召喚。鮮血淋漓的現實從我意識上被抹去，我的思想裏邊只有一個燦爛的信念，一個輝煌的幻象：那就是人類的定命」。[61] 似乎「看見」了活路，但也只是旁觀，而沒有試圖走在路上，後來更說是個幻象。必勝的信念云云，大抵只是抗戰時期通行的修辭，穆時英無比珍惜的是沒有責任負荷的一刻：

> 窗外瀰漫着靜謐而芳香的夜，散佈着靜謐而芳香的月華和大海，我是靜謐而安宵，正像桌上盛開着的梔子花一樣。[62]

由於「鬥爭需要熱情，需要童心，需要稚氣的勇敢」，[63] 這些他自問都欠缺，難怪才二十多歲就宣佈已入中年了。

〈中年雜感〉預計將來的生命，「三十到五十中間，至少還有五年是消費在驅逐民族敵人上面，有五年是消費在建築被炸毀了的城市和焚燒了的鄉村上面。生活剛開始，死亡便跟着來了。……我們的命運只是革命，飢餓，窮困，戰爭，流亡。原是犧牲了的一代呵」。[64] 在民族主義者的心目中，驅走敵人、建設國家不是最有價

60　《散文卷一》，頁 260-261。
61　同上注，頁 261。
62　同上注。
63　同上注，頁 262。
64　同上注，頁 263。

值的人生嗎？穆時英卻都不視為「生活」，可見在失節之前已是懦弱自私的人了。

不過，要是不考慮後來的「失節」，[65] 困擾於大我和小我的爭持並非只有穆時英，徐遲的表達尤其深刻。〈絮語〉之一山上和城裏兩個空間，正對應於穆時英的午夜和白晝。徐遲在山上散步，愉快地感到有「許多的裕暇時光」，秋陽下的遠近風景同樣可愛。下山途中，他按習慣買了一張晚報，邊走邊看，心情依舊安閒。直至走到城裏，「這時候報紙突然有了生命，鉛字奔向我，我開始能夠對世界的電訊明瞭了」。鉛字引領他逐一產生憎惡、張惶、悲哀、狂喜種種感情。這些感情產生於「為自己的民族擔憂，或為自己的民族振奮；想到了家，想到了妻子孩童」——也就是困鎖着穆時英的種種「社會關係」，但對徐遲來說，感情的激盪令他「得到了力」。[66]〈絮語〉開首和結尾的句子幾乎完全相同：「報紙製造了／着人們的感情。」[67] 愛爾蘭裔美國學者 Benedict Anderson 認為民族是一種近代出現的「想像的共同體」，報紙和小說是這種想像的基礎，[68] 敏銳的徐遲在四十多年前就寫下了非常類似的感受。

〈絮語〉之二的空間移動方向剛好相反，因為「孤獨，一些因工作而生的疲勞，一些向輕倩鮮美的大自然的嚮往」，作者又前去郊

65　穆時英是否漢奸，後來還有爭論，參司馬長風《中國新文學史》下卷（香港：昭明出版社，1978 年），第五編第二十五章「戰時戰後的文壇」注 1，頁 47-48。

66　《散文卷一》，頁 315-316。原載香港《星島日報・星座》1939 年 9 月 29 日。

67　同上注。

68　Benedict Anderson, *Imagined Communities: Reflections on the Origin and Spread of Nationalism*, London; New York: Verso, 2006, pp.24-36.

外 —— 這「不是向一個遠處去，而是向自己最最接近的內心」。[69]
由此可見，儘管不像穆時英那樣明確地在個人與集體之間取捨，徐
遲也沒有把「內心」完全融合到大我之中。其實在這之前，徐遲已
經宣佈放棄個人主義，投入革命事業，[70] 理性上早下了決定，但還在
努力斬斷感情上的牽繫。〈故紙堆〉憶述作者多個滿懷熱望開了頭、
但未能完成的世界名著翻譯大計 —— 剩下來的一堆故紙，以及種
種人生規劃：建設書齋、音樂室、舊書舖，學法文、意大利文、
德文、希臘文、拉丁文。中途放棄的追尋，徐遲在文中並不視為挫
折，而是向真理接近，而且是以最短的路程接近：「不是走最短的
路，而事實上他走的還是最短的路啊。只要他走的時候，是拋棄他
自我的成份的。一切，向真理行進不是為他自己的。現在我卻真的
不珍惜那一堆故紙堆了，讓牠們燒煮我的飯吧。」[71] 徐遲再一次表示
放下了自我，但他「真的不珍惜那一堆故紙堆了」嗎？還是又一次
藉告別來堅定意志，而此舉適可見得大小我之爭沒有那麼容易分出
勝負，[72] 懦弱、自私這種評語是否不要用得太輕易？

在香港度過生命最後階段的蕭紅，演示了另一種選擇。除了
連載《呼蘭河傳》等小說，蕭紅鮮少參與香港的文藝活動，發表

69　《散文卷一》，頁 316。

70　徐遲在 1939 年 5 月 13 日的香港《星島日報・星座》發表〈抒情的放逐〉，表達這
　　種想法。參樊善標〈導言〉，《散文卷一》，頁 51。

71　徐遲：〈故紙堆〉，《散文卷一》，頁 325。原載香港《大風》第 67 期（1940 年 5
　　月 20 日）。

72　徐遲：〈最後的玫瑰〉也可作如是觀，原文見《散文卷一》，頁 325-331。原載香
　　港《大公報・文藝》1940 年 6 月 22 日。

〈九一八致弟弟書〉是罕有的一次。[73] 此文登載於「九・一八」後兩天的《大公報・文藝》，同版還有一篇辛代的〈短簡 —— 紀念第十一個九一八〉，儼然一個沒有正式標題的專輯。1931 年的九・一八事變直接導致東北三省陷落，蕭紅是著名東北作家，由她撰文紀念，顯然非常合適。但這封信雖然寫給當上了「小戰士」的弟弟，內容卻幾乎都是很個人的事。回憶姐弟十年來聚少離多，蕭紅總覺得弟弟仍是她離家時的十三、四歲頑皮小孩，只想和他說說「家裏的櫻桃樹這幾年結櫻桃多少？紅玫瑰依舊開花否？或者看門的大白狗怎樣了？」一類的「空話」。可是弟弟已經長大了，和蕭紅通信時抱怨「生活在這邊，前途是沒有希望，等等……」，[74] 令她感到生疏。後來弟弟到上海來找蕭紅，看見和弟弟一夥的北方粗直青年，「在街上落葉似的被秋風捲着，寒冷來的時候，只有彎着腰，抱着膀，打着寒顫。肚裏餓的時候，我猜得到，你們彼此的亂跑，到處看看，誰有可吃的東西」。[75] 那時從東北淪陷區投向祖國的青年持續增加，不少人「不知怎樣，就犯了愛國罪了」，給關進監獄。[76] 蕭紅只覺慌亂可怕，卻沒有細說「愛國罪」的荒謬。七七事變後，弟弟決定到西北參加抗日軍，分別時彼此沒有講甚麼話，但蕭紅記得那夜「滿天都是星，就像幼年我們在黃瓜架下捉着蟲子的那樣的

73　《散文卷一》，頁 399-404。原載香港《大公報・文藝》1941 年 9 月 20 日。另參樊善標〈導言〉，《散文卷一》，頁 48-49。

74　同上注，頁 399-400。

75　同上注，頁 402。

76　同上注。

夜，那樣墨黑的夜，那樣飛着螢蟲的夜」。[77] 信裏當然也流露了對抗戰的信心，「中國有你們，中國是不會亡的」，[78] 不過她更想表現的是她和弟弟私密的親情。

沒有人說過蕭紅不愛國，她在香港參加過的少數文藝活動，即包括在文協香港分會歡迎她的聚餐上報告「重慶文化糧食恐慌情形」，在「紀念三八勞軍遊藝會」上參與討論，在魯迅六十歲誕辰紀念會上報告魯迅生平事跡，並且創作了〈民族魂魯迅〉的劇本。[79] 然而當戰爭的漩渦要把一切捲進去，病弱的蕭紅彷彿要耗盡生命來留下她最珍惜的個人記憶，《呼蘭河傳》如是，〈九一八致弟弟書〉何嘗不是如此？

5

最後，還是張愛玲，她在〈自己的文章〉裏說，「在時代的高潮來到之前，斬釘截鐵的事物不過是例外」。[80] 我的理解是，在「時代的高潮」裏，不是事物本身有甚麼不同，而是評價事物的準則改變了，大是大非驅逐了其他可能。所以謝曉虹那個形象有點可怕的比喻，回頭一想反而有點可愛：「我想像一個時代的文學選本，呈現

77　《散文卷一》，頁 403。

78　同上注。

79　參盧瑋鑾：〈十里山花寂寞紅 —— 蕭紅在香港〉，《香港文縱 —— 內地作家南來及其文化活動》（香港：華漢文化事業公司，1987 年），頁 162-165。

80　張愛玲：《流言》，頁 21。

的是一種多孔的狀態：那些已經逝去的，互相競爭的聲音，仍然企圖在歷史那張反覆被塗得扁平的臉上，噴湧出來。」[81] 再想到台灣學者柯慶明在別處指出的：「往往，我們總是習慣於討論：文學『應該』做甚麼？文學『應該』是甚麼？而不太在意：文學在做甚麼？文學是甚麼？之類的問題。」就更值得深思了。[82]

81　謝曉虹：〈導言〉，《香港文學大系 1919-1949・小說卷一》（香港：商務印書館，2015 年），頁 44。

82　柯慶明：〈談「文學」〉，《柯慶明論文學》（台北：麥田出版，2016 年），頁 23。

聽海濤閒話
——《散文卷二》編餘閱讀筆記

危令敦　香港中文大學

今天我們成功發表的每一行文字，都是奪自黑暗勢力的勝利，且不管我們將之交付的未來是如何的渺茫。[1]

—— 班雅明

毫無例外，人所收藏的都是自己。[2]

—— 布希亞

〔我夢見〕一個男人站在海心的懸崖絕壁上，〔夢境〕儼然有勃克林（Böcklin）的畫意。[3]

—— 佛洛伊德

---

1 Howard Eiland and Michael W. Jennings, *Walter Benjamin: A Critical Life* (Cambridge & London: The Belknap Press of Harvard Univ. Press, 2014), p.657.

2 Jean Baudrillard, "The System of Collecting," trans. Roger Cardinal, in *The Cultures of Collecting*, ed. John Elsner and Roger Cardinal (London: Reaktion Books, 1997), p.12.

3 Sigmund Freud, *The Interpretation of Dreams*, trans. James Strachey (New York: Basic Books, Inc., Publishers, 1958), p.166. 根據一位譯者的意見，佛洛伊德所指應為這位瑞士畫家的名作《死亡之島》（*Die Toteninsel*）。見西格蒙德・佛洛伊德著，孫名之譯，巫毓荃審定：《夢的解釋》（台北：貓頭鷹出版社，2000），頁 393。

一

1940 年 9 月 25 日，班雅明（Walter Benjamin, 1892-1940）離開法國南部的巴紐爾斯小鎮（Banyuls），沿着比里牛斯山脈的一條峽谷，偷渡進入西班牙，他的目的地是普港（Port Bou）。「此後」，兩位合著班雅明傳記的作者寫道，「華特・班雅明生命裏的最後一章變得撲朔迷離。」[4]

這是班雅明第二次出逃，第一次是在 1933 年，當時希特勒（Adolf Hitler, 1889-1945）出任德國總理，對猶太人的迫害日增，他不得已出走巴黎，在那裏生活了七年。1940 年 5 月，即二戰爆發翌年，德軍攻陷比利時、荷蘭，繼而長驅直入法國，法國政府於 6 月 22 日投降，維希政權隨即附敵，不再庇護境內難民，並開始搜捕包括猶太人在內的「國家敵人」，引發二百多萬人的逃亡潮。6 月 14 日，班雅明南下盧爾德（Lourdes），再轉赴馬賽爾（Marseilles），想盡一切辦法離開法國。與此同時，遠在亞洲的日軍，在攻陷廣州之後，對香港作出軍事史上最為精密的軍事偵查，為奪取香港以切斷中國的海外軍火供應作出準備。7 月，日本陸軍中佐瀨島龍三（1911-2007）潛入香港視察，為進攻計劃作最後檢驗，太平洋戰爭如箭在弦。[5] 此時，身在美國的霍克海默（Max Horkheimer, 1895-

---

4　Eiland and Jennings, *Walter Benjamin: A Critical Life*, p.673.

5　關於日本進攻香港的原因以及準備過程，見 Philip Snow, *The Fall of Hong Kong* (New Haven & London: Yale Univ. Press, 2003), pp.34-40. 關於香港在三、四○年代轉運軍火與物資的情況，參王正華：〈抗戰前期香港與中國軍火物資的轉運

1973）為班雅明辦妥了美國的入境簽證以及西班牙、葡萄牙兩國的過境簽證，可是班雅明已無法取得離境簽證，形勢凶險。他在致阿多諾（Theodore Adorno, 1903-1969）的信中感嘆：「我希望至今為止，我給你的印象是不管環境多麼艱難，我一直都泰然處之。這種態度雖然沒變，但局勢之危已不容我對現實視而不見；當下可以自救的人，恐怕已經不多了。」[6]

9月底，班雅明來到旺德爾港（Port Vendres），與嚮導菲蔻（Lisa Fittko）會合，準備進入西班牙，同行的還有葛蘭（Henny Gurland）母子。[7] 四十年後，菲蔻回憶9月25日及26日那兩天，往事歷歷在目。她還記得四十八歲的「老班」（old Benjamin）身體虛弱，不過彬彬有禮，意志堅定。據她觀察，心臟衰弱的班雅明無畏險阻，但也深具自知之明；他為了保存體力，每緩行十分鐘必小息一分鐘，如是者攀山越嶺，堅持到底。[8] 9月25日的探路之行，由於已走畢全程三分之一的登山路程，他決定不往回走，留在山上過夜，等候大家翌日再來，也是為了保存體力。身強力壯者循此山徑逃亡，全程只需三四個小時，他卻用了十一至十二個小時。不過，他毫無怨言，他的毅力和風度令菲蔻畢生難忘。

———————————

（民國二十六年至三十年）〉，港澳與近代中國學術研討會論文集編輯委員會編，《港澳與近代中國學術研討會論文集》（台北：國史館，2000），頁393-439。

6　Eiland and Jennings, *Walter Benjamin: A Critical Life*, p.670.

7　Lisa Fittko, "The Story of Old Benjamin," in Walter Benjamin, *The Arcades Project*, trans. Howard Eiland and Kevin McLaughlin (Cambridge & London: The Belknap Press of Harvard Univ. Press, 1999), pp.946-954.

8　在此之前，一位法國醫生診斷班雅明患有憂鬱症、高血壓、心搏過速、心臟擴大等疾病。Eiland and Jennings, *Walter Benjamin: A Critical Life*, pp.663, 671.

9月26日下午2點，菲蔻由原路折返法國，班雅明一行人自行進入普港，不料遭拒。西班牙海關人員安排這批難民入宿法蘭西亞客棧（Fonda de Francia），準備翌日遣返。當天下午和夜裏，客棧為疲憊、絕望的班雅明兩度請來醫生。根據葛蘭的追憶，當天夜裏班雅明寫下一張便條，請她轉交阿多諾。便條的第一段大意如此：「窮途末路，只欠一死。山野鄉間無人識，我將自盡於比。」[9] 27日凌晨，班雅明吞服嗎啡自殺。多年以後，庫斯勒（Arthur Koestler, 1905-1983）回憶，班雅明離開馬賽爾時所攜嗎啡分量不少，「足以毒殺一匹馬」，可見他早有準備。[10] 班雅明的摯友肖勒姆（Gershom Scholem, 1897-1982）認為，儘管班雅明有過人的意志與韌性，1940年的困境已讓他萌生死念。[11] 班雅明自殺，使海關人員改變主意，讓難民入境。

消息傳到法國，菲蔻震驚之餘，不勝感慨。她深知班雅明絕非一般的偷渡客，因為偷渡者為了行動方便，一般都是兩手空空，可是心臟衰弱的班雅明的行為卻有悖常理，居然帶着一個龐大沉重的手提皮箱上路。當年班雅明如此回答菲蔻的疑問：「你知道嗎，這個東西太重要了，絕不可丟。裏面的文稿必須好好保存，它比我重要。」[12] 菲蔻認為，班雅明偷渡是為了要把文稿帶走，以免落入蓋

9　Eiland and Jennings, *Walter Benjamin: A Critical Life*, p.675.

10　Eiland and Jennings, *Walter Benjamin: A Critical Life*, p.675.

11　Gershom Scholem, *Walter Benjamin: The Story of a Friendship* (London: Farber & Farber, 1982), p.224.

12　Fittko, "The Story of Old Benjamin," p.953.

世太保的手裏。四十年來，她一直認為，手提箱裏裝的就是班雅明視同性命的文稿。然而，後來這個手提箱卻不知去向，只剩下研究者從普港市政府舊檔案堆裏發掘的一份清單。這個清單詳列了「班雅明・華特」(Benjamin Walter) 手提箱裏的遺物，就是沒有文稿。這位「班雅明・華特」，研究者估計，應與市政府簽發的死亡證書上的「班雅明・華特博士」為同一人。根據死亡證書，「華特」葬於27日，管理墓園的修道院的紀錄卻是28日；此外，兩者的墓穴編號紀錄也不相符。當年，葛蘭為班雅明預繳了五年的墓穴費，期滿之後，他的骸骨大概遷葬至萬人墓。至於失蹤的文稿，有研究者推測，極有可能就是名篇〈歷史哲學論綱〉的最後定稿。[13]

幾個月後，鄂蘭 (Hannah Arendt, 1906-1975) 從法國逃至普港，四下尋覓班雅明的新壙不果。她在給肖勒姆的信中寫道：「找不到他的墓，沒有一個墳上刻有他的姓名。」不過，普港公墓的美麗景觀卻給她留下了深刻的印象：「公墓面向一小港，俯瞰着地中海。公墓聳立山邊台階之上，棺柩都安葬在石牆裏。此處風光旖旎，景物美好，為此生所僅見。」後來，肖勒姆在聆聽過許多親臨普港公墓的人的見聞之後，得出結論：「班雅明的葬身之地，風光確實漂亮，不過他的墓穴卻純屬子虛烏有。」[14]

---

13 Eiland and Jennings, *Walter Benjamin: A Critical Life*, pp.673-676.

14 Scholem, *Walter Benjamin: The Story of a Friendship*, p.226.

二

　　班雅明對於保管自己的文章與文稿，不僅審慎，而且很有辦法。套句研究者的話，他是「既堅毅，又靈活」的。他曾經說過，「收藏者的動機是為了防止資料散失。」[15] 1933 年，在離開柏林之前，他為自己的作品編寫目錄，所列檔案數目達三十個之多。[16] 他向來悉心打理自己的文字檔案，除了經常修補卡片與手稿，還為重要手稿拍照、打字，然後將這些文稿、已發表的文章和筆記本分寄各國摯友，請他們代為保管。他在信裏寫道：「我將一一寄出園中小花小草，以確保你的收藏無缺。這樣處理，我的得益自然比你為多，因為除了我這裏，世上還有另一個完整的百草園。」偶爾，他還會叮囑：「懇請妥為保管。」[17]

　　班雅明不僅是個一絲不苟的檔案管理員，還是個極其熱心的收藏家。他搜集圖畫（明信片、畫作 —— 例如〈歷史哲學論綱〉裏提到的克利〔Paul Klee, 1879-1940〕名作「新天使」〔Angelus Novus, 1920〕）、文本（書籍、兒語、謎語、文字遊戲、文字的平面設計）、器物（俄羅斯玩具），並將之分門別類，臚列清單，記下細節，撰寫評語。他甚至在清單上詳註裝載藏品的紙箱、信封、袋子的牌子、質料、顏色、大小、產地等資料。他曾為自己的藏書編寫目錄，

15　Esther Leslie, *Walter Benjamin's Archive: Images, Texts, Signs* (London & New York: Verso, 2015), p.7.

16　Leslie, *Walter Benjamin's Archive: Images, Texts, Signs*, pp.14-17.

17　Leslie, *Walter Benjamin's Archive: Images, Texts, Signs*, pp.7, 9.

不過現已遺失。他將讀書紀錄抄在一個黑皮小本子上，這個小冊子卻保存了下來，裏面紀錄了他在 1917 年到 1939 年間讀過的書，書號為 462 至 1712。他還另備筆記一本，按閱讀主題（「希臘羅馬文學」、「神話學研究」、「浪漫主義期刊」等）分列書目。此外，他還留下了無數的卡片、紙片，上面紀錄的若不是摘要，就是文學書單。[18] 班雅明出身優渥，對於書寫材質非常講究，但在戰亂流離之中，只能因陋就簡，物盡其用。他的字體本來就是蠅頭小楷，在紙張日益短缺的日子裏，密密麻麻的字跡更顯其經營的苦心。他是個細心之人，寫小字的原來動機是為了集中精神，準確的整理思路，與省錢無關。最極端的例子是在 22 厘米長的紙上書寫 81 行文字，每個字母的大小在 1 至 1.5 毫米之間。[19]

　　對於班雅明的藏書嗜好，兩位好友肖勒姆和鄂蘭都不以為然。肖勒姆曾說，班雅明是個書癡，只要聊起書本就沒完沒了，不勝其煩。在他眼中，班雅明的嗜好幾近頹廢，須敬而遠之，以免自己也沾此惡習。鄂蘭亦批評，班雅明過於耽溺藏書，在手頭拮据的日子裏依然故我，這種「昂貴激情」尤其「不負責任，難以原諒」。[20]

　　班雅明對於書本確實一往情深。他曾說過，真正的收藏家不僅僅是學者、鑑賞家、物主，而且——更重要的——還是收藏品的情人，他們與藏品之間有一種異常親密的關係。收藏家關心的不是

18　Leslie, *Walter Benjamin's Archive: Images, Texts, Signs*, pp.7-10.

19　Leslie, *Walter Benjamin's Archive: Images, Texts, Signs*, pp.31, 49-52.

20　Ralph Shain, "Benjamin and Collecting," *Rethinking History* 20, no. 1 (2016), pp.52-54.

藏品原來的用途，而是想透過藏品的物質存在，以面相師的眼光，揣摩它們不為人知的「命運」。收藏家篤信生命的機緣，對於物品的境遇尤感興趣，他們都是不折不扣的歷史追跡者。收藏家童稚般的好奇心，會使匯聚一堂的舊物因為找到過去而煥發新生；而他們如老叟般的睿智，則讓他們從蒐集藏品的回憶中，體察自己的生命歷程。對於班雅明而言，藏書讓他記起曾經走過的城市（拿玻里、巴黎、莫斯科、慕尼黑、百舍爾……），為他綴連起屬於自己的影像與記憶（童年的房間、學生宿舍……），從而感受生命的安穩，歲月的靜好。要談收藏，他強調，焦點其實應該落在收藏家身上：「與其說物因人而活，不如說人活在物裏。」[21]

　　布希亞（Jean Baudrillard, 1929–2007）在戰後論收藏，同樣確定了物與人之間的「激情」關係。藏品實乃「愛的對象」，其根本作用在於保持收藏者的生命平穩，是支撐他們活下去的精神慰藉。日常器物究竟如何轉化為收藏珍品？前提是摒棄它們的實用價值，將它們從日常生活之中區隔出來。一旦物失其用，變成單純的存在，其意義則可由蒐集者隨心賦予。這個抽象化的過程，是搜集者將外物據為己有，拼湊個人完整小宇宙的系統工程。藏品所展現的並非客觀世界，而是蒐集者的主觀慾望。布希亞認為，收藏、歸類與整理物品是無法駕馭人際關係與複雜世情的人調節焦慮、掌控

21　Walter Benjamin, "Unpacking My Library: A Talk about Book Collecting," in *Illuminations*, trans. Harry Zohn, ed. Hannah Arendt (New York: Schocken Books, 1968), pp.59-61. "Fig. 1.8," in Leslie, *Walter Benjamin's Archive: Images, Texts, Signs*, p.25.

世界的一種原始行為。藏品,是蒐集者人格得以延伸並得到自我完成的寄託;藏品的意義,在於為搜集者提供了引以為傲的、獨一無二的自我存在滿足感,儘管這只是一種幻象。從無情到激情,由散文而詩,收藏者藉物為自我展開了一種「無意識的優勝論述」(unconscious and triumphant discourse)。[22]

　　收藏既講究獨特之物,也重視同類的聚攏,布希亞將後者稱為「格式類聚之鏈」(paradigmatic chain),或「系列系統」(system of the series)。據布希亞之見,物之大用盡在此:聚列之物,自成體系,既超越了個體,也擺脫了各物原來的歷史時空。換句話說,收藏是一種以共時性取代歷時性的脈絡置換行為;在收與藏之間,收藏者得以在一種親密無間的關係裏,追求物之形式美學,撇開了現實的時間,也擺脫了死亡惘惘的威脅。死生輪迴,完全被拒在收藏者自訂的物系統與物系列之外。這是獨立於現實之外的異類論述,具有非常鮮明的個體存在色彩;不過,躲進小樓的收藏者也因此顯得格外的孤單與脆弱。[23]

三

　　趙家璧(1908-1997)也愛收藏,他的「激情」對象是文學舊作。他年輕的志向是蒐集文學作品,並將之匯編成叢書:「我喜愛成套

22　Baudrillard, "The System of Collecting," pp.7-24.

23　同上注。

的文學書，早在大學讀書時代已心嚮往之，把將來也編成幾套文學叢書作為自己一生的奮鬥目標。」[24] 他平日逛內山書店，最為留心日本出版的各種叢書：「我看到日本的成套書中有專出新作品的，也有整理編選舊作的，名目繁多，有稱叢書、大系、集成或文庫之類，範圍很廣，涉及文學、藝術等各個部門。」[25] 他尤其感興趣的是一套「整理編選近代現代文學創作的大套叢書，都不是新創作，而是已有定評的舊作的匯編」。這就是他編輯《中國新文學大系》的靈感來源。

編輯《大系》是為了保存新文學史料與精神。根據他的憶述，《大系》醞釀於 1934 年 3 月至 8 月間，正是「國民黨反動派」從軍事與文化兩方面全力「圍剿」中共勢力的歷史時刻。軍事上，「第五次剿共戰爭」/「第五次反圍剿戰爭」以紅軍敗走陝北的「二萬五千里長征」結束。文化上，國民黨政權一方面成立圖書雜誌審查會，查禁新文藝書籍與左翼期刊，另一方面通過「新生活運動促進會」宣傳傳統道德，推行尊孔讀經、學習文言等活動。在趙家璧看來，這種文化「圍剿」是一股歷史「逆流」，其本質是「對五四文學革命的一種反動」。與此同時，他還憂心在大眾語運動的大潮下，五四新文學的精神會遭到過激言論的揚棄。[26]

24　趙家璧：〈話說《中國新文學大系》〉，《編輯憶舊》（北京：生活・讀書・新知三聯書店，1984），頁 158。

25　趙家璧：〈話說《中國新文學大系》〉，頁 161。

26　趙家璧：〈話說《中國新文學大系》〉，頁 158-159。中共黨員、作家夏衍（1900-1995）談到 1927 年之後的國共內鬥，亦持同樣看法：「這種劇烈的鬥爭整整繼續了近十年，1934、1935 年是白色恐怖最兇殘的兩年，也是我們鬥爭最困難的兩

班雅明曾云：「著書立説是最值得稱頌的獲書之道。」[27] 對於趙家璧而言，他的「獲書之道」顯然並非單本的著述，而是通過組織人才、篩選作品、編輯出版自成體系的叢書系列，以免珍貴的文學史料散失。作為一名熱情的收藏者，他蒐集的不僅是新文學第一個十年的作品與史料，還有曾參與新文學運動的多位重要人物。他選「大系」而棄「叢書」之名，旨在突顯這套叢書在人才、規模與體系三方面的特色：

> 這兩個字我認為頗具新意：既表示選稿範圍、出版規模、動員人力之「大」；而整套書的內容規劃，又是一個有「系統」的整體，是按一個具體的編輯意圖有意識地進行組稿而完成的；與一般把許多單行本雜湊在一起的叢書文庫等有顯著的區別。[28]

陳子善（1948- ）認為趙家璧有「遠見卓識」，相當中肯。[29] 然而，《大系》出版後的四十年間，雖獲好評，怎奈時運不濟，命途多舛。1936 年，全套十冊出齊；1937 年，中日全面開戰，戰事不僅影響《大系》流通，更禍及良友圖書公司。1945 年日本投降，國共內戰烽煙又起，直至 1949 年。這十二年間，趙家璧曾有組織人力，

年。」夏衍：〈談《上海屋簷下》的創作〉，會林、陳堅、紹武編：《夏衍研究資料》（北京：中國戲劇出版社，1983），上冊，頁 183。

27　Benjamin, "Unpacking My Library: A Talk about Book Collecting," p.61.

28　趙家璧：〈話説《中國新文學大系》〉，頁 168-169。

29　陳子善：〈傑出的編輯出版家 —— 追憶趙家璧先生〉，《博覽羣書》1998 年第 3 期，頁 37。

編輯《大系》第二輯（1927-1937）、第三輯（1937-1945；又稱「抗戰八年文學大系」）的一系列計劃，但都無法付諸實行。1936 年，蔡元培（1867-1940）建議的《世界短篇小說大系》，最後也不得不放棄。[30]

有《大系》研究者指出，從三〇年代後期至七〇年代中期，「《大系》在國內文化界的位置是相對邊緣化的」，[31] 原因是中共對五四文學傳統的「棄置」與批判：

> 在四十年代後，《大系》受到冷落還有更深層的原因，即影響越來越大的解放區文學觀與「五四」文學觀之間存在的內在不和諧因素。〔……〕深受「五四」文化和魯迅思想影響的胡風與解放區文學創作者之間發生的種種論爭則充分反映了兩種文學觀之間存在的緊張關係。建國後愈演愈烈的文學論爭最終導致了「胡風反革命事件」的發生。通過這一事件，解放區文學團體肅清了文學界的不同意見，也鮮明地表現了對「五四」文學傳統的棄置態度，它對建國後的文學發展影響巨大。此後文化界接連進行的種種批判活動，如 1957 年的「反右」運動，1966 年開始的「文化大革命」，這些都使「五四」文學傳統一直處在一種被邊緣化，有時甚至是被全盤否定的地位。在這樣的局勢下，《大系》的命運可想而知。[32]

---

30 趙家璧：〈話說《中國新文學大系》〉，頁 216-221；趙家璧：〈悼念蔡元培先生〉，《編輯憶舊》，頁 481-486。

31 趙學勇、朱智秀：〈《中國新文學大系》（1917-1927）研究述評〉，《中國現代文學研究叢刊》2008 年第 5 期，頁 50。

32 趙學勇、朱智秀：〈《中國新文學大系》（1917-1927）研究述評〉，頁 49。

1949 年之後，趙家璧漸趨沉默。趙修義回憶父親的一生，曾如此寫道：「1949 年以後的事情，由於種種原因，他本人沒有留下多少文字的記載。」1957 年，趙家璧受到「反右運動」的衝擊，由於「承受不了壓力，終於病倒了。病癒後，他調到了上海文藝出版社。此時他知道在出版方面，他能做的事情已經不多了，就是看看譯稿而已。」[33] 據研究者所言，從 1957 年到 1976 年，趙家璧「是被冷落的、被批判的，是沒有發言權的。」[34] 到了 1978 年，《新文學史料》編輯請他撰稿憶述民國時代的編輯生涯，他只願意提供曾經刊在《人民日報》上的舊文，而且還要在文章之前加上按語：「解放後，很多人建議把《大系》重印。我認為原版重印，似無必要。」為何作此聲明？他解釋說，因為這樣一來，就「不怕再有人抓我辮子，我已把《大系》根本給否定了。」[35]

---

33 趙修義：〈為了書的一生 —— 我的父親趙家璧〉，《編輯學刊》2009 年第 1 期，頁 12，頁 14。

34 趙學勇、朱智秀：《《中國新文學大系》(1917-1927) 研究述評》，頁 49。

35 趙家璧：〈話說《中國新文學大系》〉，頁 155-156。1980 年，上海文藝出版社決定將《大系》第一輯原書影印出版，但遭遇阻力，因為「上級要將影印本改為『內部發行』」；經丁景唐（1920- ）和趙家璧力爭，《大系》方才得以公開發售。此後，趙家璧還陸續擔任了第二輯和第三輯的顧問，並參與了第二輯的具體工作。據趙修慧的回憶，「這二輯的規模和發行量都大大地超過第一輯，成了趙家璧晚年最高興的回憶。」趙修慧：〈一個年青編輯的夢想 —— 紀念《中國新文學大系》出版七十週年〉，《出版史料》2005 年第 3 期，頁 8-9。關於丁景唐的資料，見：丁景唐：〈丁景唐自述〉，《文教資料》2001 年第 2 期，頁 3-6；丁景唐：〈我與《中國新文學大系》〉，《出版廣角》2002 年第 4 期，頁 72-73。

四

《中國新文學大系》的體例對於華人出版界有深遠影響。1938年從中國南下馬來亞的方修（吳之光，1922-2010），在 1970 至 1972 年間編成《馬華新文學大系（1919-1942）》，由星洲世界書局出版。這套十冊的大系追躡趙氏《大系》體例，分為理論（理論批評一集、二集）、作品（小說一集、二集；戲劇集；詩集；散文集）、史料（劇運特輯一集、二集；出版史料）三個部分。

《馬華新文學大系》的最大特點，在於為馬華文學確立在當地的身份。方修在〈總序 —— 馬華新文學簡說〉裏開宗明義，宣告馬華文學屬於馬來亞多元文學系統裏的一環，並非中國文學：

> 由於馬華新文學是以星馬地區為主體的，這就使到它和中國的新文學有所不同。雖然它是淵源於中國新文學，而且屬於同一語文系統，卻在發展過程中漸漸與中國新文學分道揚鑣，自立門戶。中國新文學始終是以中國地區為主體，而馬華新文學終於成為馬來亞文學的一環，與當地的馬來文學、淡米爾文文學、英文文學等聯成一個整體，為當地人民服務。[36]

在《理論批評一集》裏，他特闢「南洋色彩的提倡」以及「從『地方作家』的論爭到『馬來亞』概念的形成」兩輯，廣納早期探討馬華

36　方修：〈總序 —— 馬華新文學簡說〉，方修編：《馬華新文學大系（一）：理論批評一集》（星洲：世界書局有限公司，1972），頁 4。

文學風格與身份的文章，以呈現馬華新文學自立運動的軌跡，為馬華文學的主體性鳴鑼開道。

然而，馬來（西）亞的華人文學本身是個複系統（polysystem），作家從事創作的語文不限於華文，還包括英文與馬來文。[37] 從八〇年代開始，有論者從族裔的角度出發，質疑「馬華文學」（馬來〔西〕亞華文文學）的單語文觀念能否概括馬來（西）亞華人文學的多元面貌，並主張以涵義更為寬闊的「華馬文學」（華裔馬來〔西〕亞文學）取而代之。張錦忠（1956-　）、黃錦樹（1967-　）、莊華興（1962-　）三人的解釋：

> 「華馬文學」一詞代表華人的本地文化生產或文學表現，顯然比「馬華文學」一詞周延多了。換句話說，相對於「馬華文學」的語文取向，「華馬文學」才是族裔文學的指稱。過去「馬華文學」自以為（或馬華文學史家或論者以為「馬華文學」）體現與代表了華社或華人族羣的文化面向及其文學消費與詮釋社羣，其實是忽略了華社另一羣說英語或寫馬來語的華裔的聲音。[38]

張錦忠甚至認為，由於華馬英小說所描寫的族羣往往比華馬華

37　文學複系統理論源自易文－佐哈爾（Even-Zohar），張錦忠（Tee Kim Tong）延用其觀念以探討馬來西亞華人文學。Itamar Even-Zohar, "Polysystem Theory," *Poetics Today* 11, no.1 (Spring 1990), pp.9-26. Tee Kim Tong, "Literary Interface and the Emergence of a Literary Polysystem," PhD. Dissertation, National Taiwan University, 1997.

38　張錦忠、黃錦樹、莊華興：〈序論：七十年家國〉，張錦忠、黃錦樹、莊華興編：《回到馬來亞：華馬小說七十年》（雪蘭莪：大將出版社，2008），頁 3-4。

小說來得龐雜，這些英文作品可能比華文作品更能體現國家文學的屬性：

> 除了華裔，其他族裔角色分量也不輕。這是否意味着華馬英小說所再現的馬來西亞社會比通常只見華人的華馬華小說（或只見馬來人的馬來小說、只見印度人的淡米爾小說）更「真實」？或者說，華馬英小說所彰顯的揉雜性，才是馬來西亞文學的獨特性？[39]

不過，三位學者同意，在深入探討馬來西亞國家文學的的複系統前，有必要對華裔馬來西亞文學先作一跨越語文藩籬的整合。換句話說，對華馬文學的整體認識與研究，首先必須超越個別語種的限制。為此，他們主張跨出關鍵的第一步，「透過翻譯的整合」，「將過去彼此間關係疏離的華裔馬華文學、華裔馬英文學、華裔馬來文學」匯流。於是，他們組織人力，將華馬英與華馬馬作品選譯為華文，再結合經過挑選的華馬華作品，編輯了一本以華文為媒介的華馬小說選。這便是《回到馬來亞：華馬小說七十年》的由來，此書雖無「大系」規模，但已足以讓華文讀者「了解華馬英、華馬馬作家的關懷、視野與技藝。」對於三位編者而言，馬來西亞華人的多語文寫作狀態是「華馬文學的的資產，而非局限或負債」，應予以肯定。[40]

39　張錦忠、黃錦樹、莊華興：〈序論：七十年家國〉，頁 15。
40　張錦忠、黃錦樹、莊華興：〈序論：七十年家國〉，頁 4。

然而，對於文學閱讀與文學研究而言，翻譯只能是退而求其次的折衷辦法。倘若進一步從語文權利（language rights）[41] 與文選政治的角度來考慮，在文選裏呈現原文，雖然困難不少，但確有必要。1998 年，從事英美文學研究的索樂思（Werner Sollors）指出，全球許多國家與地區其實都有雙語文，甚至三語文，並存的情況，研究者在編輯國家或地區文選或撰述文學史時，必須認真面對這種多語文的常態。[42] 為了示範並開啟風氣，他與比較文學學者薛爾（Marc Shell）合作，以編輯身份廣邀專家協助，於 2000 年出版《美國文學的多種語文選集：原文與英譯對照讀本》。[43] 兩人所選文本均來自英文以外的美國文學傳統，所涉語種包括多種印第安語文、歐亞語文（包括美國的華文文學）以及「混雜語文」（mixed languages）。美國的混雜語文計有「希（臘）英語」（Greeklish）、「意（第緒）英語」（Yinglish）、「西（班牙）英語」（Spanglish）、「法英語」（FrAnglais）等；因篇幅所限，這本文選只舉「德美語」（Germerican）文學為例。[44]

41　Linguistic Society of America, "Statement on Language Rights," in *Multilingual America: Transnationalism, Ethnicity, and the Languages of American Literature*, ed. Werner Sollors (New York & London: New York Univ. Press, 1998), pp.389-391.

42　Werner Sollors, "Introduction," in Sollors ed., *Multilingual America: Transnationalism, Ethnicity, and the Languages of American Literature*, pp.1-13.

43　Marc Shell and Werner Sollors, eds., *The Multilingual Anthology of American Literature: A Reader of Original Texts with English Translations* (New York & London: New York Univ. Press, 2000).

44　Marc Shell, "Germerican Writing from the 1920s," in Shell and Sollors, eds., *The Multilingual Anthology of American Literature: A Reader of Original Texts*

　　相對於華馬文學研究者建設華馬多元文學傳統的積極態度，[45]香港的文學「追跡」[46]活動則多少帶着歷史「終結」時，於煙花燦爛處，為可能淪為「危城」[47]的「我城」[48]，回首前塵往事的複雜心緒。

　　1994 年 6 月 30 日，位處天安門廣場旁邊的中國歷史博物館為高懸於正門的「中國政府對香港恢復行使主權倒計時」揭幕。這是一個只有日數和秒數的巨大電子時鐘，以令人目眩的速度為來到天安門廣場觀光的民眾倒數香港的最後時光。巫鴻（Wu Hung, 1945－　）認為，這個搶眼的時鐘具有強烈的象徵意涵。[49]於中共政權而

---

with English Translations, pp.533.

45　根據王國璋的研究，馬來西亞華人在政治、經濟、教育、文化各個領域都備受馬來西亞國家體制的擠壓，有如二等公民。王國璋：〈真實與虛幻：馬來西亞華人公民地位與人權論述〉，陳鴻瑜編：《海外華人之公民地位與人權》（台北：華僑協會總會，2014），頁 301-328。馬華文學所面對的身份、霸權、語言表述、文學權力等問題相當複雜，論者不少。晚近例子有莊華興：〈語言、文體、精神基調：思考馬華文學〉，《思想》第 28 期（2015 年），頁 199-219；葉金輝：〈文學的國籍、有國籍馬華文學、與「入台」（前）馬華作家〉，《中外文學》第 45 卷第 2 期（2016 年 6 月），頁 159-190。

46　此語出自黃繼持、盧瑋鑾、鄭樹森：《追跡香港文學》（香港：牛津大學出版社，1998。

47　《危城》是香港導演陳木勝（1961-　）作品，2016 年於香港公映。電影講述一則民國小鎮面臨軍閥屠城的故事，然而對於港台觀眾而言，這部片子具有非常鮮明的政治隱喻。

48　此為西西（1938-　）一篇小說的篇名，在二十世紀末的香港，「我城」已成香港之同義詞。西西：《我城》（台北：允晨文化出版，1990）。

49　Wu Hung, "The Hong Kong Clock: Public Time-telling and Political Time/Space," *Public Culture: Society for Transnational Cultural Studies* 1997, no. 3: pp.329-354.

言，對香港重使主權意味着始自 1840 年的「民主革命」(以人民英雄紀念碑上的「虎門銷煙」浮雕為代表) 已經完成，由中共政權所代表的中國終於一洗近代史上一系列不平等條約所帶來的恥辱。[50]香港殖民統治的終結，象徵了一個創傷時代的終結。

對於許多香港居民，這個時鐘卻會引起截然不同的聯想。1997 年，在香港即將易幟，並改名為「中華人民共和國香港特別行政區」(簡稱「香港特別行政區」) 之前，趙家璧於 3 月 12 日因肺癌逝世。[51]這一年，阿巴斯 (Ackbar Abbas) 出版《香港：消逝的文化與政治》一書。[52]他在〈導言〉裏指出，香港本來是一個單向度 (或曰「頹廢」) 的貿易港，此地居民素來只熱衷於經濟活動，對於政治與文化都不太關心；可是，八〇年代發生的兩起重大政治事件，卻迅速改變了這種精神面貌。1984 年英國與中共政權關於香港前途問題的定案以及 1989 年發生於北京的天安門事件，不僅讓香港居民桃源夢醒，還使他們承受了相當大的精神打擊。此後，對於前途無權置喙，但又不敢輕信 1997 年之後香港維持五十年不變的承

50　在中共執政之前，國民黨政權曾在四〇年代兩次與英國協商解決香港問題，不過由於英國政府態度強硬，兩次都不成功。詳見呂芳上：〈一九四〇年代中英香港問題的交涉〉，港澳與近代中國學術研討會論文集編輯委員會編，《港澳與近代中國學術研討會論文集》，頁 501-531。亦見 John M. Carroll, *A Concise History of Hong Kong* (Lanham, Maryland, USA: Rowman & Littlefield Publishers, Inc., 2007), pp.126-129。

51　趙修義：〈憶父親〉，上海魯迅紀念館、上海文藝出版社編：《趙家璧先生紀念集》(上海：上海文藝出版社，1998)，頁 240-259。

52　Ackbar Abbas, *Hong Kong: Culture and the Politics of Disappearance* (Hong Kong: Hong Kong Univ. Press, 1997).

諾的居民於是陷入難以言表的悒鬱與疑懼裏，對於此地原有的生活方式以及過去曾經忽略的文化傳統亦變得格外的關切與珍惜，惟恐本土人文景觀與自我身份會在政權易手之後消失殆盡。[53] 這種憂患意識，白睿文（Michael Berry）稱之為「預見的創傷」（anticipatory trauma）。他在《痛史：現代華語文學與電影的歷史創傷》（2008 年）一書的〈尾聲：香港 1997〉裏指出，由於現代中國歷史充滿血腥與暴力，香港華人鑑往知來，對於未來不敢樂觀；在世紀末的香港文學與電影作品裏，作家與導演每以毀滅的意象來設想這座城市的將來。[54]

回顧戰後香港的本土文學活動，華文文學選集雖不時出版，對於香港文學資料作系統的整理、匯編與研究，確實始自這座城市的居民的主體意識興起，同時驚覺自己或將失去對未來的主導權的八

53 Abbas, *Hong Kong: Culture and the Politics of Disappearance*, pp.1-15. Carroll, *A Concise History of Hong Kong*, pp.190-194.1989 年的天安門事件，直接催生了香港身份意識，有何少韻的詩為證：「當我們接近一個時代的終點 / 我們終於 / 變成自己。催化劑 / 是鄰居的血。」Louise Ho, "New Year's Eve, 1989," in *City Voices: Hong Kong Writing in English, 1945 to the Present,* ed. Xu Xi and Mike Ingham (Hong Kong: Hong Kong Univ. Press, 2003), p.296.

54 Michael Berry, "Coda: Hong Kong 1997," in *A History of Pain: Trauma in Modern Chinese Literature and Film* (New York: Columbia Univ. Press, 2008), pp.365-383.

〇年代。[55] 雖然同為英國屬地與多元族羣社會，[56] 香港的主流語文系統並沒有馬來（西）亞複雜。[57] 位處香港文化生產邊緣的文學創作，以華文出版較為顯眼，英文相對隱蔽；[58] 兩種文學資料的整理、匯

---

55 高馬可（John M. Carroll）認為，香港的中上層華人階層的本地身份認同，其實早在十九世紀末已經浮現，其他階層的居民，則要晚至六〇及七〇年代才有比較明確的歸宿感。而形塑香港本地身份認同的關鍵事件，則非八〇年代的香港前途談判莫屬。Carroll, *A Concise History of Hong Kong*, pp.167-168. 關於八〇年代的「香港人」，參 Hugh D. R. Baker, "Life in the Cities: The Emergence of Hong Kong Man," *China Quarterly* 1984, no. 95: pp.469-479。

56 香港為多元族羣社會，不過華人所佔比例偏高，一直維持在 95% 左右，此為與馬來（西）亞的最大差異。二十世紀初，香港的非華裔族羣來自英、葡、德、美、法、丹麥、意大利、西班牙、瑞士、奧地利、挪威、瑞典、俄羅斯、比利時、墨西哥、荷蘭、土耳其、匈牙利、希臘、印度、巴西、保加利亞、羅馬尼亞、智利、秘魯、阿富汗、安南、阿拉伯、緬甸、暹羅、馬來、爪哇、埃及等地。丁新豹、盧淑櫻：〈序〉，《非我族羣：戰前香港的外籍族羣》（香港：三聯書店〔香港〕有限公司，2014），無頁碼。

57 若從出版事業與宗教傳播的角度來看，香港在十九世紀曾扮演多種語文出版中心的角色，可謂亞洲重要的文化生產場域之一。根據初步的研究資料顯示，香港當年出版的書籍所涉語種除了華文、英文、西班牙文、拉丁文、日文、斯瓦希里文（Swahili），還包括了巴納（Bahnar）、柬埔寨、馬來、他加祿（Tagolog）、伊郎格（Ilongo）、梭托（Sotho）、祖魯（Zulu）、毛利（Mauri）、聰加（Tsonga）、伊班（Iben）等民族的語文。Gillian Workman, "Introduction: Hong Kong Bibliography," in *Asian/Pacific Literatures in English*, ed. Robert E. McDowell and Judith H. McDowell (Washington: Three Continents Press, Inc., 1978), p.89.

58 梁秉鈞接受外地文友訪問時，曾提及香港作家的邊緣處境。訪問原文如下："For decades, Hong Kong writers have tried to survive in the interstices they discovered on the margins of their society and to make their voices heard. The strategies they have developed are significant and deserve respect. None of these voices should be suppressed. Perhaps it is when these many voices sing in chorus that the texture and complexity of the story of Hong Kong can be felt." Quoted in Brian Hooper, *Voices in the Heart: Postcolonialism and Identity in Hong Kong Literature* (Frankfurt: Peter Lang GmbH, 2003), p.18. 許

編、研究與出版分別在九〇年代以不同的步伐展開。[59]

素細亦有同感，她認為香港稱不上是文學出版中心，尤其在英文文學方面。Xu Xi, "Finding My English: One Hong Kong Writer's Evolution," in *Hong Kong ID: Stories from the City's Hidden Writers*, ed. Dania Shawwa (Hong Kong: Haven Books, 2005), p.182.

59　九〇年代較具代表性的華文出版物是黃繼持、盧瑋鑾、鄭樹森三人編選的五本選集：（1）《香港小說選：1948-1969》（香港：香港中文大學人文學科研究所香港文化研究計劃，1997）。（2）《香港散文選：1948-1969》（香港：香港中文大學人文學科研究所香港文化研究計劃，1997）。（3）《香港新詩選：1948-1969》（香港：香港中文大學人文學科研究所香港文化研究計劃，1998）。（4）《國共內戰時期香港本地與南來文人作品選：1945-1949》（香港：天地圖書，1999）。（5）《早期香港新文學作品選：1927-1941》（香港：天地圖書，1999）。此外，還有五本由不同編者主編的年代小說選集：（1）劉以鬯編：《香港短篇小說選：五十年代》（香港：天地圖書，1997）。（2）黎海華編：《香港短篇小說選：九十年代》（香港：天地圖書，1997）。（3）也斯編：《香港短篇小說選：六十年代》（香港：天地圖書，1998）。（4）馮偉才編：《香港短篇小說選：七十年代》（香港：天地圖書，1998）。（5）梅子編：《香港短篇小說選：八十年代》（香港：天地圖書，1998）。八〇至九〇年代具代表性的研究著作有：（1）黃維樑：《香港文學初探》（香港：華漢文化事業公司，1985）。（2）Wong Wai-leung（黃維樑），*Hong Kong Literature in the Context of Modern Chinese Literature* (Hong Kong: Institute of Social Studies, The Chinese Univ. of Hong Kong, 1987). （3）陳炳良編：《香港文學探賞》（香港：三聯書店，1991）。（4）也斯：《香港文化》（香港：香港藝術中心，1995）。（5）《香港文學書目》（香港：青文書屋，1996）。（6）黃維樑：《香港文學再探》（香港：香江出版有限公司，1996）。（7）黃繼持、盧瑋鑾、鄭樹森主編：《香港文學大事年表：1948-1969》（香港：香港中文大學人文學科研究所香港文化研究計劃，1996）。（8）黃康顯：《香港文學的發展與評價》（香港：秋海棠文化企業，1996）。（9）也斯：《香港文化空間與文學》（香港：青文書屋，1996）。（10）專集組主編：《香港七十年代青年刊物回顧專集》（香港：策劃組合，1997）。（11）黃繼持、盧瑋鑾、鄭樹森：《追跡香港文學》（香港：牛津大學出版社，1998）。（12）吳萱人：《香港六七十年代文社運動整理及研究》（香港：臨時市政局公共圖書館，1999）。（13）黃維樑主編：《活潑繽紛的香港文學：1999年香港文學國際研討會論文集》（香港：中文大學出版社、中文大學新亞書院，2000），兩冊。英文文學綜合選集的出版情況見下文。

若香港本地的華文新文學創作可追溯至 1919 年，以香港作為題材的英文文學創作則勃興於五〇年代。[60] 根據何漪漣（Elaine Yee Lin Ho）的研究，二十世紀上半期關於香港的「偶得之作」俱為英國作家與學者的東遊之作，其中包括毛姆（Somerset Maugham, 1874–1965）的《面紗》（1925）、奧登（W. H. Auden, 1907–1973）的〈香港〉（1939），以及曾在香港大學出任英文系系主任逾三十載（1920–1951）的辛普森教授（Robert Kennedy Muir Simpson）的詩篇。[61] 1953 年至 1964 年間，英國詩人布蘭登教授（Edmund Charles Blunden, 1896–1974）到港大英文系任教。他在 1962 年將居港期間的作品結集出版，此為《香港的房子：1951–1961 年詩作》的由來。[62] 此外，值得關注的同期詩人還有黃雯（Wong Man, ?–1963），他的詩集《在兩個世界之間》在 1956 年由香港學生書店梓行。英國作

60　何漪漣和許素細均持此觀點。Elaine Yee Lin Ho, "Connecting Cultures: Hong Kong Literature in English, the 1950s," *New Zealand Journal of Asian Studies* 5, no. 2 (December 2003): pp.5-25. Xu Xi, "From and of the City of Hong Kong," in Xu Xi and Ingham, eds., *City Voices: Hong Kong Writing in English, 1945 to the Present*, p.19.

61　William Somerset Maugham, *The Painted Veil* (London: Heinemann, 1925). Robert Kennedy Muir Simpson, *Diversions* (Hong Kong: Hong Kong Daily Press, 1933. W. H. Auden, "Hong Kong," in W. H. Auden and Christopher Isherwood, *Journey to a War* (London: Faber and Faber, 1939), p.23. All listed in Workman, "Introduction: Hong Kong Bibliography," pp.93-95.

62　E. C. Blunden, *A Hong Kong House: Poems 1951–1961* (London: Collins, 1962). Workman, "Introduction: Hong Kong Bibliography," p.94. 這本詩集後來於 2001 年由香港大學出版社再版。香港學者關於布蘭登的研究，見 Elaine Yee Lin Ho, "'Imagination's Commonwealth': Edmund Blunden's Hong Kong Dialog," *PMLA* 124, no.1 (January 2009), pp.76-91。

家梅森（Richard Mason, 1919-1997）於 1957 年出版《蘇絲黃的世界》，由於這本小說影響了全球對香港的觀感，亦當視為五〇年代的關鍵文本之一。[63] 生於斯長於斯的英文作家許素細（Xu Xi / Sussy Komala/Sussy Chakó, 1954-　）則認為，五〇年代具影響力的文本至少還應包括韓素音（周光瑚 / Elizabeth Chou, 1917-2012）發表於 1952 年的《瑰寶》。[64]

　　早期外來作家關於香港的英文文學創作或不只這些，尚待深入發掘。1978 年，兩位研究亞太地區英文文學的學者組織各地人力，編輯和出版了一本名為《亞洲 / 太平洋的英文文學》的專著，收錄從殖民時代至 1977 年間關於亞太區域的知見英文書目。[65] 此書將亞太地區分成六大板塊：斯里蘭卡、菲律賓、馬來西亞和新加坡、香港、澳洲（原住民）、巴布亞新畿內亞；所錄作者包括外來者、暫居者與本土居民，著述內容與所在地區有關。從書目總數來看，香港的數量是馬新兩地的一倍；若剔除非文學作品，僅就小說、詩歌、戲劇三大文體作一粗略比較，兩地的差異其實不大，香港僅

63　Ho, "Connecting Cultures: Hong Kong Literature in English, the 1950s," pp.5-25. Robert Mason, *The World of Suzie Wong* (London: Collins, 1957). Workman, "Introduction: Hong Kong Bibliography," pp.93-94.

64　Xu Xi, "From and of the City of Hong Kong," p.19.「瑰寶」（A Many-Splendored Thing）是 2007 年的譯名，見孟軍譯：《瑰寶》（上海：上海人民出版社，2007）。韓素音這本小說出版於 1952 年，具名「Elizabeth Chou」。Workman, "Introduction: Hong Kong Bibliography," p.92。據此改編的電影的片名中譯為「生死戀」（Love Is a Many-Splendored Thing）。

65　Robert E. McDowell and Judith H. McDowell, eds., *Asian/Pacific Literatures in English* (Washington: Three Continents Press, Inc., 1978).

比馬新多一成而已。據書中的香港書目所列，除了前文提及的作家，知名英國作家如康拉德（Joseph Conrad, 1857-1924）和吉卜林（Rudyard Kipling, 1865-1936）亦曾寫及香港。[66] 此外，研究者曾經提及的作品還有《詩歌與故事裏的香港傳說》（1902 年）和《冒充者保羅：香港傳奇》（1912 年）。[67] 若要追溯早期關於香港的英文文學作品，這個書目可以作為探討的起點。[68]

六

卡奇盧（Braj Kachru, 1932-2016）的研究指出，英國英語與馬來西亞或香港的本土化英語有頗大差異，由此產生的英文文學亦會展現不同的風貌。他以三層同心圓的模式來解說全球的多元英語現象。「內圈」為核心，指大多數人以英語作為「第一語文」的國家，例如英國、美國、澳洲和紐西蘭。「外圈」指英語具有「第二語文」

66 Joseph Conrad, *The Shadow Line: A Confession* (Edinburg & London: John Grant, 1925). Rudyard Kipling, "Hong Kong," in *Rudyard Kipling's Verse, Inclusive Edition 1885-1932* (London: Hodder and Stoughton, 1933), p.175. Workman, "Introduction: Hong Kong Bibliography," pp.92, 94.

67 Dolly [L. D. Oliver], *Tales of Hongkong in Verse and Story* (Hong Kong: Kelly and Walsh, 1902). Dolly Oliver [L. D. Oliver], *Paul the Pretender: A Romance of Hong Kong* (Shanghai: Shanghai Times, 1912). Quoted in Hooper, *Voices in the Heart: Postcolonialism and Identity in Hong Kong Literature*, p.23. Workman, "Introduction: Hong Kong Bibliography," pp.93-94.

68 Douglas Kerr, "Foreign Writers (Hong Kong), in *Encyclopedia of Postcolonial Literatures in English*, ed. Eugene Benson and L. W. Conoly (London: Routledge, 1994), pp.541-542.

屬性的地方，例如印度、孟加拉、馬來西亞、新加坡、菲律賓、肯亞、尼日利亞等國。「擴展圈」則指視英語為外語的國家，例如日本和中國。卡奇盧對「外圈」的「多元世界英語」（World Englishes）的創造力格外感興趣。他認為，英語傳入亞非兩洲，經過異類語言與文化的雙重洗禮，早已另立門戶，自成一家之言。這種新生英語由於揉雜了不同的語言與文化傳統，具備豐沛的「雙語創造力」（bilingual creativity）。由此孕生的文學，他稱為「會通英文文學」（contact literatures in English），尼日利亞的索因卡（Wole Soyinka, 1934-　）和印度的拉奧（Raja Rao, 1908-2006）的文學創作，均屬此類。[69]

在卡奇盧看來，新生英語成為亞洲語言之一，乃大勢所趨。在亞洲，不僅學習英語的人數眾多，能將之靈活運用的人口其實亦不少；在英、美之外，聲勢最為浩大的英語國家是印度，其次是獨立後將英語視為「第一語文」的新加坡。在香港從事英語研究多年的博爾頓（Kingsley Bolten）認為，進入二十世紀晚期，語言學研究者已將印度英語、新加坡英語、馬來西亞英語、菲律賓英語視為不同的新生英語，各有明確身份，唯有香港英語（Hong Kong English）尚未得到確認。[70] 為了糾正這種認知與學術上的盲點，他從口音（可

69　Kingsley Bolton, "Chapter 4: The Emergence of Hong Kong English as a 'New English,'" in *Chinese Englishes: A Sociolinguistic History* (Cambrdige: Cambridge Univ. Press, 2003), pp.197-199. 本文部分詞彙沿用歐陽昱譯文，見金斯利・博爾頓著，歐陽昱譯：《中國式英語：一部社會語言學史》（上海：上海文藝出版社，2011）。

70　曾在香港大學英文創意寫作課程任教（1999-2002）的林玉玲曾在一篇文章裏提

辨識的、世代相傳的典型口音）、詞彙（表達該地社會與環境特徵的獨有詞語）、歷史（由於該地語言社羣的歷史演變而導致的語言現狀）、文學創作（理直氣壯的以該地語文從事寫作）、參考書（由本地人撰寫的辭典和文體指南，不依靠外來權威）五個方面考察、論證香港英語的存在，並為此著書立說。[71]

　　據他觀察，香港的本土英語誕生於「殖民統治晚期」（1980-1997），而且與此地的教育演變息息相關。戰後百廢待興，英語還只是少數接受菁英教育的華人的專利；但在七〇年代之後，由於殖民政府推行普及教育政策，繼而在八〇年代後期擴充大專教育的規模，越來越多華人掌握了英語，使之漸成九〇年代日常生活裏的「第二語文」。[72] 換句話說，香港是在殖民統治晚期才真正轉變為雙語文的國際大都會，香港本土的英文文學創作也是在九〇年代才得以蓬勃展開。[73]

　　到，香港雖然經過一百五十年的英國殖民統治，並沒有發展出本土英語，這一點與印度和新加坡非常不同。Shirley Geok-lin Lim, "Cultural Imagination and English in Hong Kong," in *Hong Kong English: Autonomy and Creativity*, ed. Kinsley Bolton (Hong Kong: Hong Kong Univ. Press, 2002), pp.266-267.

71　Bolton, "Chapter 4: The Emergence of Hong Kong English as a 'New English,'" pp.197-225.

72　Bolton, "Chapter 2: The Sociolinguistics of English in Late Colonial Hong Kong, 1980-1997,'" in *Chinese Englishes: A Sociolinguistic History*, pp.63-66.

73　Bolton, "Chapter 4: The Emergence of Hong Kong English as a 'New English,'" pp.217-218. 香港的英文文學創作（詩歌）比賽始於 1969 年，不過到了八〇年代初，仍然未能形成風氣，學者遂有香港英文文學不成氣候的感嘆。Mimi Chan, "Creative Writing in English in Hong Kong," in *The Teaching of Literature in ASAUHK Universities*, ed. Antony Tatlow (Hong Kong: Hong Kong Univ. Press, 1982), pp.48-58.

博爾頓特地引用許素細的一段話，以見本地作家對於香港英語的自覺：

> 香港讀者（即曾在香港居住或工作，對香港有親身體驗與認識的讀者），不論是「本地人」或「外來者」，都會發現我的作品是「非常香港」的——且不管那是甚麼意思。我只懂得我的香港，那是我堅持不懈，一直用英文在小說中描寫的香港。至於那是何種英文，且留待別人評說。[74]

作為小說家，許素細其實對於香港英文的特點了然於心；然而，身為華印（尼）混血兒，她在香港的語言體驗又與大多數的華人有微妙的差別。她曾如此談及香港語言的揉雜共性以及她個人語言經驗的殊性：

> 我在香港長大，和同代人一樣，用粵語、粵式英語、英式粵語和英語聊天。華人朋友要記住各個朝代的名稱，而且還是庶出身份；我是印尼華僑（wah kiu）的後裔，幸而得以免此苦役。雙親的母語是爪哇語；華語也是父親的母語。英語是他們的第二或第三語言，粵語則不太靈光，是兩人分別在戰後來到香港這個「借來的土地」所學會的語言。他們在這個城市結識結婚，生我育我。儘管在這裏待了半個世紀，他們講任何一種本地話，不管是粵語還是英語，聽起來都不像香港人（Hong Konger）。

---

74 Bolton, "Chapter 4: The Emergence of Hong Kong English as a 'New English,'" p.217.

在家裏，我講英語；但是，我的英語其實和雙親的英語沒有甚麼不同，也是「作為第二語言的英語」（ESL/English as a second language）。在外頭，我通常講粵語——更準確的說法是——「作為第二語言的粵語」（CSL）。

現在我的英語比華語流利，甚少閱讀華文。要讀也只能讀當代小說或報紙，看不懂就翻查我那本常用的小字典。我難得一寫華文。我講英語，有人說那口音像紐約客，也有人說有那麼一點的英倫腔，這視乎聽者的成長背景而異。不管怎樣，我在講尚算流利的粵語或不太通順的普通話時，已儘量使自己的口音聽來港腔港調——至少別人覺得我像吧。果然是一個雜種的聲音（a mongrel's voice）。[75]

正是這種獨特的日常語言經驗，使她在編選香港的英文文學選集時，格外關注香港不同的族羣在使用英文寫作時所產生的眾聲喧騰狀態，並以「市聲」（city voices）為文選命名。

身為美國大學創意寫作課程所培訓的作家，許素細在文學語言與風格的追求方面，並沒有畫地自限，獨尊香港英文，而是朝多元複調的方向努力。用她本人的話來說，她是一位以「世界英文」（World English）寫作的「香港英文作家」。根據她的解釋，「世界英文」早已超越昔日的英文，成為一種俯瞰帝國與民族的混種語文；以這種語文寫就的文學作品，可將多種語文、各地英文的表意方式

75　Xu Xi, "From and of the City of Hong Kong," pp.20-21; Xu Xi, "Finding My English: One Hong Kong Writer's Evolution," pp.175-199.

以及全球文學想像融為一體，非常適合她用來表述自己跨地域、跨文化的人生體驗。[76]

七

　　1996 年，香港牛津大學出版社推出一本從外來視角書寫香港的英文作品集，名為《香港：懸浮於天地間》，編者是懷特（Barbara-Sue White）。[77] 此書按時序收錄香港從開埠至殖民地晚期篇幅較為短小，包含各種體裁的英文作品，亦兼容幾篇中國作家（例如王韜、巴金、艾蕪）的文章英譯。據編者解釋，由於當代名家如韓素音、克拉維爾（James Clavell, 1921-1994）、莫里斯（Jan Morris, 1926-　）、勒卡雷（John le Carré, 1931-　）、毛翔青（Timothy Mo, 1950-　）等人的作品不難讀到，所以不錄。[78]

　　許素細並不欣賞此書，故此後來與穎翰（Mike Ingham）合作，在 2003 年編輯一本以本地觀點為主導的戰後香港英文文學選集，此為《市聲：1945 年至今的英文寫作》的由來。[79] 她在題為〈來自香港，屬於香港〉的序言裏，對《香港：懸浮於天地間》的選材有

76　Xu Xi, "Finding My English: One Hong Kong Writer's Evolution," pp.184-186.

77　Barbara-Sue White, ed., *Hong Kong: Somewhere between Heaven and Earth* (Hong Kong: Oxford Univ. Press, 1996).

78　Barbara-Sue White, "Introduction," in White ed., *Hong Kong: Somewhere between Heaven and Earth,* p.xiv.

79　Xu Xi and Mike Ingham, eds., *City Voices: Hong Kong Writing in English, 1945 to the Present* (Hong Kong: Hong Kong Univ. Press, 2003).

以下批評：

> 　　這本晚近出版的選集從歷史流變的角度審視關於香港的創
> 作，其主要選材來自英文。此書的編輯方針決定了大部分入選者
> 都是英國人，而錄取的篇章無不流露出一種與當今文學與文化格
> 格不入的殖民者心態。[80]

對於自己所編的選集，則強調自創本地文學傳統的必要：

> 　　這本選集不得不出版，因為市面上根本沒有同類的書。創造
> 自己的存在與歷史，是非常符合香港創業精神的行動。這本選集
> 要誕生，因為此地以英語發音的市聲喧嘩已久，而且還會延續下
> 去。[81]

　　《市聲》以文類為經，時間為緯，輯錄香港今昔眾聲。文類只
分散文（廣義）與詩，散文底下再細分為長篇小說（選段）、短篇
小說、散文（狹義）、回憶錄（選段）四類。[82] 入選作家有成名作家
與文壇新秀，外來者、本地人以及外遷者共濟一堂。外來作家除

80　Xu Xi, "From and of the City of Hong Kong," p.17.
81　Xu Xi, "From and of the City of Hong Kong," p.17.
82　關於香港的小說與詩歌的介紹，參 Mimi Chan, "Novel (Hong Kong)," in
　　Encyclopedia of Post-colonial Literatures in English, pp.1125-1126; Mimi Chan,
　　"Short Fiction (Hong Kong)," in *Encyclopedia of Post-colonial Literatures in
　　English*, pp.1468-1469。至於散文寫作，參 Elizabeth Sinn, "Travel Literature
　　(Hong Kong)," in *Encyclopedia of Post-colonial Literatures in English*, pp.1591-
　　1592。

了前文提及的韓素音、梅森、布蘭登，還包括林太乙（Lin Tai-yi/
Anor Lin, 1926-2003）、姜安道（Andrew Parkin, 1937-　）、林玉玲
（Shirley Geok-lin Lim, 1944-　）等人。本地作家及居港作家則有何
少韻（Louise Shew Wan Ho）、林舜玲（Agnes S. L. Lam）、許素細、
科茨（Austin Coates, 1922-1997）、紐伍（Christopher New）、維塔
奇（Nury Vittachi, 1958-　）等人，還有梁秉鈞（Leung Ping-kwan,
1949-2013）、黃國彬（Laurence Wong, 1946-　）等雙語文作家。[83]
許素細非常欣賞華英混血兒小說家毛翔青，儘管他已居英多年，
亦否認其「香港作家」的身份，他的作品還是入選了。[84]《市聲》沒
有收錄劇作，恐怕與香港過去缺乏「有分量的劇作家」（significant
dramatists）有關。[85] 許、穎另編的《城市舞台：香港英文劇作選》，
主要收錄九〇年代以降的劇作，於同年出版。[86]

　　許、穎的《市聲》既沒有以「香港英文文學」為名，也沒有為「香

---

83 關於毛翔青、林舜玲、許素細的研究，見 Amy Tak-yee Lai, *Asian English Writers of Chinese Origins: Singapore, Malaysia, Hong Kong* (New Castle upon Tyne, UK: Cambridge Scholars Publishing, 2009)。

84 Mimi Chan, "Creative Writing in English in Hong Kong," p.48. 何漪漣曾著專書，討論毛翔青的作品：Elaine Yee Lin Ho, *Timothy Mo* (Manchester & New York: Manchester Univ. Press, 2000).

85 Mimi Chan, "Drama (Hong Kong), in *Encyclopedia of Post-colonial Literatures in English*, pp.382-383. 關於香港英語戲劇的歷史沿革，參看 Mike Ingham, "Hong Kong-based English-language Theatre," in *City Stage: Hong Kong Playwriting in English*, ed. Xu Xi and Mike Ingham (Hong Kong: Hong Kong Univ. Press, 2003), pp.1-10。

86 Xu Xi and Mike Ingham, eds., *City Stage: Hong Kong Playwriting in English* (Hong Kong: Hong Kong Univ. Press, 2003).

港英文文學」下定義。何漪漣為文評論香港的 —— 或關於香港的 —— 英文創作，採取同樣審慎的態度。首先，就語言層次而言，她並不贊同以國家／區域以及同質性的角度研究各地英語，認為這種研究方法偏重中心與規範，所犧牲的是語言的蕪雜與流變。[87] 其次，她認為香港作家背景殊異，創作繽紛多彩，若談「香港英文文學」，必然涉及命名、取捨與身份認同等複雜議題，而以定義與分類方式探討文學現象，難免有簡化之嫌。她建議，與其預設一穩定的作品集結與羣體身份，不如將香港的文學創作視為多種形構「香港」的論述之一，對之作一動態的探討，以期了解各家風貌以及作品之間的互動，究竟如何再現這個華洋匯聚的都會的不同面向，並創造此地的羣體意識。[88]

何漪漣盱衡香港的文學創作，套用的是德勒茲（Gilles Deleuze, 1925-1995）與瓜塔里（Félix Guattari, 1930-1992）的文學理論以及卡爾維諾（Italo Calvino, 1923-1985）的創作主張。[89] 根據她的綜合闡述，語言與文學的特質，在於兩者內在的一消一長的力量於互動間所呈現的動態與活力。語言與文學在暫靜與恆動、規範與脫序、封閉與開放、沉默與喧囂之間的游移，見證的是「建立領域」（territorialization）與「消解領域」（deterritorialization）兩股不同能量

87　Elaine Yee Lin Ho, "People Like Us: The Challenge of a Minor Literature," *Journal of Asian Pacific Communication* 9, no. 1 & 2 (1999): pp.29-30.

88　Ho, "Connecting Cultures: Hong Kong Literature in English, the 1950s," pp.5-6. Ho, "People Like Us: The Challenge of a Minor Literature," pp.30, 35.

89　Ho, "People Like Us: The Challenge of a Minor Literature," pp.27-32.

之間的激盪與流轉。文學創作之精義，盡見於「消解領域」的過程；所謂創意，亦往往體現於這個偏離了原來的軌跡，但尚未「建立領域」之前的突破性演變階段。這個「消解領域」的進程，可以理解為「趨小化」（minorization）。[90] 她引用德勒茲與瓜塔里的原文：

> 小語言的特點，並不在於比標準語言或大語言更為繁縟或貧瘠，而是較之清醒，充滿變異，猶如對標準語言作了趨小的處理，讓大轉化為小（becoming-minor）。語言的大小之分，並非癥結所在，關鍵是解而化之的演變進程（becoming）。故此，要關心的問題不是如何為地區方言重新建立領域（reterritorialization），而是怎樣消解大語言的原來領域。[91]

從文學的角度審視，所有消解既有疆域的創作均可視為「小文學」（minor literature）。[92] 要探討香港的英文寫作，何漪漣寧可關注創新之處，也就是如何將「標準」英文解域、使之趨小的問題。根據卡爾維諾的見解，唯有在質疑現存語言與論述秩序的前提下，文學的多元、善辯、似非而是的特點才能得以充分發揮，成為喚醒

---

90 Donald Bogue, "The Minor," in *Gilles Deleuze: Key Concepts*, ed. Charles J. Stivale (Montreal & Kingston: McGill-Queen's Univ. Press, 2005), pp.110-120.

91 Ho, "People Like Us: The Challenge of a Minor Literature," p.28. Gilles Deleuze and Félix Guattari, *A Thousand Plateaus: Capitalism and Schizophrenia*, trans. Brian Massumi (Minneapolis & London: Univ. of Minnesota Press, 1987), p.104.

92 Gilles Deleuze and Félix Guattari, "What Is a Minor Literature?" in *Kafka: Toward a Minor Literature*, trans. Dana Polan (Minneapolis: Univ. of Minnesota Press, 1986), pp.16-27.

社會自覺的有力工具。何漪漣認為，此為思考「香港」，進而召喚「尚未誕生、沒有語言的人民」(an unborn people that doesn't have a language) 不可或缺的文化工程。[93]

八

何少韻為《市聲》寫序，在感慨以英文寫作的寂寞之餘，不忘為此地「各自修行」(chacun pour soi) 的作家打氣。她借來聖露西亞 (Saint Lucia) 詩人沃克特 (Derek Walcott, 1930-　) 的朝氣，想像香港文化主體在海邊誕生的美好時光：

> 當作家有緣目睹一種文化的曙光初現，灑照在一枝一葉上，為黎明勾勒輪廓時，內心會感到喜悅的力量，運氣的眷顧。這正是我們觀賞日出的收穫，這種體會在海邊尤其深刻。然後，「安的列斯」這個名詞盪漾如粼粼波光，各種樹葉、棕櫚複葉和雀鳥的聲音交織成一種新鮮的方言，即原住民的舌語。自己的語彙，個人的旋律（箇中韻律正是自己的傳記），匯入其中；若一切順遂，身體亦會隨之輕舞，猶如一座初醒，正在款步的小島。新鮮的語言，新鮮的人民，這是值得謳歌的天賜之福，也是令作家感到誠惶誠恐、尚待完成的志業。[94]

93　Ho, "People Like Us: The Challenge of a Minor Literature," pp.28-29. Gilles Deleuze, "On Philosophy," in *Negotiations: 1972–1990*, trans. Martin Joughin (New York: Columbia Univ. Press, 1995), p.143.

94　Louise Ho, "Foreword," in Xu Xi and Ingham eds., *City Voices: Hong Kong*

編者許素細恐怕沒有這麼樂觀。2008 年，她在另一本文選的序言裏提問：在政權移交之後，香港是否真的可以保持五十年不變？中國究竟會吞噬香港，還是把香港吐出來？她的答案是：「五五波」（fifty-fifty）。[95] 其實，早在 1996 年，她出版短篇小說集《許家女兒》時，就曾藉着〈石窗〉女主人公菲羅墨娜‧許（Philomena Hui）的迷離身世，為香港的命運作了奇譎、曲折、曖昧的敷衍。[96]

許細儀（Hui Sai Yee）和拉夫‧卡爾德（Ralph Calder）到希臘的伊德拉島（Hydra）度蜜月。抵達翌日，兩人到海邊散步，在岩石堆裏發現一個大皮箱，箱底長滿了藤壺，看來被棄甚久。細儀想把它打開，不遂。拉夫猜裏面或藏珍寶，她卻認為是潘朵拉的盒子，決定不再碰它，原封不動的留在原地。

拉夫是年輕的英國建築師，細儀是初出道的美國華裔作家，兩人結識於倫敦，在菲羅墨娜‧許的畫展上相遇。菲羅墨娜來自香港，曾在多個希臘島嶼上生活，身世不詳。幾年前，拉夫在鰂阿島（Kea）上偶遇在海邊寫生的菲羅墨娜，深為其「東方」魅力所迷，並在酒後與她共度如幻似真的一夜，醒來卻發現她已不知去向，不勝惆悵。兩年後，拉夫在倫敦看到一幅她的畫作，於是買下，掛在家裏。這是一幅描繪城市景觀的水彩畫，畫裏的大廈與人臉重合，

　　　Writing in English, 1945 to the Present, p.xiv.

95　Xu Xi, "The Way We Are, Are, Arguably Are: Preface," in *Fifty-fifty: New Hong Kong Writing*, ed. Xu Xi (Hong Kong: Haven Books Ltd., 2008), pp.9-10.

96　Xu Xi, "The Stone Window," in *Daughters of Hui* (Hong Kong: Asia 2000 Ltd., 1996), pp.99-125. 何漪漣對於香港在這個故事裏的錯位與重構作了精簡的闡釋，見 Ho, "People Like Us: The Challenge of a Minor Literature," pp.37-38。

細看之下，層層疊疊盡是有臉的大廈。可是他記得，菲羅墨娜曾告訴他，她畫的是油畫。

幾年前，細儀到雅典（Athens）旅遊，被一名中年麻臉希臘男子誤認為菲羅墨娜，並從他口中聽到她的故事。這個名叫康斯坦丁（Constantin）的男人曾與菲羅墨娜交往，他將她描述成一個來自香港、有錢、好賭、荒唐、聲名狼藉的藝術家。細儀在希臘聽過不少故事，但只有這一則讓她無法忘懷。後來，她在倫敦見到一幅菲羅墨娜所作的炭筆畫，畫中人赫然就是康斯坦丁。細儀吃了一驚，因為菲羅墨娜實在將這個男人畫得太醜了；不過，她還是買下了這幅畫，掛在波士頓的家裏，做個紀念。細儀兒時曾居香港，後來由祖母領到美國撫養，有時不免忖度，莫非菲羅墨娜是自己未曾相遇的親人？

自從來到伊德拉島度蜜月，細儀經常感到菲羅墨娜的出沒，有時是背後的響動，有時是遠方一閃而逝的長髮。某日清晨四點，細儀與拉夫親熱過後，突有所感，立即披衣外出。兩人來到海邊，找到大皮箱，細儀發現箱頭竟然是暖的，說道：「有人在這裏坐過。」拉夫不解，細儀回答：「菲羅墨娜來過。」

婚後數年，拉夫獨自再訪伊德拉島，閒來便到碼頭邊上的咖啡館枯坐。細儀失蹤已經有一段時間了。咖啡館裏一個希臘男人以英語跟他聊天，後來便講一個華人女子的故事。他說，某天清晨四點，他到海邊散步，聽到有人在尖叫，不停的尖叫。他循聲源找去，看到一名女子像鳥一樣棲息在一個大皮箱上，雙手垂在兩腿之間，聲嘶力竭的朝大海尖叫。他帶她回家，照料她，經過數月，她才停止喊叫。希臘男人說，她年紀不小了，可看上去卻像一個受

驚過度的小女孩。他還說，某些月落星沉的時刻，她仍然會偷偷溜走，獨自到海邊吶喊，直至日出。說到此處，有渡輪靠岸，他便起立，眺望了一會兒，自言自語道：「她今天不會回來了。」說完便離開了咖啡館。

拉夫記得，細儀曾經說過，希臘小島的風景，活脫脫就是九龍半島所見的港島景觀。莫非這就是菲羅墨娜西漂地中海，為諸島寫真的背後原因？菲羅墨娜的身世，拉夫霧裏看花，並不了解。在美國長大的細儀，雖然只有短暫的香港童年經驗，卻在畫廊店員不經意的口誤裏，突然靈光一閃，記起了「菲羅墨娜」背後所糾結的淒厲傳說。店員以為畫家名叫「菲羅墨拉」(Philomela)，她連忙糾正道，「我說的是菲羅墨娜。」「是聖女，不是夜鶯。」[97]

許素細在小說裏解釋，在希臘、羅馬神話裏，菲羅墨拉是一名遭到異國姊夫禁錮、強暴，並割斷舌頭的雅典公主。其姊知悉此事後，為她復仇，將自己與丈夫所生孩兒宰殺、烹煮，讓丈夫食用。丈夫發現真相，怒不可遏，持利斧追殺姊妹倆，兩人於是化身飛鳥遁走。[98] 一說姊姊變成夜鶯，妹妹化為燕子；另一說則倒過來，姊

97　根據傳說，十三歲的菲羅墨娜是虔誠的基督徒，決意一生保持貞潔，以侍奉神。羅馬帝國皇帝戴克里先垂涎其美色，欲納入宮，被菲羅墨娜拒絕。戴克里先怒而將她斬首。Nancy Daveport, "The Cult of St. Philomena in Nineteenth Century France: Art and Ideology," *Religion and the Arts* 2, no. 2 (1998): p.144, note no. 1.

98　關於菲羅墨拉的故事，見奧維德著，楊周翰譯：《變形記》(北京：人民文學出版社，2008)，頁 119-126。Ovid, *Metamorphoses*, trans. A. D. Melville (Oxford & New York: Oxford Univ. Press, 1998), pp.134-142.

姊變為燕子，菲羅墨拉化身為悲啼的夜鶯。[99] 走筆至此，許素細不禁嘆道：女性豈能沒有舌頭，女性怎能失去自己的聲音？

故事結束前，拉夫到海邊散步，那個來歷不明的大皮箱早已不知去向。

九

1940 年 3 月 4 日，為躲避戰火，南渡香港養病的蔡元培因胃瘤出血，被送往養和醫院，經搶救無效，翌日與世長辭。3 月 10 日下午 2 時，這位中華民國首任教育總長（1912 年 1 月-6 月）、首任中央研究院院長（1928-1940）、北京大學校長（1916-1927）的靈柩出殯，當時「執紼者五千人，與祭者逾萬，沿途觀者如堵。全港學校商店均懸半旗誌哀。靈柩暫厝東華義莊，後卜葬於香港仔華人公墓。」[100]

此時距 1935 年 10 月，他為《中國新文學大系》撰寫總序，評估中國新文學的成績，不過五年。他對於新文學的未來，充滿了期盼，並以歐洲的文學成就作為主要參照，召喚來者：「吾人自期，

---

99 關於西方文學裏夜鶯的形象及其詮釋，見 Jeni Williams, *Interpreting Nightingales: Gender, Class and Histories* (Sheffield: Sheffield Academic Press Ltd., 1997)。

100 孫常煒：《蔡孑民先生元培年譜》（台北：遠流出版事業股份有限公司，1997），頁 631。關於蔡元培晚年在香港參與的社會活動，見周樹佳：〈蔡元培在香港的抗日言論〉，《從翰林到教育家：蔡元培及其事業》（香港：中華書局，2007），頁 121-125。

至少應以十年的工作抵歐洲各國的百年。所以對於第一個十年先作一總審查，使吾人有以鑑既往而策將來，希望第二個十年與第三個十年時，有中國的拉飛爾與中國的莎士比亞應運而生」。[101] 然而，這位學貫東西的前清翰林編修，豈會不知道，當時的歐洲——尤其是德國——正逐步邁向人類史上最黑暗的一刻？1933 年 5 月 13 日，他曾與宋慶齡（1893-1981）、楊杏佛（1893-1933）、魯迅（1881-1936）等中國民權保障同盟執行委員會委員，為抗議希特勒的法西斯恐怖統治，親臨上海德國領事館，向該國駐華大使遞交抗議書。他們聲援德國的無產階級、知識分子以及猶太人，為他們所遭受的駭人迫害提出強烈的控訴：

> 　　本同盟由各國報章所載，得悉自法西斯蒂政黨得權以來，被捕之工人，已達三四萬，而知識分子橫遭壓迫者，亦在數千之數。囚犯施以慘刑，或加虐殺，事後誣為自盡或謂逃亡時中彈殞命。林中河上，時常發現屍身。工人團體解散，產業沒收。文人學者，以猶太種族關係或政見左傾，迭受種種侮辱。科學家如恩斯坦、赫史非而（Magnus Hirschfeld）等被迫出國。有名作家，如任盧微（Ludwig Renn）、福史王蒿（Lion Feuchtwanger），及曼多馬士（Thomas Mann）等，或被迫離國，或橫受侮辱。大美術家如利伯曼（Max Liebermann），音樂家如華爾得（Bruno Walter），家遭搗毀，書稿被焚，中世紀窘迫科學家之黑暗行為，及二千年

---

101 蔡元培：〈總序〉，趙家璧主編：《中國新文學大系・建設理論集》（台北：業強出版社，1990），頁 11。

前焚書之禍，不圖重見於今日。出版言論自由，全被剝奪，即談美術文藝之雜誌〔……〕亦被封禁〔……〕本同盟認為此種慘無人道之行為，不特踩躪人權，且壓迫無辜學者作家，不啻自摧殘德國文化。茲為人道起見，為社會文化之進步起見，特提出最嚴重之抗議。[102]

　　這幾位抗議者之中，以蔡元培與德國淵源最為深厚。1907 年 5 月，他以四十一歲之齡，自費留學德國。先在柏林學習德語一年，爾後入讀萊比錫大學，註冊為哲學系學生。他修讀的科目涵蓋文學、哲學、人類學、文化史、實驗心理學、美學等範疇，歷時三年。[103] 他在《自寫年譜》記道，「暑假中常出去旅行，德國境內，曾到過特萊斯頓（Dresden）、明興（München）、野拿（Jana）、都綏多莆（Düsserdorf）等城市。德國境外，則到過瑞士。」往瑞士時，「本欲直向盧舍安（Lucerne）；但於旅行指南中，見百舍爾（Basel）博物館目錄中有博克令（Böcklin）氏圖畫，遂先於百舍爾下車，留兩日，暢觀博氏畫二十餘幅，為平生快事之一。博氏之畫，其用意常含有神秘性，而設色則以沉着與明快相對照，我篤好之。」[104]「博克令」即瑞士象徵派畫家勃克林（Arnold Böcklin, 1827-1901），其作品為百舍爾博物館的鎮館之寶。勃氏代表作是廣為傳頌的「死亡之

102　孫常煒：《蔡子民先生元培年譜》，頁 493-494。本文引用的是《申報》1933 年 5 月 14 日的報導原文。

103　周樹佳：〈留學德國和歐遊〉，《從翰林到教育家：蔡元培及其事業》，頁 69-75。

104　蔡元培：〈自寫年譜〉，高平叔編：《蔡元培全集》（北京：中華書局，1989），第 7 卷（1936-1940），頁 303。

島」（Die Toteninsel）。[105]

蔡元培的最後歸宿是香港。香港仔華人永久墳場位於港島南端，依山而建，俯瞰避風塘。[106]「一列列墳墓日夕面對的是小舟漁火」，盧瑋鑾（1939-　）曾如此描述這個公墓的四〇年代景觀。[107]據 1938 年出版的《香港指南》記載：

> 香港仔在島之南部，百年前常有外人船舶來此汲水，本為漁村，蓋香港未闢埠前之唯一主要聚落也。現有縱橫馬路數條，舖戶數百間，酒樓茶館皆備，以海鮮著名，山麓有天后廟，亦為香港未開埠前之建築物。〔……〕對岸有小島名鴨脷洲，舖戶與香港仔相等。港中為漁舟麕集處，有大小遊艇可作水上之消遣。[108]

此處的避風塘夜色甚有名氣，乃香江十景之一，名曰「小港月

---

105 關於這幅名畫的文化詮釋，見 John Paul Russo, "*Isle of the Dead*: Italy and the Uncanny in Arnold Böcklin, Sheridan le Fanu, and James Russell Lowell," *RLA：Romance Languages Annual* 1989, no.1: pp.202-209。

106 香港仔華人永久墳場設於 1913 年，學者認為這是香港中上層華人與香港認同的表徵：「對當時定居香港的中上層華人來說，設立香港仔華人永遠墳場，可謂義意非凡：香港已經不單是一處臨時的寄居地，而是他們賴以終老的家園；從香港近代社會發展來說，華人永遠墳場的出現，甚至可以稱為里程碑。」高添強編著：《高山景行：香港仔華人永遠墳場的建立與相關人物》（香港：華人永遠墳場管理委員會，2012），頁 18-19。

107 盧瑋鑾：〈五四歷史接觸〉，盧瑋鑾編著：《香港文學散步》（香港：商務印書館，1991），頁 5。

108 陳公哲編：《香港指南》（香港：商務印書館，1938 年初版，2014 年翻印），頁 13-14。

夜」。[109]

　　然而，對於來到香港大學任教（1999-2002）的華馬英詩人、學者林玉玲而言，香港仔的明媚風光顯然沒有華人的離散經驗來得重要。她在 2000 年寫的一首英文詩裏，將此地「小港」想像為祖輩漂流四海的中轉站：

> 時至今日人們還在濕漉漉的船上住
>
> 鴨巴甸，昔日的無名地
>
> 毫無凱爾特風情，只有一灣海水
>
> 比岸上安定。被土地迷惑的
>
> 男兒女兒，他們早已忘卻東風
>
> 和北風。此地某處，祖父
>
> 曾經走過，為了尋找南洋。
>
> 我家族裏的一名女子在等待
>
> 季候風把打滿補釘的船帆高高揚起。[110]

十

　　郁達夫（1896-1945）買舟南遷的年份，與方修同。1938 年 12 月 28 日，郁達夫與家人經廈門、香港抵達新加坡，為他的一生安

109　陳公哲編：《香港指南》，頁 23。

110　Shirley Geok-lin Lim, "Passports," in Xu Xi and Ingham eds., *City Voices: Hong Kong Writing in English, 1945 to the Present*, p.331.

排了一個比班雅明還要撲朔迷離的結局。[111]1940 年 2 月，王映霞（1908-2000）決定與他離婚，旋即北返。1941 年，郁達夫與李筱英同居。[112]同年 12 月 7 日，日軍發動太平洋戰爭，分頭進襲珍珠港、香港、馬來亞等地。12 月 25 日，香港總督楊慕琦（Mark Young, 1886-1974）向日軍投降。1942 年 1 月 30 日，英軍放棄馬來半島，退守新加坡，李筱英隨部分英軍撤到爪哇。時任新加坡華僑抗敵委員會執行委員、文化界抗日聯合會主席的郁達夫，亦於 2 月 6 日隨同一批文化人橫渡馬六甲海峽，前往蘇門答臘。出發前夕，郁達夫準備了「小行笈」一件，還有「白蘭地一瓶，牛肉乾十餘塊，《詩韻》一部」。[113] 他幾經周折，終於落戶巴爺公霧（Bayakumbuh）小鎮，化名趙德清，再改為趙廉，娶妻生子，沽酒為生。由於日語出眾，「趙桑」被日軍憲兵總部邀到武吉丁宜（Bukit Tinggi）出任通譯。在居留蘇島期間，精通日、德、英三門外語的郁達夫還努力學習馬來語與荷蘭語。[114]

---

111 王潤華：〈中日人士所見郁達夫在蘇門答臘的流亡生活〉，〈郁達夫在新加坡與馬來亞〉，《中西文學關係研究》（台北：東大圖書有限公司，1978），頁 155-188，頁 189-206。

112 吳繼岳：〈值得我們永遠懷念的愛國詩人郁達夫先生〉，陳子善、王自立編，《回憶郁達夫》（長沙：湖南文藝出版社，1986），頁 525-527。據郁達夫長子郁飛（1928-2014）所記，這位女子的姓名為「李小英」，見〈郁達夫的星洲三年〉，陳子善、王自立編，《回憶郁達夫》，頁 467-472。

113 潘國渠：〈郁達夫出走蘇門答臘〉，陳子善、王自立編，《回憶郁達夫》，頁 588。

114 楊聰榮認為，郁達夫的越境之旅與語言學習「顯然是極為罕見的，應該視為亞洲民眾交流史的英雄事跡。」楊聰榮：〈郁達夫與陳馬六甲的越境之旅 —— 現代亞洲民眾交流的境界與印尼 / 馬來 / 馬華文學的周邊〉，《中外文學》第 29 卷第 4 期（2000 年 9 月），頁 155-196。

1945 年 8 月 15 日，日軍向盟軍投降。8 月 29 日晚上，郁達夫在友人眼前失蹤，從此下落不明。不在現場的胡愈之（1896-1986），事後綜合友人見聞，在 1946 年 9 月撰文重構事件經過，為《中國新文學大系‧散文二集》的編輯留下最後的身影：「八點鐘以後，有一個人在叩門，達夫走到門口，和那人講了幾句話，達夫回到客廳裏，向大家説，有些事情，要出去一會就回來，他和那人出了門，從此達夫就不回來了。」[115]

本願「終老炎荒」[116] 的郁達夫，最後究竟葬身何處，始終是一個謎。據胡愈之報導，郁達夫是在 9 月 17 日被日本憲兵槍殺的，遺骸埋在距武吉丁宜七公里的丹戎革岱（Tondjong Gedai）。研究郁達夫經年的日本學者鈴木正夫（1939-　　）否定此説。他找到當年下令綁架郁達夫的主謀 D，證實了郁達夫是被扼死的；但由於 D 不在行刑現場，而殺人者事後又逃走，郁達夫遺體的下落便無從得知。[117] 至於「丹戎革岱」，鈴木正夫的説法是：「無論戰前還是戰後發行的地圖上，都找不到這個地名。即使向原籍為武吉丁宜的駐日印尼使館人員打聽，也答曰不清楚。」[118]

郁達夫留給蘇島的唯一「遺跡」是一座集體遇難紀念碑。王潤

---

115 胡愈之：〈郁達夫的流亡和失蹤〉，陳子善、王自立編：《回憶郁達夫》，頁 558。

116 秦賢次：〈郁達夫其人其文〉，秦賢次編：《郁達夫南洋隨筆》（台北：洪範書店，1978），頁 32。郁達夫，〈毀家詩紀之十六〉原註，詹亞園箋註：《郁達夫詩詞箋註》（上海：上海古籍出版社，2006），頁 467。

117 鈴木正夫著，李振聲譯：《蘇門答臘的郁達夫》（上海：上海遠東出版社，1996），頁 211-235。

118 鈴木正夫著，李振聲譯：《蘇門答臘的郁達夫》，頁 227。

華（1941-　　）對此有如下說明：

> 郁達夫在甚麼地點被害？屍體葬在何處？一直是個打不破的
> 謎。1953年8月30日，巴東及蘇西一班文化教育工作者，為了
> 紀念郁達夫及其他十一位遭日本憲兵殺害人士，在離開武吉丁宜
> 三公里之華僑公墓，樹立一紀念碑。這地點常被誤為郁達夫遇難
> 之地點。[119]

---

119 王潤華：〈中日人士所見郁達夫在蘇門答臘的流亡生活〉，頁185。

《小説卷一》編後記

寫這編後記，時在異常炎熱的秋季，我處身廣州中山大學圖書館，一座古樹環繞的紅磚房子裏；因為要翻看香港淪陷前出版的文學書籍，整個早上都在五樓的特藏部。在我身前不遠，幾個戴着口罩的年輕人（大概是研究生）圍着一張寬大的書桌，正在整理一綑綑看上去像菜乾的東西 —— 那其實是，黏在一起的古本書籍和手稿。他們低着頭清掃書頁、拍照、登記、把紛紛丟落的紙屑收集起來，過程那樣專注而安靜，只有一刻，他們突然歡呼大叫 —— 看來是發現了甚麼真跡。那時，我覺得整個圖書館都因為他們而浪漫起來，並有一種直覺：以後無論外面的世界如何變動，他們，並且只有他們，仍會竭力保護這些看起來像梅菜一樣的藏品。

大約在三年多前，我被邀加入編選《香港文學大系 1919-1949》。其時，《大系》的籌備工作早已進行了好幾年，研究團隊搜集並整理了大部分在本地圖書館可以找到的一手材料。雖然進行編選期間，我只是獨自待在一座缺乏風景的灰色大樓裏，在雜亂辦公室的電腦前，查看這些已被存檔的報紙、雜誌和書籍，但我卻感到

被一種相似的浪漫氛圍所環繞。對於某些美好事物的愛，其實是與深刻的認識連結在一起的。與常常被本質化、自然化的國族或家庭之愛不同，學者的愛，更多的出於對某一領域自覺的探索，因而與它連結在一起，並由此生起保存的責任感。長久以來，香港文學在它孕發的社會裏，是一種近乎透明的存在——本地政府無心推廣，大部分人因為缺乏根本的認知，因此也無從關心。2009 年，民間團體倡議於西九文化區成立香港文學館，波折重重，正好説明了香港文學的處境。然而，正正因為這樣，如果不是一種不涉現世當下的浪漫之「愛」，我無法理解，是甚麼驅使那麼一輩人，孜孜不倦，埋首廢墟似的歷史現場，近乎徒勞地尋找撿拾有關的拼圖碎片，並終於促成這個計劃。

香港文學之不被官方祝福，當然與香港從開埠以來便一直缺乏政治主權直接相關。由於特殊的歷史處境，香港文學長期於民間自生自滅，資料的保存和相關的推廣，所靠的乃少數的有心人。此地文學幸運地不被納入「國家」（英國？中國？）機器，但也就同時不會被視為需要向外張揚的軟實力，並且缺席於主流教育。在我個人的成長經驗裏，「香港文學」的教育並不存在——雖然唸中學時，非常少數香港作家的作品，也零星地出現於課本之中，卻不曾有人以「香港」這樣的地方性角度來切入，引領我們對「文學」的理解，也不曾有人指出，這個地方有它獨特的文學生態和作品。黃國彬〈聽陳蕾士的琴箏〉大概是我輩人的共同回憶。這是我中學時代，從學校裏學到唯一的一首香港新詩。只是，對大部分中學生來説，苦於其中艱澀的比喻和象徵，實在很難由此對（香港）新詩產生興

趣。至於詩歌可以平易近人，與生活之間有着密切關係，是當時我所未及想像的。現在回想起來，一個地方的人不理解它的文學，其結果遠遠不止錯失了文學世界裏的其中一個部分；我們事實上錯失了文學所賦予的，理解我們自身生活與文化的感性與想像力，錯失了許多自我表達的可能性；我們錯失的是人文教育與我們緊扣的一環。

我在香港回歸前後進入大學，開始對文學批評和研究感到興趣，並意識到存在着以「香港文學」來劃界的這樣一個研究領域，但同時立即注意到一個古怪而無可奈何的現象——所有當時（甚至直至目前為止）出版的香港文學史，無一例外，皆來自內地。它們以香港（文學）回歸為前提，鋪陳出一種國家文學的大論述。任何關注香港文學的學者都會立即注意到，這些匆促推出的論述錯漏百出，資料處理粗疏不用說，不少拼湊而成的內容更可以直接找到它們因襲的出處。這些香港文學史的問題，當然是粗暴的政治收編的結果，然而卻不僅僅如此。事實上是，丟開了赤裸裸的政治動機，要開展另一種令人感到滿意的「香港文學史」論述，更多的問題便會立即浮現。

先不說香港早期文學史料殘缺破碎的處境，從最簡單的說來，甚麼是「香港文學」？如何述說它（它們）的故事？在顯見的政治動機以外，文學史的書寫體制本身，依附其生的文學想像，本就帶有它根深蒂固的偏見。比如說，《中國新文學大系》的發起與五四時期「救國」、「強國」的民族國家意識密切扣連在一起，《香港文學大系》的構思，事實上也與一種愈見強烈的地方意識有關。而在距

「五四」一百多年後的今天，如果我們並非為了國族主義，或狹隘的地方主義背書，那麼，國家／地方便不可能是一種不加質詢被接受下來的、理解文學的框架。

歷史的大敘述模式，不歡迎「例外」與「另類」。藝評家亞瑟‧丹托（Arthur Danto）曾以貝仁林（Bernard Berenson）、朗吉（Roberto Longhi）、戴維斯（Martin Davies）等對畫家克里威利（Carlo Crivelli）的評論，論證這樣的藝術史觀，如何無可避免的，把一些超越時代的畫家排除在藝術史的視野以外，或者——他借黑格爾（Georg Hegel）的用語——「歷史的藩籬」（the pale of history）以外，說畫家「『對歷史造成相當大的傷害』其實是指對敘述造成相當大的傷害。」[1]

歷史的大敘述模式，先在地決定了甚麼藝術品才算得上真正存在過。丹托對藝術史的看法，同樣適用於文學史。尤其，以創造、鞏固國家想像為目的之文學史，更為依賴一種起源與發展的敘述模式，當然也就意味着，對某些「異類」作品的排拒或貶抑。我們或者可以說，文學作品的編選、文學史的書寫，都是一種無可避免的選汰過程。然而，文學藝術常常是對它產生的時空之詰問與逃離，一種大敘述式的歷史視野，所抹平的，恰恰正是文學藝術抵抗與超越當下的可能性。

如果以中原大陸為中心的香港文學史令人無法滿意，那麼，以

---

1 亞瑟‧丹托（Arthur Danto）：《在藝術終結之後：當代藝術與歷史藩籬》（台北：麥田，2010 年），頁 161。

「香港」取代「中國」作為關鍵詞，以一批可以支援某種「香港」論述的作家、作品來取代另外一批，以文學來建構某種自圓其說的香港故事，並不會比目前已有的「香港文學史」為我們帶來太多的振奮。要建立一種新的視野，以理解一個地方的文學，並使得這種視野，具有創造性的意義，或者，我們首先要質詢的，便是以國家/地方為中心的現代文學史論述模式。研究香港文學的學者無不深知，香港特殊的政治與文化處境，使得「香港」文學的界定殊不容易。事實上，在 1949 年以前，所謂的「香港」意識，恐怕還不曾出現。不過，定義之困難，會否反倒是處身此地談論文學的優勢？

當代人文地理學成果豐碩的研究，有助我們從概念上更動態地理解「地方」的意義。相對於全球化時代下同質化的消費性空間，「地方」許多時被理解為具有其「根源」的、悠久的存在。然而，作為這個研究領域具代表性的學者之一，哈維（David Harvey）卻認為，「地方」無法是先於「空間」的概念。「空間」並非恆定不變之存在，因此，實際上應該理解為「空間時間」（spacetime）。雖然當權者傾向以一種絕對的（absolute）空間概念，把空間理解為固定、可測量和計算的範圍，便於國家、行政單位規劃疆域，但空間實則應視為「關係的」（relational）。也就是說，空間形成於動力的過程。它並不是盛載事件與過程之容器，反而是事件與過程界定了自身的空間。並且，某個空間點上的事物，總是取決於環繞那個點而進行的一切其他事物。[2] 在他的時空觀念下，「地方」雖具有某種穩定的

2　Harvey, David. *Cosmopolitanism and the Geographies of Freedom.* New York:

特徵，卻只能視為一種由多種力量所維持的暫時存在；由此引申的文化身份想像，亦因此朝向開放、流動、多元、有待定義。[3]

編選《香港文學大系》，實際上是一個不斷質詢地方與其文化關係的過程。香港與其他周邊地區及不同政治勢力的關係，亦正好提醒我們，「地方」之界限並非恆定不變。沈雙一篇討論香港文學史的論文對我的啟發不少 —— 正正因為香港是作為「地方」的一個特殊案例，它所面臨的問題，反而提供了有趣的切入點，來理解當下全球化語境下，有關文學史的思考，諸如：是地方（民族）史還是世界史？是單語還是多種語言的文學史？[4]

抗戰以前的香港文學其實並不是我的專長。我對香港文學最先的印象，就像不少同代人，來自劉以鬯、西西、也斯、董啟章等等這些在四九以後才開始在香港創作的作家。在近年的社會政治氣氛之中，「香港」可以被窄化成一種危險而狹隘的本土主義。然而，在我來說，香港文學之「可愛」，卻並不因為它的本土血緣，而是在於它的國際視野、強烈的實驗性。香港文學給予我的閱讀經驗，它的題材、視野和方法，也是我不曾在其他（華文）文學裏獲得的。對一個文學愛好者／研究者來說，「香港文學」之具有重要的意義，並感到必須予以保存及推廣，當然不（僅僅）因為它們產生或有關

Columbia University Press, 2009, pp.133-165.

3　Harvey, David. *Cosmopolitanism and the Geographies of Freedom.* New York : Columbia University Press, 2009, pp.137, 166-202.

4　Shen, Shuang. "Hong Kong Literary History and the Construction of the Local in Xi Xi's *I City*," *Modern Language Quarterly* 73:4 (December 2012): pp.569-595.

於我成長的城市，而是因為它們在文學上獨特的成就與貢獻。換句話說，要了解香港／地方文學的貢獻所在，或使得談論「香港」文學具有意義，恰恰不能局限於它的本身——只有把香港文學置於一個更為廣闊的文學地圖，才能看到它如何豐富了華文，甚或世界文學。我認為，以香港這個充滿曖昧性的空間，來展開談論文學的可能性，比追蹤某種香港文學的起源，或定義香港文學更有意義。這也是為甚麼，在編選《大系》時，我傾向以質詢的角度看待已被經典化的文學類型及作品。我也認為，一些無法併入主流論述，挑戰既定視野的作品，更應佔有一個席位。

編選早期香港文學作品的過程，我閱讀了好些香港早期的報刊，也翻看了一些早期有關香港的遊記、雜談和研究。一方面，我意識到，香港與大陸一些城市在社會、經濟及文化上的互動之頻繁；與此同時，作為英國殖民地，卻與中國大陸保持着地理與文化上密切連結的香港，對英美，以及周邊的日本、台灣等地來說，都是一個相當特殊的空間，因而亦同時被納入不同國家與地區的視野與想像之中。不同的政治與文化力量在香港的滲透與角力，是構成了香港文化與文學的重要部分，其中複雜的交葛，遠遠不是「中西文化交融」這樣的陳腔濫調所能描繪的。要嘗試勾勒香港文學的動力場，我們實在需要超越「中國現代文學」的框架，引入更為廣闊的時空圖景，以及多元參照的角度。

羅貴祥曾在一篇談論何謂「本土」的文章裏，以西西《哀悼乳房》裏的一個細節作例子，說明本土與他性的界限，有時不過在某一局部的特徵——乳癌對女性身體外觀造成的衝擊，遠大於男性，

正正在於乳房是區別男／女的重要部位。乳房的癌變不單説明「局部其實決定了整體（the local／part defines the whole），並且，熟悉的也可以變成「異形」（他者）。「簡言之，一種 particular 也可以不斷流動移位，並佔據、影響、挑戰，以至改變 universal。」[5] 以參照性的框架來審視香港文學，意味着，雖然文學的生產與它的地域性有關，但作家／作品所處的地理空間位置，或作品的書寫對象，不必成為談論香港文學的決定性因素；也意味着香港文學不必一定要追溯某一有着起始、發展、結束的主體論述，而是可以在不同文學的互動參照之中，不斷游移與錯位。

　　以上有關香港文學研究的一些想法，很可惜，我個人未及，也無法一一通過《大系》的編選來處理。比如説，香港自開埠以來，就有許多不同種族、國籍，述説不同語言的人在此聚居，為甚麼《大系》所選只有華語作品，而無其他？實情是，香港其他族羣和語言的寫作，完全在我的知識範圍以外，目下根本無從納入考慮。編選早期的香港文學，卻是讓我意外地深入到一般歷史著述所未有觸及，也無法觸及的「香港」，得以重臨那些刻記在不同時空裏的，慾望與情感的痕跡，並且沿此重新理解香港。地方形塑文學的想像，文學其實同時也不斷更新、啟發我們對地方的理解。如果文學與它的地方有關，這種關係必然不是單向的。當我們説「香港文學」，可否不把它理解為「香港的文學」？而是一個迴文，一組拼

5　羅貴祥：〈本土與他性的再想像〉，《香港文學的傳承與轉化》（香港：匯智出版社，2011 年），頁 171-177。

貼？文學不單「孕育於」，同時也「孕育出」地方？

　　我其實説得太多了，而文學如此靜默，幾乎就像城市裏的草木一樣，它們低微地呼吸、與萬物互通訊息，悄悄改變着我們腳下的土地；它們有時在風裏私語，有時在風裏咆哮。它們的種子有些從很遠的地方到來，帶着其他土地的記憶。它們雜交、混種，因氣候和土壤不斷變化着生長的形態，並且會持續繁衍到其他我們未及想像的地方。

「大系」之後，「文學史」之前
——《小說卷二》編後記

黃念欣　香港中文大學

「大系」之後，「文學史」之前

去年聖誕前夕到台北桃園開會，得文翠教授悉心安排，會後有半天往復興鄉的文化參訪行程，並有幸跟歐梵老師、王瑩師母與國球老師在露天茶座同桌。伴着角板山峰巒美景品嚐着花茶之際，李老師向陳老師問了一句：「做完大系以後打算怎樣？」不待回答，李老師又續道：「當然可以開展下一階段繼續做下去，但也可以想想怎樣把現有的成績總結起來。我看，首要是把文學與歷史結合。何不請一些研究香港史的學者，從香港史的角度讀香港文學大系？」

不愧是博通文學與歷史的狐狸洞主。正當我們有點發愁《大系》在出版以後書評稍嫌不足、宣傳稍嫌單一、銷情稍難突破；又或是從作品角度考慮編選的文學性、藝術性、代表性的問題時——李

老師卻一錘定音：Always historicize!（永遠歷史化！）的確，大系的前設離不開一份對香港文學史的寄望，然而文學史之為史，終究離不開種種歷史的視野、方法與實踐。王德威教授主編的《現代中國文學新史》(*A New Literary History of Modern China*, Harvard UP, 2017) 構思至今預告了各種對文學史的「再思考」，自然讓各方翹首以待；然而在書寫形式以外，在《香港文學大系・小說卷二》的編選過程中，我碰到的往往是更為根本的文學與歷史問題。

文學作為歷史：沙龍

　　羅拔高（盧夢殊）在 1944 年〈山城雨景〉中諷刺的沒落爵紳鄔先生到底是如何發跡的？算是大班還是買辦階層？以筆名疑雲生在《大眾周報》發表之文言小品〈美容有術〉提及在百貨商店設「化粧品專櫃」以推廣化妝品，場面熱鬧，此種消費為淪陷期一般香港民眾所能負擔嗎？香港「百貨公司」的歷史可有反映在香港小說中？黃藥眠〈淡紫色之夜〉中，舞女露絲為兩名外國水兵蹂躪後棄屍馬路而警方毫無追究，當時的法例對從事娛樂事業者有何保障？葉靈鳳在日治時期的官方喉舌《香島月報》上發表以明遺民錢謙益與鄭森（成功）抗清復明為題材的歷史演義〈南方泣天錄〉，審查機關對當中的抗爭意識難道毫無知覺？還是「歷史小說」正是高壓時期的最佳幌子？陳殘雲〈還鄉記〉與東南亞移民史、黃天石〈一曲秋心〉與香港歡場文化及舞廳中僅存的才子佳人餘緒、黃谷柳〈蝦球傳〉中與香港走私業（物流轉運？）、侶倫〈無盡的愛〉與香港外

籍僑民生活的關係如何？淪陷時期的香港又是否容許小說主人公與葡國少女亞莉安娜在沙麗文咖啡店卡位中喝着咖啡、咬着餅乾討論到日本憲兵部營救情郎的計劃？這些情節都有待與堅實的史料互相發明。還有題材上看來稍嫌「離地」的幾篇——周而復寫游擊隊在河北省英勇抗敵的〈冶河〉、司馬文森的〈南洋淘金記〉或茅盾的上海抗戰演義〈鍛鍊〉，這些作品在香港發表、連載及出版之後，到底擁有多少讀者？接受反應如何？

近年有關日治時期香港的歷史著作，以至於許多對香港進行文化史研究紛紛出版，如果可以計劃一系列的講座甚至沙龍，就早期香港的娛樂史、移民史、報業史、出版史、文化審查史、國共陣營在港統戰情況等籌組對話交流的可能，相信是深化大系成果的一椿美事。當然，這不會只是《小說卷二》的事，《大系》全十二卷都有如此的豐富內蘊，足以進行文學與歷史的推敲、商榷、闡釋、對話。

文學作為數據：電子資源庫

但說到十二卷的大系，或者讓十二卷大系得以編成的過百份報刊，以至其餘的單行本，以及在 1919 至 1949 年範圍以外的一切香港文學、中文文學，總有令人望洋興嘆的不安。誠如意大利文論家莫雷蒂（Franco Moretti）在《圖表、地圖、樹型》（*Graphs, Maps, Trees*）一書首章〈圖表〉中所言：以十九世紀英國小說為例，由大約二百部小說組成的一個經典作品羣（canon）已不算小，但對比實際出版的二萬甚至三萬多部作品，佔不過百分之一。重點是，在此

「文本細讀」（close reading）已經無望——即使一天讀一本小說，要讀完十九世紀英國小說就得花上差不多一世紀……而且，讀完了也不等於了解，因為文學知識不是文學作品的總和。顯然我們需要「更理性的文學史」（a more rational literary history）。

莫雷蒂看來離經叛道的「停止細讀」，轉而以計算、繪圖、探勘的方式為文學史重注活力，說穿了就是近年學界又再翻起熱論的「數位人文學」（digital humanities）方法。事實上早在上世紀九十年代，自電腦普遍應用及科網熱潮興起，世界各大研究單位即成立不同的數據庫及資源庫，有不少到今天仍不斷完善更新，供研究者每天使用；更不用說，數位時代以前的，卷帙繁浩的各種經典「引得」（index）了。但莫雷蒂的研究觸及了一個在實踐以外，更為尖銳的理念問題：哪些資料值得數位化處理？現時可供全文檢索的數據庫如電子四庫全書、十三經、二十四史，不用說都是經典。文學方面，百科全書式的《紅樓夢》大概是最熱門的數位化對象。曾經在劍橋大學碰到一位研究員，他在英國近十年都在研究高端的數位技術，分析對象正是《紅樓夢》，目的是讓電腦全方位「學習」寫《紅樓夢》！每次想起總覺得非常科幻。

因此一般來說，作品被數位化的程度越高，正典的地位便更為鞏固。但莫雷蒂卻認定文學發展從來都是隨機而無系統的，集中於數百經典的研究肯定只能是一個扭曲而片面的文學史切面。無論我們對他以為眾多作品（有時只是書目）所繪製的統計圖、分佈圖、樹型圖是否感興趣，此中提倡的「遠讀」（distant reading）相對於傳統的「細讀」，的確打破了正典的必然性，讓大量作品進入研究視

野，重新洗牌，讓經典返回龐大的文學系統之中，成為一小部分。於是成長小說、哥德小說、歷史小說的出現年份、生成與興衰，或各國文學出口的數字，均構成文學史不可或缺的部件，展現不同的面貌，甚至各種美學與形式都可以重新定義。

　　回到十二卷《香港文學大系》，從浩如煙海的副刊雜誌中披沙瀝金，那是一場「遠讀」還是「細讀」？《大系》的出現到底是對外確立了香港文學正典？還是對內進一步模糊化或平等化既有的正典（如平衡各文類、時期、作家、地區的比重）？這恐怕都帶有辯證色彩且不易一言以蔽之。那麼我們何妨坐言起行，從量化的角度一探究竟？莫雷蒂以圖表分析出版數目以研究一國小說的興起、同心圓式放射圖解讀個別作品的地理空間分佈，以及樹型圖說明某一敘事方式，例如自由間接引語（free indirect speech）在不同作家之間的應用、繁衍、影響。那麼《大系》情況又如何？創建的資料庫共有篇章多少？各卷入選的比例為何？各文類的出現時間分佈為何？當中提及的香港地理空間以至周邊地區的延伸狀況如何？作家的入選比率、所屬地區分佈，以至個別敘事形式用語的傳播情況，都不難通過運算而取得答案。

　　若原有資料庫材料既是現成，而各卷電子版亦可供有限學術使用，在不影響版權及實體書銷售的情況下，我覺得以上問題值得一問，也值得開放一定材料讓各卷編者自由使用，貢獻上一二答案。說不定個別成果發表以後更能進一步刺激大眾對《大系》的需求。但歸根究柢，本文所及，無論是跨科際文學應用，還是數位化文學分析，最終旨意仍是二而為一，正如歐梵老師經常提到的「文學研

究『單打獨鬥』的時代應該過去了」，即使傳統中文系的學術訓練講究「得失寸心知」，在凝聚一地文學力量的大前提上，分工合作並且讓電腦效勞，是我此刻想到的方向。

正如經濟學有宏觀與微觀之別，莫雷蒂的學說也有繼承者卓格斯（Matthew Jockers）出版了 *Macroanalysis: Digital Methods & Literary History*（《宏觀分析：數位法與文學史》）一書，進一步把數據分析落實到文學之革命、證據、傳統、風格、國籍、主題與影響的問題上。當中有關應用「文字雲」（word cloud）技術統計詞語頻率，繼而讓作品主題具像化的一章，使人躍躍欲試。繪圖製表在文學研究上一向有點不登大雅之堂，經得起如此考驗的也許只有最扎實的原材料。在未經總主編同意下，我把最能代表《大系》關懷的〈總序〉以文字雲軟件處理，得出以下結果：

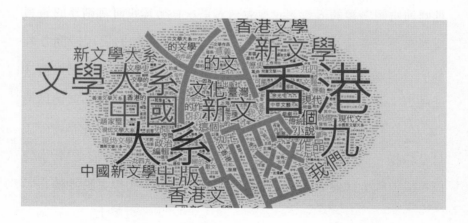

圖中所見為〈總序〉所用的詞語的隨機排列，字型的大小則按詞語在文中出現的頻率比例呈現。〈總序〉全文長 23,472 字，「文學」一詞出現最多（343 次）、其次為「香港」（176 次）和「大系」（149

次），即使考慮到一些構詞方式令實際詞頻有差異，這似乎也是一個「點題式」的正常結果。但在這隨手偶得的文字雲中，我們仍可看到《大系》與「中國新文學」（45 次）與「中國新文學大系」（44 次）比拼的身影、可以看到「趙家璧」（22 次）、「余光中」（15 次）等其他大系編者名，看到「中國」（109 次）與「台灣」（32 次）。「香港文學」一詞已經名正言順地出現了 54 次，但在 44 次「文學史」的相關詞頻中，只有 2 次直接寫及「香港文學史」。有些看似無緣無故的高頻詞語如「一九」（129 次），也會讓我第一次想到，《香港文學大系》的創建到底是不是太過「二十世紀」的一回事？

當然，詞頻統計一般應用於文學作品之上，以此檢視〈總序〉式的論文應該並非莫雷蒂或卓格斯的原意，魯莽之處還望作者包涵。但是次《大系》編後記的出版，我以為畢竟是一個難得的宏觀抽離與自我審視的機會。我沒有藉着這次機會懺悔種種遺珠之憾或反過來再三肯定選本之千錘百煉、一字不能易，沒有。《大系》在我而言就是文學長流不息的機制裏一連串偶然造就的成果、痕跡或動因。我再次對於能夠參與其中表示欣慰。而《大系》之所以為「大」，在有容，在宏觀。在這短短的編後記中，我期望在學術分工日益精細、立場歸屬「以小為美」的今天，仍可見《香港文學大系》以不論何種方式繼續前進，面對文學選本以外，文學史的挑戰。

對早期香港戲劇的一些初步觀察

盧偉力　香港浸會大學

前言

編輯《香港文學大系 1919-1949・戲劇卷》（下稱《戲劇卷》）是
我義不容辭的文化工作，因為香港所有大學現時都沒有戲劇系，
沒有戲劇研究的專任教授，香港演藝學院亦沒有戲劇學、戲劇史方
面的專門研究部門，而我是香港出生的戲劇學人。此外，這工作也
填補我一個遺憾：我八十年代就跟一些香港劇壇前輩黎覺奔（1916
-1992）、李援華（1915-2006）等認識，九十年代更與盧敦（1911-
2000）、朱克（1919-2012）有一定合作，成為忘年交，但那時我搞
的是戲劇演出活動，以及電影文化口述史，沒有就香港戲劇的過去
向他們請益。

我的研究興趣在藝術學、美學，所以對於戲劇史料的搜集我
是戰戰兢兢的，由於怕自己的香港文學史識有限，歷史敏感度不夠
強，所以在編輯過程，我盡可能翻閱早年香港報刊數碼檔案，嘗試

為那個時期的戲劇文化，找一些被忽略的蛛絲馬跡。

　　過程歷時四年，獲益良多，仍有未完滿之處，尚待發掘。陳國球、陳智德二兄指導的香港教育大學中國文學文化研究中心提供的數碼檔案，把現存香港早期的單行本、報刊有關版面錄載，是重要基礎，中國文學文化研究中心賴宇曼小姐、李卓賢先生又常常到圖書館搜尋史料，再提供我一些重要參照，加上前輩盧瑋鑾（小思）在香港中文大學圖書館設的「香港文學資料庫」，容讓我系統化、脈絡化地搜尋、觀照，使選編更有代表性，亦明白到香港文學研究是承先繼後的工作，跨代團隊協力很重要。

　　這裏把一些初步觀察說明一下。

一

　　作為文娛活動，香港戲劇從文化上未形成意識，觀賞上未形成社會參與，到與時代互動，由自發而自覺，到近二十年成為華文戲劇一個重要的創作中心，探討藝術的自由境界，非常值得討論。[1]

　　我亦是帶着這問題思考去年「香港文學大系 1919-1949」推廣講座的題目《香港戲劇生長的機遇與土壤》，確證了一點：香港戲劇的發生，是回應時代的政治需要。

1　這方面，可參考陳麗音碩士論文〈近二十五年香港的中文話劇劇本創作 1950-1974〉（香港：香港大學，1981）；盧偉力：〈破浪的舞台 —— 八十年代香港戲劇〉，《當代香港戲劇藝術》（香港：國際演藝評論家協會〔香港分會〕，2012），頁 39-53。

二十世紀中國政治發生翻天覆地變化，香港文化的發展亦直接間接受到影響。香港戲劇如何在文化上、美學上受香港和中國兩個既有聯繫又有差異的文化體影響，是第一個重要問題。

此外，第二個重要問題，是香港戲劇在內容與形式上如何確立其自身的特質，而成為香港這文化體的重要表述形式，並受到社會確認。

在那次講座中，我提出了三個方面去看早期香港戲劇，點列如下：

1）歷史座標

1911 辛亥革命

1919 五四運動

1927 國共分裂

1931 東北陷日

1936 西安事變，國共合作

1937 日本全面侵華

1941 香港淪陷

1945 抗戰勝利

1946-49 國共內戰

1949 中華民族文化分流

2）香港的特殊位置

～地理上位處中國邊緣

～政治上是殖民地，中西交往、華洋雜處

～文化上是嶺南傳統，中文是大多數人使用的文字，粵語是

主要語言

～文明處境，從傳統走過來，進入現代，以城市為發展模式

3）多層次的身份認同

～中華 vs 嶺南

～中國 vs 香港

～南來 vs 本土

～城市文化 vs 鄉鎮文化

二

編選《戲劇卷》，面對第一個客觀現實是「香港戲劇遲來的西潮」。2007 年第六屆華文戲劇節，以「華文戲劇一百年」為主題，我發表的論文亦與此有關。[2]

三十年代中以前，中國內地已常常有視戲劇作為文化運動的討論，有許多沈起予（1903-1970）、鄭伯奇（1895-1979）、左明（1902-1941）、陳白塵（1908-1994）、馬彥祥（1907-1988）等人的文章。[3]

作為文藝運動，香港戲劇來得較遲，辛亥革命前後，有過一些活動，亦有過一些努力，例如自 1912 年辦的皇仁書院戲劇社，一直演出翻譯白話劇，1919 年，更與清平樂白話劇社合作，在九如

2　盧偉力：〈香港戲劇遲來的西潮及其美學向度〉，《香港戲劇學刊》第七期（香港：香港中文大學，2007），頁 99-112。

3　劉子凌編：《話劇與社會 —— 20 世紀 30 年代中國話劇文獻史料輯》（北京：人民出版社，2014）。

坊新戲院演出好幾個莎士比亞的翻譯劇，[4] 這是重要的文化意志力表現，值得進一步研究。

由「辛亥革命」後到「七七盧溝橋事變」之前，香港雖有現代戲劇演出，但並沒發展起來，與中國大陸蓬勃的戲劇活動難以相比，這是非常值得研究的文化表述缺席。

三十年代中之前，發表在香港報刊上戲劇方面的文字，無論創作與評論，都是零星落索的。基於此，我對「七七事變」之前的作品，採取一個較寬鬆標準，盡量收入，而「七七事變」之後，則視下列舞台劇作品為香港戲劇：

1. 在香港成長作者的創作

2. 關於香港，或帶有香港想像、香港感情的創作

3. 特定文化史背景下在香港發生的創作（在香港寫、公演）

創作，是指原創的作品，內容不限、風格不限，但不包括翻譯劇，但改編作品，無論原作來自外國、本國，古代、現代，戲劇、非戲劇，都可算作「香港戲劇」，盡可能收錄。

相對於國內，三、四十年代香港戲劇創作只是起步，大概是由於這樣，2007 年紀念中國話劇誕辰一百周年時，中國話劇藝術研究會編的二十卷《中國話劇百年劇作選》，[5] 在第二十卷香港特別行政區、澳門特別行政區、台灣地區專卷中收有姚克（1905-1991）、

4　方梓勳：〈香港戲劇的誕生（1936）〉，田本相，方梓勳編：《香港話劇史稿》（瀋陽：遼寧教育出版社，2009），頁 28。

5　中國話劇藝術研究會編：《中國話劇百年劇作選》卷 1-20（北京：中國對外翻譯出版公司，2007）。

袁立勳、曾柱昭、潘惠森、陳尹瑩、杜國威等六人的五個香港劇作，最早一個是姚克的《陋巷》(1962)，五十年代尚且沒有，更不用說早期香港戲劇了。

必須指出，五十年代香港是有戲劇創作的，例如三十年代參與抗戰戲劇運動的李匡華 (1913–2003)，以紀氧為筆名，1954 年出版了《露斯之死》，[6] 反映戰後職場女性的壓力，此外，有些創作對中國歷史與中華文化，有一定探索，例如姚克的《西施》，盛大公演之後，更於 1957 年由香港劇藝社出版；胡春冰五十年代移居香港，亦寫了《鐵扇緣》等戲，戲劇藝術社於 1957 年出版。

三

香港戲劇活動因應中國歷史轉折的動盪而火熱。辛亥革命發生，1949 年之前有兩次高潮，一次是「七七事變」之後、日軍佔領香港之前，另一次是抗戰勝利之後、「中華人民共和國」成立之前。兩次的共通點是有大量南來文藝工作者來到香港，戲劇創作力強大，戲劇活動蓬勃。

1949 年以前香港戲劇的發展，與中國現代歷史有密切關係，所以，南來文藝工作者的戲劇創作，某種意義來說亦可納入香港戲劇中。當然，這要具體情況具體分析。似乎，因香港生活而創作是關鍵的因素。

6　　紀氧：《露斯之死》(香港：學文書店，1954)。

《戲劇卷》收錄或節選的四個長劇，李健吾（1906-1982）的《黃花》（1941），田漢（1898-1968）、洪深（1894-1955）、夏衍（1900-1995）的《風雨歸舟》（《再會吧，香港》，1942），許幸之（1904-1991）的《最後的聖誕夜》（1942），麥大非（1914-1964）的《香港暴風雨》（1947），作者雖是南來文人或原來在華南其他地區活動，但都因緣際會，到過香港工作，寓居或短或長，寫作及出版甚至都不一定在香港，選入原因，以其創作想像是香港當時的政治背景及某些社會面，作者是根據自己的生活體驗書寫，亦是現在能找到的當時關於香港的戲劇創作。

三十年代初以前，香港似乎更多是作為華南地區一個部分，後來，大量南來文化人到來，「香港」遂進入了南北作家的想像。似乎，過程由視香港作為一個地方開始，漸漸觀察香港，並與香港人結緣。有了生活，創作的想像就有質感。

隱郎（1907-1985）的《路》（1935），強調了人物於香港、上海兩地轉移下的個人感情與時代的關連，這方面的想像似乎因實際狀態而漸漸發展。李健吾的《黃花》亦涉及這想像，並寫了一位富同情心的香港舞場老服務生，但主要人物仍是上海來客；田漢、洪深、夏衍的《風雨歸舟》，雖然亦有好一些香港人，但南來進步文化人是戲劇主體形像，這個戲是以中原為想像的基礎，行動主線在北方進步文化人，啟蒙、團結南方勞動男女青年，以及被玩弄的小資產階級婦女，共同對付民族壞分子；到許幸之的《最後的聖誕夜》，是香港與上海大篇幅比較，通過劇中美麗、活潑、善良的少女麗莎，以及兩位勇敢的年青男僕人，我們看到香港本土成長的人

物，成為戲劇行動參與者。香港少女麗莎與上海小姐麗華的對照是極之有意義的，是美與醜的對照：香港少女回去中國投入抗日洪流，而上海小姐則成為日本人的交際花。

時代劇變，政權易手，許幸之的《最後的聖誕夜》，寫香港落入日本人手上前後衍生的一張一張嘴臉，似乎有超越時代的價值，希望有心人能有機會把它搬上舞台。

四

過去，我們論述香港文學，往往聚焦在民族危機大時代中，南來文藝工作者對香港的影響，一方面對香港在華南文化區間的關聯討論不多，另一方面亦忽視了香港本土的意識。三十年代，民族危機當前，中國新舊交替，不少聚居於香港的人都關心政治，參與各種形式的文化活動，更有一些開始投入到戲劇運動中去。

不過，戲劇除了作為文藝運動之外，它更是一種文化表述形式，自有其內在規律，因此，香港本土戲劇意識的衍生與發展，也就成為另一條重要的研究線索。以下，我羅列三十年代中，在香港報刊上看到介紹西方戲劇的文字：

易卜生及其問題劇傀儡家庭	永泉	《南強日報・鐵塔》	1932.7.23	劇評
模範中學三周年紀念游藝會戲劇特刊	何厭	《南華日報》	1935.2.11	評介
皮藍得妻訪問記	元範	《南華日報・勁草》	1935.1.13	訪問

來中國的哥和特	白廬 (李育中)	《南華日報・勁草》	1935.2.8	評論
莎士比亞以後的英國戲劇	士吉	《南華日報・勁草》	1935.3.20	評論
左拉與王爾德的選擇	胡洛	《南華日報・勁草》	1935.4.28	評論
高爾斯華鞍怎樣寫戲劇	金平	《南華日報・勁草》	1935.5.4	評論
莎士比亞和西萬提斯	銀濤	《南華日報・勁草》	1935.5.12	評論
高爾基論戲劇中的言語	一柯	《南華日報・勁草》	1935.5.21	評論
莎士比亞–關於他底戲劇的一個小小的觀察	韓罕明	《紅豆》	1935.6.1	評論

此外，創刊於 1933 年 12 月的《紅豆》，大力推介西方文學，亦翻譯了以下劇本：

　　《鎖了的箱子》，梅斯非德著，演暉譯，《紅豆》1934.9.1

　　《獄門》，Lady Gregory 著，韓罕明譯，《紅豆》1935.3.1

　　《更強的人》，瑞典斯特林堡著，韓罕明譯，《紅豆》1935.9.1

我想，好好地研究三十年代的這西方文藝浪潮，對香港本土戲劇意識的發展，會有一定發現，是很有意義的事。

五

這次編輯，看到早期香港戲劇中的華南想像。我留意到何礎、何厭兩兄弟的創作。二人或許曾居於香港，二十年代末三十年代初的活動中心在廣州，大概於 1932 年轉移回港，馬上積極推動文教

事業。1935 年 2 月 11 日《南華日報》有大篇幅「模範中學三周年紀念游藝會戲劇特刊」，公演梅特林克（Maurice Maeterlinck, 1862–1949）、歐尼兒（Eugene O'Neill, 1888–1953）、羅斯丹（Edmond Rostand, 1868–1918），以及田漢和何厭的戲。這是一個小型戲劇節，是雄心勃勃之舉。他們認為戲劇是一種藝術的武器，值得提倡。然而，1935 年發動了電影清潔運動後，卻沒有資料記載。他們 1931 年廣州出版的劇本集《界》，已頗成熟，何礎、何厭兩兄弟的創作或許對香港本土戲劇意識的衍生與發展，有過影響。據說他們辦的學校影響過一些左翼中學生，包括後來成為電影導演的左几（1916–1997）。過去，我們論述香港文學，往往聚焦在民族危機大時代中，南來文藝工作者對香港的影響，對香港在華南文化區間的關聯卻討論不多。因此，《戲劇卷》編選了何礎、何厭兄弟的一些作品，包括從 1931 年廣州泰山書店出版的劇本集《界》中選了獨幕劇《沒有領牌的》與三幕劇《某鄉的變化》（節錄），前者寫為生活不情願當娼的一家，有同情之筆，後者寫階級鬥爭，意識強烈。可惜何厭於 1938 年逝世，香港現代戲劇少了一支發展動力。至於為甚麼其兄何礎之後沒有留下文化活動資料，是很值得追尋的。

編輯過程，有時一個細節可以改變一些想法，例如因字數限制，本來把 1933 年 10 月 15 日香港《小齒輪》創刊號的《勝利的死——紀念前衛女戰士丁玲》取走，因為它作者署名遊子，戲劇內容關乎名氣很大的左翼作家，又發生在上海監獄，我以為是境外投稿，但後來編輯支援組賴宇曼傳來劉火子（1911–1990）的史料，加上一些當時報刊參考資料，可確定「遊子」為「李遊子」，是早期香

港文學青年，受左翼思想影響，就決定補回。

執導過《一串珍珠》、《西廂記》的電影導演侯曜（1903-1942）二十年代曾寫過好幾個劇本，包括講韓國獨立運動的《山河淚》（1925），1924 年 7 月由東南劇社排演；其他，還包括《復活的玫瑰》。1933 年他來港執導「振業公司」電影《呆佬拜壽》之後，留在香港，在報館工作，又創辦過香港生活新聞學院，後在新加坡被日軍殺害。留港期間他有沒有戲劇創作是很值得再一步探究的。

六

香港新文學開始時，青年在時代衝擊下，追求自我進步與民族進步直接的關連。有一種美麗叫希望。在島上，青年憧憬着他們的文學事業，這憧憬穿越了時代，使我想為他們創作一個戲劇，甚至呈現在舞台上。

香港早期文學評論閱讀札記
——《評論卷一》編餘

陳國球　香港教育大學

一

　　文學評論作為一種文學體裁,其外形格式不易劃定。正如傳統文評,其形式就包括詩話詞話(如嚴羽《滄浪詩話》)、書信(如曹植〈與楊德祖書〉)、序跋(如蕭統《昭明文選・序》)、評點(如桂天祥《批點唐詩正聲》),甚或以詩論詩(如杜甫《戲為六絕句》),以賦論文思的應感通塞(如陸機《文賦》)等。現代的文學評論也形態多端;可以是文藝思想的論述,如《香港文學大系・評論卷一》所輯的李南桌〈再廣現實主義〉(1938);也可以是作品的針砭,如蕭明〈評路易士之《不朽的肖像》〉(1940)。有時是簡要書評,如黎明起〈讀《銀狐集》〉(1939)予李廣田散文集極高的評價;有時是整個詩刊及詩派的總評,如劉火子在報章連載的長篇論文的〈論《現代》詩〉(1935);或者作家的專論,如白盧(李育中)的〈戴望舒與

陳夢家〉(1935)，指出兩人各成家數。又有創作札記，如彭耀芬〈新詩片論〉(1941) 鼓吹往生活、戰鬥挺進；又有見聞報導，如林豐（葉靈鳳）〈動亂中的世界文壇報告〉(1941) 關注戰爭中文人藝術家的流離存活。更有文學論爭，如楊剛〈反新式風花雪月 —— 對香港文藝青年的一個挑戰〉(1940) 及曾潔孺〈錯誤的「挑戰」—— 對新風花雪月問題的辯正〉(1940，存目) 等等。我們選輯時也就不拘形格，而專注其作為評論之功能與影響。

二

本卷輯錄的範圍有具體的時間 (1919-1949 年) 和地域（香港）限制，但搜羅所得的評論或許與評家在香港居停生活的時間稍有落差，編選時於此頗費躊躇。例如杜格靈可說是三十年代香港文壇的活躍分子；他在移居香港前於廣州出版《秋之草紙》(1930) 一集，當中就有許多鈎深致遠的優美評論；反而居港以後，留下的文學評論就較少。又如鷗外鷗在香港完成小學與初中以後赴廣州，並在省城開展他的文學事業；後來再兩度居港，寫下不少與香港有關的作品。他有一篇別具創意的美學論文〈黑之學說〉(1934) 發表於上海，撰作於廣州。中國內地的評論資料選或史著對杜格靈與鷗外鷗（無論是他們的廣州時期還是香港時期）都未有足夠的關懷，如果我們把所發現的資料棄置一旁，將來能見天日的機會可能很少。編者於是決定利用體例上「存目」一項作個拾遺紀錄。未來的研究者可以循本卷留下的線索，作進一步的追查探究。

三

　　鷗外鷗是現代文學史上一位卓爾不羣的作家。他曾有〈感想〉（1943）一文，說自己是走在「詩的沙漠的人」，在沙漠上曾留下足跡，但「足跡都是自己的，既無前人可循，又不足供給後人效法。」意思是他只是「獨來獨往，自己行自己的路」。事實上，他在文壇上的確朋友不多，無法凝聚力量，影響力也就有限。然而，現代文學史也不應忽略這位別創一格的詩人；因為他與香港的關聯不少，也寫過精彩的「香港的照像冊」系列詩，香港文學史更要為他留一席位。他的詩論中有一篇發表於 1942 年的〈詩的製造〉，主張「詩是工業的製成品，詩人即機器」。這種講法，可謂「非常異議可怪之論」。文中更以自己一首詩為例，詳細解釋其中「製造」的過程，值得細心觀察，與其他詩人創作論作比照。

四

　　本卷時限有必要觸碰當時香港支持汪精衛南京政權「和平救國」主張的「和平文藝論」。有人覺得這些「漢奸文藝」不足論。本卷編者考慮到文學與政治的複雜勾連，認為應採文學史的態度以存其跡，讓讀者看到政治的「大話」如何假文藝論說而行宣傳，思考文字構築的多重面向——既有磊磊落落的光明面，也有陰森險譎的幽暗處。再者，我們在檢索相關報刊資料時，又見到不少論述藉機往中國或西方之「非戰傳統」作探索。撇開其背後動機，其間的

文史考掘，或者也留下一些可供後人省思的材料。

五

　　香港學界對西方文藝思潮的關注，應以香港大學佔先機。1928年出版的《香港大學雜誌》上有當時教育系學生葉觀棪的論文〈讔讔派〉，詳細介紹歐美正在迅速散播的達達主義（Dadaism）。這是一篇很值得注意的香港早期文學評論文獻。葉觀棪為文直接取材於美國的達達主義藝評家舍爾頓・切尼（Sheldon Cheney, 1886-1980）寫於 1922 年的 *Why Dada?*，可推知他的學術訓練包括這些當代文藝的探索。我們知道葉觀棪於時是香港大學學生會雜誌的營業主任，有能力為雜誌奔走招攬廣告，應是高年班的學生。若然，則他與 1923 年在香港大學教育系畢業的朱光潛是先後同學。據朱光潛後來的回憶，他在港大讀書時確實吸收了許多西洋文學與哲學的知識。由此可想知葉觀棪的寬闊視野，其來有自。

六

　　葉觀棪畢業後到中學任教，後來進入教育司署任視學官。他的另一項社會活動是參與推動香港以至華南地區的體育活動；香港中華業餘體育協會戰後重組，他與香港足球史上的球王李惠堂，以及星島報業的胡好，同被選任理事。六十年代香港一位著名的足球評述員（講波佬）葉觀楫（1919-2006）是他的胞弟；觀楫退休前正

職是公務員，業餘時間參與不少文藝活動，在香港電台的龍翔劇團登場演粵劇，又演出電視劇如《獅子山下》、《陸小鳳》，電影如《靚妹仔》、《地下情》等。觀棪、觀楫的父親葉茗孫（1888-1943），是香港著名塾師，與友人結潛社、北山詩社，有詩集流傳後世（其詩入選《香港文學大系・舊體文學卷》）；曾伯祖葉瑞伯，據簡又文考證，可能是南音《客途秋恨》的作者。

七

上世紀三十年代在香港出現的《紅豆》，是香港文學史上的重要刊物；除了成為不少本土作家的發表場地外，也極具國際視野。雜誌中出現的外國文學專輯有：「世界史詩專號」（2 卷 3 期）、「當代英國小說特輯」（2 卷 6 期）；同期封面還列明內容有「西班牙最新短篇作」、「法蘭西中古羅曼史」）、「英國文壇十傑專號」（3 卷 1 期）、「吉伯西專號」（3 卷 4 期），其編輯安排都見心思。其中「吉伯西專號」，以歐洲的浪遊族羣吉卜賽人與文學想像的關係為主題，更饒富興味。在中國內地固然早有介紹吉卜賽（或譯「吉卜西」）的文章，尤其是田漢的南國社曾上演《卡門》又被禁，相關的論述不少；但如《紅豆》這樣以專號形式，一系列 8 篇作品（包括論述、翻譯、創作），從文學角度詮釋這個「浪漫」與「自由」的符號，當時可能還是新創的嘗試。

八

《紅豆》幾個外國文學「專號」（或「特輯」）的編製，應該都有一位英國文學教授的影子在背後。這位漢名張寶樹，原名 James D. Bush 的英國人，當時是廣州中山大學英國文學系主任，主講莎士比亞和現代戲劇，以及英國文學史。《紅豆》主編梁之盤據說曾在中山大學聽課，看來與張寶樹相當熟絡；1935 年 4 月《民教月刊》有一篇張寶樹〈現代戲劇底社會的意義〉的演講錄，就是由梁之盤筆記。「吉伯西專號」以張寶樹〈吉伯西和英國文學中之流浪情調〉一文開啟。他以 "vagrant mood" 來賅括文學上那種浪遊的精神；「專號」以下各篇分別是「吉伯西」的介紹，西方作家的「吉伯西小說」的翻譯，以及模擬這種情調的創作；整體看來，工整有序，相信張寶樹給予梁之盤不少意見提示。前此的「英國文壇十傑專號」也冠以張寶樹〈英國文壇底漫遊〉一篇，文前「編者識」說張氏「對研究文學極多指示」，可見他對梁之盤以及《紅豆》推介西方文學的方向有極大影響。《紅豆》上登載張寶樹的文章還有：〈文藝譚——《浮士德》之分析〉（2 卷 1 期）、〈《羅蜜鷗與朱麗葉》之研究〉（2 卷 5 期）、〈新與舊——英國小說中之新舊寫實主義譚〉（4 卷 4 期）、〈《筆耕者言》序——談寫文章〉（4 卷 6 期，*The Jottings of a Jouneyman of Letters* 自序）。此外，他還有一篇相當有份量的文章〈至大之聲生於國民之靈府——文學與國民生活雜論〉，刊於 1936 年《國立中山大學文學院專刊》第 3 期，譯者是梁思平。

九

梁之盤個人作品見於《紅豆》者不少。其中屬於文學評論者有：〈論蘇軾 —— 宋代詞人論叢稿之一〉（1 卷 1 期）、〈五代的詞人〉（1 卷 6 期）、〈詩人之告哀 —— 司馬遷論〉（2 卷 2 期）、〈「金色的田疇」—— 談世界史詩〉（2 卷 3 期）、〈英國史詩：貝奧烏爾夫〉（2 卷 3 期）、〈印度史詩：天竺之榮華 —— 印度史詩雙璧譚〉（2 卷 3 期）、〈讀詩偶記（評張若虛之《春光花月夜》、白居易之《琵琶行》）〉（2 卷 4 期）、〈喬也斯〉（3 卷 1 期）、〈「以自然之眼觀物，以自然之舌言情」〉（3 卷 2 期）；翻譯有：〈青春之舞〉（1 卷 4 期，梅列笛斯小說）、〈加爾各答路上〉（1 卷 5 期，泰谷兒小說）、〈一杯茶〉（2 卷 1 期，瑞典蘇德爾堡小說）、〈論文學批評與《文學者傳》〉（2 卷 4 期，Arthur Symons 文藝評論）、〈英雄駿馬與美人〉（2 卷 6 期，法蘭西中世紀羅曼斯・格雷郎之歌）。至於創作則只見有小說〈工作間零拾〉（1 卷 2 期）和散文〈冬陽〉（1 卷 3 期），並未有詩作（然而他為女兒命名「愛詩」，這個缺項頗堪猜疑）。

十

考慮到文學刊物的主要作者往往以不同筆名化身撰作，編者覆檢《紅豆》各期，認為其中作者「風痕」，有可能就是梁之盤的化名。因為風痕在《紅豆》創刊號上有〈紅豆〉一詩，作為雜誌的「代創刊語」；這篇重要的文告，只應是刊物的關鍵人物才能撰作。《紅豆》

的「經理」是梁之盤的兄長梁晃，主要貢獻在於攝影，而不見有其他的文字創作發表；而梁之盤是雜誌的「督印編輯」，創刊詞由他撰寫最為合理。風痕在《紅豆》發表了大量新詩和散文，但也有一篇別具創意的文學評論：〈王漁洋 —— 中國的象徵主義者〉（1 卷 5 期），可說是中西比較文學的早期演習，也是最早（1934 年 4 月）將中國詩論中的「神韻說」與西方詩學的「象徵主義」作比較的論文。此後才有余煥棟在 1937 年完成的燕京大學畢業論文〈王漁洋之文學批評〉，曾作同樣的類比。再後來錢鍾書《談藝錄》也有類似的講法。

十一

依《紅豆》創刊號的記錄，雜誌由南國出版社出版，梁國英報局發行。梁國英是梁晃與梁之盤兄弟二人之父，創辦梁國英藥局，兼營書報訂購，再進而發展為書報局，出版過《馬棚遇火紀事》（1918 年）、《人鑑》（1920 年）等書冊；後者被視為香港第一本漫畫集。《紅豆》則是少東二人所創，而以梁之盤出力最多。梁晃後來另行主編以圖片為主的綜合性畫報《天下》半月刊，出版者是天下圖書出版公司，由梁國英書報局「經理」。此外，與梁之盤相關聯的著名人物，還可提到他的岳丈是黃冷觀，妻舅黃苗子，女兒梁愛詩。

十二

香港文學評論史應該怎樣記載李南桌？

李南桌，湖南省人，北平唸中學，北師大英文系畢業。1938
年因長沙遭日軍猛炸，7 月帶同懷孕的妻子南下香港，在一所中學
任國文老師，10 月因急性盲腸炎失治而病逝九龍。

李南桌只在香港居停了三個月；但這是他二十五年人生的最後
階段。他一生最重要的文學評論都在這南天一隅發表；十三篇擲地
有聲的論文總合成《李南桌文藝論文集》，也是由香港生活書店於
1939 年出版。然而，他的預期讀者是全中國的文藝界，討論的都
是戰時中國重要的文學及文化政治議題。其中〈廣現實主義〉及〈再
廣現實主義〉兩篇，可說是當時整個評論界的高水平之作，也是左
翼文藝思潮中最為開放而又深刻的論述。李南桌指出：「現實包括
一切。藝術的具象並不僅限於意識界的，直接的表面上的現象，而
是常常如夢的產生一樣，是間接的，聯帶很多的，潛意識的活動。
任何一個人間接對自然的感應，也是現實的一部分。」這種「現實
主義」觀，與當時流行劃地為牢式的「現實」概念對照，就顯出理
論層次的高低不同。〈廣現實主義〉載於《文藝陣地》創刊號（1938
年 4 月），撰寫時李南桌還在長沙；〈再廣現實主義〉刊於《文藝陣
地》1 卷 10 期（1938 年 9 月），正是他香港時期之作。《評論卷一》
收入後者而以前者列入「存目」。我們認為，正如《文藝陣地》是香
港成為中國現代文壇發聲地的一個明證，李南桌的文學論述在香港
面世，也見得此地作為一個廣闊的文學空間之意義。

十三

李南桌在二十五歲之年寫出傾倒當時文壇的論評。香港文學史
上或者不乏這類早慧的批評家。例如李育中二十歲出頭已在香港
不同報刊發表大量文學評論和西方文學譯介；想想香港劇運的重
要人物黎覺奔在撰寫 8500 字的〈新藝術領域上底表現主義〉(1935)
時，年僅十九歲；梁之盤創辦《紅豆》(1933–1936)，寫〈詩人之告
哀 —— 司馬遷論〉(1934)、編「世界史詩專號」(1934) 時，也只有
十八、九歲。

十四

過去香港被視為「畸形」的商埠，文化不足道。今天我們再審
視這個城市的「畸形」文化，卻頗有可道。例如說新舊、中西、
雅俗的混雜，有一份在廣州創辦，但後來定居於風土更加合宜的
香港的雜誌《字紙籈》，可作具體例證。雜誌有個法文譯名：*Le
Pêle-Mêle*，就是渾雜無序之意，也是當時法國巴黎仍在刊行 (1895
–1930) 的一份幽默諷刺雜誌的名稱。據雜誌的編輯說：「《字紙籈》
就是字紙籈罷了，並不是『新潮』，也不是『舊粹』，尤其不是甚麼
『光』，或甚麼『鐘』。」整個雜誌的風格沓雜而繽紛，文言白話互
相侵奪，各式畫像、攝影、漫畫共存。這種自居邊緣、不守秩序，
以遊戲玩耍的態度，衝擊文化與政治建制的姿態和行徑，展示出一
種相當前衛的文藝思想。《評論卷一》選錄雜誌中兼擅文言白話的

重要寫手萊哈的〈嶺海文學家列講〉，評論當時廣州與香港以古文名世的大家，如豹翁、黃冷觀、李啟芬等，下筆辛辣而幽默，頗見奇趣。

《評論卷一》選錄的另一篇舊體文學評論選自蘇守潔的《豹翁論學》，雖然同以文言書寫，但與萊哈的評論風格迥然不侔。蘇守潔古文宗尚韓愈與林紓，尤其着重發揮林紓徘徊於新舊文化之間的文學思想，為傳統文學在現代社會探求存在的意義。這種思維方式與態度，也是香港文學的一個重要面向。

十五

文學評論的存在模式，不在其形貌，而在其功能與作用。這種作用力本來就是遊走於作者（在創作過程之前對文學本質與文體的認知、創作過程中的反覆琢磨）、文本（儲存字與文的內涵與外延義以生發各種詮解之可能），與讀者（期待視野的迎逆與調整）之間；文學評論撰作者的功能主要在以更清晰的「後設」位置和姿態，疏導這種意與文的力量，溝通文本與世界的關係，為文學建立更宏闊的語義場。

《評論卷二》編後記

林曼叔　《文學評論》主編

陳國球教授主持編輯的《香港文學大系 1919-1949》終於完成了，這是香港文壇史無前例的壯舉。我得以參加大系的編輯工作，不勝榮幸，為香港文學做了一件應做的工作。陳教授還望各卷主編談談編後的感想，我想，在〈導言〉由於篇幅所限，有些未能加以說明的問題，在這裏再談一談也是必要的。

一

我所負責編輯的是《香港文學大系‧評論卷二》(1942-1949)，雖然前後只有八個年頭，卻橫跨香港兩個重要的歷史時期：淪陷時期（日治時期）和戰後時期。我在〈導言〉中説：「在日治時期，香港文壇隨着香港的淪陷而沉沒。」也許有人以為香港孤島正如上海孤島，也有它的文學，這是一種誤解。所謂「香港孤島」和「上海孤島」是同時存在的。所謂上海孤島時期，是指 1937 年 11 月 12 日上海被日寇所佔領，而城市中心地區為公共租界，日軍尚未能進

入，但卻為日偽勢力所包圍，故稱為「孤島」，呈現「畸形繁榮」，文化事業也頗活躍，有「抗戰時期的文化堡壘」之稱，所謂「孤島文學」成為中國現代文學史的一頁。這種局面一直維持到 1941 年 12 月 8 日日軍發動太平洋戰爭，上海孤島也就結束了。香港的命運也是如此，由於香港是英國殖民地，日寇未能入侵，形成一個海外孤島，從國內南來的作家雲集香江，文化事業更形活躍，但隨着太平洋戰爭爆發，於 1941 年 12 月 25 日，香港也淪陷了，香港孤島也一樣結束了。香港孤島並非指日佔時期的香港。

對日治時期的香港文壇，我作了這樣的說明：香港「從此度過三年零八個月的黑暗歲月。在日本軍國主義鐵蹄的蹂躪下，香港文壇頓成廢墟。戰前來港的作家紛紛逃回內地，留下來的文化人寥寥無幾，即使留下來的也大都被迫成為日本軍國主義的御用文人了。」縱使有文學也只是漢奸文學，我不以為漢奸文學屬於香港文學，在中國現代文學史也未曾有過這樣的篇章。葉靈鳳、戴望舒是留港最具名望的作家，在日軍指揮刀下，要從事真正的文學創作是不可能的。葉靈鳳曾被日本總督部委為顧問（囑托）之職，主管日本大東亞共榮圈宣傳的刊物《新東亞月刊》、《大同畫報》，後又得到特別照顧創辦《大眾週報》，而《星島日報》被勒令改名為《香島日報》，也只是成為日本侵略者的宣傳喉舌。在這些刊物上，葉氏就發表了不少媚日的文字，為日本帝國主義的侵略野心辯護。香港本身的文學在日治時期是完全被埋葬了的。即使談論文學的，也純屬淺薄的漢奸言論而已。

香港日治時期的文壇，有人提出「和平文藝」，其實這是汪精衛

賣國政府在抗日時期所提出的舊貨，妄圖用甚麼「和平文藝」為日寇粉飾太平，泯滅中國人民的抗日意識。《大公報・文協》於 1940 年 5 月 28 日就發表了熾犀的〈文藝？運動？〉一文，對此作了這樣的批判：正當全民抗戰的時刻，「然而現在，跟着一批無恥政客的『和平救國』行為，接着又有了一批無恥文人的所謂『和平救國文藝』的『運動』。……他們自己畫了口供說他們是『反抗戰救國文藝』的。反抗戰救國文藝，就是反抗戰救國。」葉靈鳳當年也曾為文指出：所謂「和平文藝救國運動」，就是今日的中國文學的「任務」該是暴露戰爭的殘酷，該是「反戰」的「聰明的」理論。[1] 到了香港淪陷，葉靈鳳做了日寇顧問，為迎合主子而鼓吹「和平文藝」是必然的，並寫了劇本《和平救國》[2]，所謂「和平救國」，實際就是「和平賣國」，歡迎日寇侵略，抵制中國抗戰。有一位名叫李志文的就在《南華日報》發表長文《和平文藝論》赤裸裸地指出：「為了打擊反革命勢力的成長，和平文藝決不會放過『抗戰文藝』，而是要給『抗戰文藝』以迎頭痛擊的！」[3] 很明顯，這是百分之百的漢奸文藝理論，絕不視作香港文學範圍。

葉靈鳳作為日軍的囑托（顧問），這頂漢奸帽子也不容易脫得下來，不論他有多少個「不得已」，也無法改變這一歷史事實。就

1　葉靈鳳：〈再斥所謂「和平救國文藝運動」〉，《大公報・文協》，1940 年 4 月 30 日。

2　葉靈鳳：《和平救國》（署名：趙克進），《香港日報・綠洲》，1944 年 2 月 10 日至 22 日。

3　李志文：〈和平文藝論〉，《南華日報》，中華民國三十一年二月七日。

是戴望舒也有未曾交代的問題，有一次，劉以鬯先生對我說：戴望舒也有投敵的嫌疑。後來果然在《文藝生活》（光復版，第 2 期，總第 20 號，1946 年 1 月出版）就看到一則〈留港粵文藝作家為檢舉戴望舒附敵向中華全國文藝文藝協會重慶總會建議書〉，這是歷史所遺留的問題，不是本文討論的問題。我只是指出，葉靈鳳和戴望舒在日治時期的香港，只不過是侵略者的傀儡作家而已。

這是可以肯定的：香港文學在侵略者鐵蹄的蹂躪下，根本沒有生存的餘地。

二

1945 年 8 月日本無條件投降。抗戰勝利，香港光復。不幸的是國共內戰繼而爆發，為逃避戰火和政治迫害，國內左翼文化人先後抵達香港。他們在港重整荒廢已久的香港文壇，他們辦學校，辦報紙，辦雜誌，搞出版，香港文壇出現前所未有的活躍景象，香港文壇也就成為左翼文藝鬥爭的陣地。在當時，香港是除了延安以外另一個重要的左翼文藝運動的中心。毛澤東〈在延安文藝座談會上的講話〉成為香港左翼文藝運動的方向和指針。他提出：以無產階級思想和馬列主義藝術觀作為領導的，要求文藝工作者克服一切個人主義文藝觀點，和非階級的文藝思想。從此，文藝創作開始政治化了，政治開始對文藝創作的干預。他們一是建立甚麼文藝統一戰線，二是展開對所謂「反動文藝」鬥爭，對文學創作造成嚴重的傷害。文藝的統一化，強調文藝為政治服務，作家喪失干預生活，干

預政治的能力，而只能配合黨的政策從事創作，嚴重損害作家的正視生活反映真實的基本功能，造成文藝創作的公式化、概念化。這種禍害一直延續到中共建政以後更為嚴重，使中國文學的發展幾乎停頓下來，就是中共著名文藝理論家邵荃麟也感到恐慌，六十年代就提出「現實主義深化論」和「中間人物論」，以圖改變千篇一律的文學創作，但後還遭受嚴厲的批判。政治干涉必然造成文學創作的毀滅，這是歷史最慘痛的教訓。

　　強調思想的統一，就必然排除異見或異己。強調文藝的黨性意識，必然排除非黨意識而加以審查和批判。這在四十年代的左翼文壇已經開始。除了展開對國民黨文藝頭領潘公展、張道藩等的批判，對自由主義者胡適、沈從文、蕭乾等的批判，就是左派陣營內部也展開激烈的鬥爭，並延續到五六十年代的清算胡風反革命集團，反右派運動，以至文化大革命，中國作家無不遭殃。政治把作家當作歌功頌德的機器，扼殺了文學創作的生機。幾十年來，中國沒有產生甚麼可觀的作品，只有那麼幾株可憐的「毒草」，並非我們的作家不願意努力，而是政治對文學創作的嚴酷壓迫。時至今日，我們還可以看到這遺害。沒有自由，哪有創作？

　　在文藝為政治服務的前提下，對於文學作品的評論必然奉行「思想性第一，藝術性第二」的原則。當時曹禺的《家》曾經被人痛切批評，認為不夠鬥爭。巴金的小說，有人痛恨，認為不夠進步，甚至大呼「吊死巴金」，這種淺薄的庸俗的文學批評的惡劣傾向是嚴重存在的。陳殘雲自我檢討《風砂的城》：所描寫的「都是個人精神的直覺的偏愛，是思想的浮面和軟弱。文藝是服從於政治，服

役於政治的，在這一意義上，《風砂的城》卻是滑跌了方向的。」[4]
林默涵批評臧克家《泥土的歌》：「幾乎看不到一點農村階級鬥爭的
影子」，「嗅不到一絲今天已經燒紅了全中國的農民鬥爭的火焰氣
息」。[5] 從政治上摑了臧克家一巴掌。就是黃谷柳的《蝦球傳》沒有
寫到階級鬥爭而受批評，最後還是迎合政治的需要而改變。這種從
政治出發的文學批評，必然扼殺了中國文學的健康發展。直到五十
年代，中共取得政權以後，自由主義作家被迫南來香港，擺脫政治
的干預，回歸文學本身，形成香港文壇的新時期。

<h2 style="text-align:center">三</h2>

　　在這個時期，有兩個創作上的問題談論得最多。一是詩歌的發
展方向，一是方言文學的創作。在文藝為政治服務的前提下，甚麼
「詩是貴族的」時代已經過去，「做我自己的詩」的時代已經過去。
詩歌成為歌功頌德的濫調，標語口號的叫喊。詩歌只能是集體的亢
奮，不能有個人的嘆息，把詩歌的性能全都閹割掉了。詩國之美譽
也從此消失了。

　　自五四新文學運動提倡白話文學，並用白話寫作新詩，最為人
所詬病的在於打破了舊體詩形式，而又無力建築新詩形式，新詩創

4　陳殘雲：〈《風砂的城》的自我檢討〉，《創作經驗》（文藝生活選集之四），智源書
　　局，1949 年版。

5　林默涵：〈評臧克家的《泥土的歌》〉，《大眾文藝》第三輯《論文藝統一戰線》，
　　1948 年 7 月 1 日。

作陷於難以擺脫的困境。就是郭沫若這位五四時期的大詩人，也未能為我們指出新詩的創作路向，只能「讓人民自己寫，由今天的工農兵自己來寫出來的詩」，才是好詩。這也就說，詩人本身再難有所作為了。林林對新詩創作所產生的弊端有中肯的論述：「我們的新詩，自把纏足布解放之後，又變成過於歐化，而消化不良，發生洋酸氣了，詩是散文化了，缺乏中國詩音樂美，因為以白話寫音節韻律太不注意了，對於大眾化，對於中國氣派也是有障礙的。」而這正是一直困擾中國新詩創作的問題，直至今日，還是一個未能解決的問題，還有待我們繼續討論的問題。

在文藝為政治服務的原則指導下，「文藝的大眾化」是一個重要方面。為了「文藝的大眾化」，方言文學成為一個熱門的課題。郭沫若也說：「方言文學的建立，的確可以和國語文學平行，而豐富國語文學。」[6] 茅盾強調：「今天新文學『大眾化』的『語言』問題，應當從此時此地大眾的口語 —— 即天天在變革的方言入手。」[7] 一個地方有它的語言，一個時代有它的語言，用此時此地的語言書寫出此時此地的現實社會生活，就是最最本土的文學。這對今日本土文學及對維護粵語地位來說應該是有借鑑意義的說法。

我在〈導言〉還提到馬華文學或南洋華文文學，可以說是最早討論關於華文文學的問題。東南亞華文文學是世界華文文學的一個重要組成部分。我們知道，香港的文學雜誌在東南亞都有它們的

6　郭沫若：〈當前的文藝諸問題〉，《文藝生活》第 37 期，1948 年 2 月。
7　茅盾：〈再談「方言文學」〉，《大眾文藝》第 1 輯《文藝的新方向》，1948 年 3 月 1 日。

讀者，僑居當地的華人作者大都用華文從事文學創作，形成一種獨特的華文創作的羣體，自有其生存的獨立性和發展的獨創性。特別要在這裏提出的是那時候的中國作家，特別是廣東作家，不少到過南洋各地，融入當地的社會，為各族的自由獨立並肩作戰，滿腔熱血參加當地反侵略反殖民的鬥爭。他們更在南洋各地辦報紙辦雜誌搞出版，為馬來亞文化的發展做了大量工作，並以他們的經歷寫下各種各樣的作品。諸如巴人的長篇報告文學《在外國監牢裏》，司馬文森的長篇小說《南洋淘金記》，杜埃的短篇小說集《在呂宋平原》，林林的詩集《同志，攻進城來了》和長篇史詩《英雄林阿鳳》，陳殘雲的《南洋伯還鄉》，秦牧的《黃金海岸》等等，在《文藝生活》就經常發表不少這種以他們在南洋各地的生活經歷和鬥爭為內容的文學作品，並在香港出版，是中國文學史也是香港文學史上一個不可忽視的方面，應該加以整理，希望熱心的文學史研究者從事這一工作。

2016 年 5 月於香港

《舊體文學卷》編後感

程中山　香港中文大學

　　陳國球、陳智德先生主編《香港文學大系 1919-1949》，編選香港早期文學作品，疏理文獻，將有助撰寫一部完整的香港文學史。本人獲邀主編《舊體文學卷》，為香港文學貢獻一點綿力，深感榮幸。在此之前，不少談香港文學及文學史的研究，對舊體文學視而不見，甚至排斥，以偏概全，歪曲史實，影響深遠。幸好，關注香港舊體文學的聲音雖小，但不至於絕跡。王晉光、黃坤堯及筆者在這十來年辦過幾次香港舊體文學研討會，展示開埠以來香港舊體文學的成就，如於 2004 年在理工大學第一次舉辦小型的香港舊體文學研討會，2007 年在中文大學辦第二屆時提升為大型的國際會議，2010 年續辦不分新舊的香港文學研討會，2015 年更辦民國以來的舊體文學國際會議，以改變學界長期忽視香港及現當代舊體文學的做法。現在，《香港文學大系》收錄舊體文學，表現出主事者客觀的學術視野。

　　《香港文學大系》包括《舊體文學卷》，實在令人雀躍，但編纂此卷有先天不足的問題。《香港文學大系》之編纂，乃繼承《中國

新文學大系》、《中國現代文學大系》等新文學大系的理念，加以變化，增添《舊體文學卷》、《通俗文學卷》、《兒童文學卷》，凡十二卷。雖然比起以前幾種新文學大系專著來說，《香港文學大系》已打破新舊文體的隔閡，算是有很大的進步，但相對新（白話）文學每體至少一卷的篇幅而言，舊體文學只有一卷的篇幅明顯不足。尤其是香港舊體文學有百年的發展歷史，作品數量積累之多、價值之大，一卷的篇幅實在不足以容納。若能像新文學分體編纂的體例，釐分古文、詩、詞、小說、評論各一卷，才較為合理，也能客觀反映香港文學的真實面貌。

究竟從開埠到 1949 年這一百多年間香港有多少舊體文學作品？文壇具體情況如何？我們相信只要大力發掘第一手原始文獻，便能清晰掌握舊體文學的狀貌，如翻開跨越晚清民國兩代的《華字日報》、《循環日報》，便有數之不盡的詩文可供選錄。然而這些報刊，年代久遠，篇幅極多，難以全面顧及，有點可惜。筆者惟有翻箱倒櫃找出多年研讀積存的報刊文獻及別集選本，反覆取捨，編成此卷，初步構建了一個清末民初香港舊體文學的發展框架。

大系編委會為具體編纂定下一些準則，也賦予編者自主權。在重視作者的香港人身份這準則下，本卷所選入的對象均經考證，大部分都是長年居港的作家。此外，筆者也酌量收入個別過境香港的文人如梁喬漢，因其所編《港澳旅遊草》為最早幾本以香港為名的專著，具文學史價值，不得不選；又如丘逢甲短期過港而迅速與在港文人交往唱和，推動一時文學風氣，亦不能不收。其他過港的大名鼎鼎詩人如黃遵憲、康有為、易順鼎、簡朝亮、朱彊村等，雖寫

下表現家國情懷的詩文，但因其非久居此地，只能割愛了。至於一些僅知筆名或字號而身份無法確定的作者，其在香港報刊發表的詩文也不收錄，故本卷選錄的基本上是香港人所創作的舊體詩文。

除了作者身份問題外，筆者也思考香港文學的起源及舊體文學卷該從何時選起的問題。我們知道現在的「香港」概念是在英國殖民統治後開始慢慢形成的，在殖民地時期的晚清香港作家中王韜和潘飛聲文學成就很大，其所作詩文屬於香港文學，完全沒有問題。但香港文學畢竟屬於地域性文學，凡在這片土地上創作的詩文，亦應屬於香港文學，因此筆者在〈導言〉中肯定宋明以來在這片土地上活動及創作的文人，當為香港文學的始祖，將來編大型的香港詩文總集時理應收入他們的作品。但因無法詳細考證這些宋明文人是否為新安縣九龍上水等一帶的居民，故未能選入，因此本卷只有先選晚清香港文學大家王韜、潘飛聲等人。王韜是近代著名文人，不需筆者多費唇舌介紹。而潘飛聲為《華字日報》主筆，其於報上連載的《在山泉詩話》（後有單行本），是香港文學史上第一本文學批評專著，談晚清香港文學評論史者，若不及潘氏亦等同緣木求魚了。筆者十多年前開始研究潘飛聲香港時期的文學成就，自此之後，潘氏開始受到學界重視，相關研究接踵而來，現把潘氏編入卷內，自能帶出其在香港文學史上的重要性。

基於上述的種種考慮，筆者乃決定編纂一部集合文學批評、詩詞古文為一體的選本。因限於篇幅，全書以選詩詞為主，文章為副，不選小說（因《大系》另有《通俗文學卷》收小說）。至於具體編纂時，真是經歷「千淘萬漉雖辛苦，吹盡狂沙始到金」的反覆篩

選過程，如選錄時首先要考慮作品的內容價值，盡量選些反映時代，或有本事，或反映作者文學觀念，或與香港有關的作品；除此之外，還要考慮詩詞體制的種類，如律絕古體歌行、小令慢詞的選錄比重等因素。又選文章時，盡量選錄一些序跋，以見舊體文學理論的一面；亦酌量收入一些遊記小品、駢文、贈序，反映不同的文風等等，不一而足。總的來說，本卷集合各種文體為一書，體例不顯，有點雜亂無章的感覺，或者這就是篇幅只有一卷的先天不足所導致的結果。所以筆者在此強烈呼籲將來續編大系時，宜如上文建議，舊體文學也應分體編纂，好讓學界更容易掌握其發展脈絡。

另外，筆者在〈導言〉中強調從開埠至 1949 年一百多年間，舊體文學應是香港主流文學。這看法一點也不誇張失實。至少在二十年代以前，即開埠約八十年間，香港文壇基本上是舊體文學的天下，這是不爭的事實。特別是清末民初，港英政府一直極力推行殖民教化，強調西式教學，港人為了抗衡殖民化，則努力進修中文，創作舊體詩文，就是要保住中國傳統文化的血脈，這跟日治時期的台灣人堅持學好閩語，創作傳統詩文，以保存中華文化思想的舉止是如出一轍的。這也就是說，港台因曾分別為外國殖民地的關係，其文學發展軌跡很相似，值得比較研究。因此，本卷選錄不少在香港從事傳統教育的詩人，如趙吉莘、何祖濂、崔師貫、葉茗孫、呂伊耕、楊鐵夫、陳競堂、張秋琴、何恭第、陳硯池、羅濂、黃子律、黃密弓、李景康等，諸人或為私塾先生，或新式中學中文教師，他們一方面栽培香港文學的人才，一方面積極創作傳統詩文，延續舊體文學的生命，貢獻是最直接的。至於前清遺老陳伯陶、何鄒厓、

賴際熙、溫肅、張學華等移居香港後，他們多為前清翰林進士，學術深邃，又活躍文壇，從事教育，既提高香港文學的水平，更進一步鞏固舊體文壇的壁壘。撇開他們保守的政治觀不談，其作品思想也不全部都是極端保守的，亦有開明的一面，如有與西人交往的作品，可以一證。因此在英國殖民統治下，香港舊體文人容易接觸西方文明，眼界始大，也逐漸影響其文學創作，如胡禮垣有〈德皇歎〉、〈伊藤歎〉談東西方政治的詩歌，劉伯端有紀念莎士比亞的詩歌，趙吉莽詩寫及西方偵探案，葉次周有歌詠電影的詩歌等，俱可見香港舊體文人思想並不落後，比起身居中國內地的傳統詩人更為進步開明。這也說明為甚麼五四新文化運動在二十年代席捲全國之際，香港文壇依然未受太大的衝擊，可能出於香港舊體文學既與時並進，回應時代，包含新思維，表現文學的自覺和創新，又能堅守傳統文學的價值。因此，香港文學的變化相對一瞬間推倒文言、標舉白話的劇變，明顯來得溫和，這種緩變既是地域帶來的效果，也是殖民背景展開的文化視野，讓舊體文學獲得新的養分，讓求變若渴的文學走上較溫和的變革道路。

三十年代以來，新文學開始迅速融入香港社會，與舊體文學關係是互相包容，然而到了抗戰期間大量新文學家一時雲集香港，的確扭轉香港一向文言獨大的文壇面貌，但這不等同當時的新文學已取代舊文學的文壇地位。蓋亦有一些傳統文人如葉恭綽、柳亞子、楊雲史、陳孝威等對香港文學貢獻不少，就如筆者在導言中指出1941 年陳孝威在香港發起詩歌唱和運動以爭取美國進一步支援中國抗戰，半年間引起全球數百位詩人寄詩和應，以詩救國，規模之

大，近代少見，這反映香港舊體文學的生命力極為頑強。

　　除了上述提到的王韜、柳亞子、楊雲史等人外，很少外省文人可以融入香港舊體文壇，大抵香港舊體文壇基本上是以粵籍文人為主，如劉伯端、李仙根、葉恭綽、伍憲子、蔡哲夫、廖恩燾、黃詠雩、江孔殷等，他們語言及習俗相同，凝聚力極強，所以他們經常結社論文，推動創作，如北山詩社、千春社、碩果社等便可見一斑。因此文人結社是香港舊體文學發展的一大特徵，極其重要，特別在二十年代前後，香港詩社林立，拙文〈百年開島無此會：二十年代香港北山詩社研究〉曾披露民初香港有海外吟社、潛社、香海吟社、聯愛詩社、竹林詩社、北山詩社、正聲吟社、上水詩社等眾多團體，[1] 其中北山詩社才運作半年多，已吸引一百餘位香港詩人寄詩投稿，他們來自社會不同行業階層，可見北山詩社簡直像百年香港舊體文壇的一個小縮影。所以本卷選入不少詩社作品，就是要反映舊體文人的活動特色。

　　另一方面，晚清以來香港是多元文化的大都市，經濟商業極為發達。香港不少商人也是風雅高手，亦活躍文壇，如陳步墀、梁洧、余維垣、莫鶴鳴、鄒靜存、黃偉伯、古卓崙等，一方面從商，一方面寫詩，成就不可低估，尤其是陳步墀根本是書生從商，詩文自娛之外，曾編印《繡詩樓叢書》，更資助各方的文學事業。此外，本卷也曾衡量選錄的作家男女比例問題。中國傳統文學創作以男

1　拙文：〈開島百年無此會：二十年代香港北山詩社研究〉，《中國文化研究所學報》，第 53 期，香港中文大學中國文化研究所，2011 年 7 月，頁 279-310。

性為主導，香港雖亦不例外，但仍有不少女性曾接受教育，也寫詩詞，如呂素珍、張傾城、羅賽雲、陳啟君、冼玉清、呂碧城等詩文並美。特別是陳啟君於二十年代初創立詩社，旗幟鮮明提出復興傳統文學，足以反映香港女詩人的文學自覺，並不尋常；而南來的呂碧城，為詞學家龍榆生推為三百年來中國詞壇的殿軍人物，也長眠香江海上，留下一些動人的詞作。再者，本卷還選錄道教徒田邵邨、萬佛寺主持釋月溪，以展示宗教與舊體文學的關係。至於晚清以來的報界人物，更為文壇中堅，對推動新舊文學發展起極其重要的作用，前人論述已多，故不贅。由是可見傳統舊體文學創作並非小數人的專利，而是各路英雄盡出，風起雲湧，展現彼此多姿的才情。香港舊體文人背景不一，正正反映香港舊體文學底蘊非常深厚，因此作品風格也是多樣化，除了反映文人結社、保存文化外，很多作者也積極關注時代社會，反映香港百年的興衰變化，如晚清鼠疫之禍，民初馬棚大火、省港大罷工、香港淪陷等大事件，均有寫及。至於詠寫西方文明事物，宣揚民族革命，抗戰救國與國際時局等，都呈現作品的現實意義。其他如鄧惠麟〈感遇〉、李仙根〈百年〉、古卓崙〈香江曲〉等，或表現抗英衛土的情懷，或為紀念香港歷史而作，都極具本土意識，猶堪咀嚼。又有些文人如葉恭綽、何曼叔、黃天石等兼通文言白話，俱有創作，思想並不陳腐。所以認清香港舊體文學的成就，那些主觀批評舊體文學沒有現代性、多宣揚封建思想的看法，自然就不攻而破了。

拙編《舊體文學卷》是探索百年香港舊體文學的踏腳石。若要全面推動香港舊體文學研究，則需各界同心協力。可惜，舊體文學

的整理與研究前景依然困難重重，誠如有學者指出當今學界研究古代文學的學者未夠重視現當代的舊體詩文，研究現當代新文學的學者不碰在同個時代仍然生存的舊體詩文，遂致現代舊體文學陷入自生自滅的困局，實屬可悲。但願廣大學界放下學術成見，新舊並蓄，公平對待，這樣的研究成果才能令人信服。又，本卷在一兩年間匆忙編成，其中掛一漏萬在所難免，沙石之處也的確令人汗顏慚愧，但願讀者能多包涵諒解。

眾聲喧嘩——《通俗文學卷》編後感言

黃仲鳴　香港樹仁大學

那是一個範兒羣出的時代。那是一個新文人攻壘的時代。那是一個宿儒掙扎的時代。那是一個粵派樹幟的時代。那是一個「大雜燴」的時代。那是一個相容並包的時代。

眾聲喧嘩。香港通俗文壇上，引無數英雄競折腰。數風流人物，今朝落得花果飄零。

決非「二奶」

1990 年代，當我決定攻讀博士學位時，選定的題目是粵港流行一時的三及第文體，這是一個新穎的課題，從沒有人加以深入探討。要研究，就要搜羅大量的書刊和報章專欄文章。記得曾問道香港一位頗負盛名的文評家，他說：「這值得研究嗎？」言下之意是，這些是「垃圾」。

不錯，在雅俗觀念和正統非正統之爭下，這些三及第小說、雜文，都是一些「文字生產者」「掙稿費」的玩意，不是「文學」，更非

「通俗文學」。

其後拿了一疊這類書本如高雄的《經紀日記》、我是山人的少林技擊小說、周白蘋的《中國殺人王》、《牛精良》等給指導老師「裁決」。老師是福建人，對粵語亦有涉獵，他一看就說：「這些讀物用語很特別，可以研究。資料足夠嗎？」

「很特別」、「可以研究」，所需的資料就是這些幾已絕跡的讀物。這些「讀物」，稱得上是小說嗎？稱得上是「通俗文學」嗎？由是，在我探討三及第的流變時，便確定這些絕對是「通俗文學」。

由是，當陳國球邀我主編《香港文學大系・通俗文學卷》時，首先浮上我腦海的就是這些香港極具特色的三及第小說。

由是，我根據撰寫博士論文的經驗和方法，先界定「通俗文學」，不，是先界定「香港通俗文學」的定義，再以「流變」的編輯方針，力圖將香港通俗文學搬上文學史的舞台，非與所謂主流文學爭鋒，而是要人不要遺忘，不要輕視通俗文學在香港社會所引起的效應。換言之，香港通俗文學在香港文學史上，不是「配角」，不是「二奶」，而是一面另樹的旗幟，要打破將雅文學視之為「至高無上」、「唯我獨尊」的局面。

不錯，香港通俗文學往往被視為「他者」，不容於「主流」，那些戴着有色眼鏡的文評家，我相信他們從沒深入去研究，只憑直覺，只憑人云亦云，一筆抹煞。對於通俗之美，他們完全弱視、漠視、鄙視。沒有細讀文本者，根本就沒有發言權。

少年時讀這些作品，常為文中的「微言」所震撼，且看：

（一）「望實我做乜，唔通我面上有山水畫？」[1]

（二）盧君昔日甚豆泥，今則鴉路恤矣。[2]

（三）須知老娘如江南正菜，汝欲鹹濕，可往鹽倉裏為之。[3]

（四）恩敬瞪目曰，殺人王真是齊天大聖。[4]

「面上有山水畫」出自我是山人的《三德和尚三探西禪寺》，實是絕妙對話，整句隱含挑釁的味道。「鴉路恤」見於高雄的《經紀日記》，為 1950 年代最名貴的恤衫牌子，穿着之人非富則貴。至於「鹹濕」、「鹽倉」更是妙喻，見諸黃言情的《老婆奴續篇》。「齊天大聖」是借用孫悟空的稱號，來證殺人王的神通廣大，這是周白蘋《中國殺人王大戰扭計深》的對白。這些句子運用既得宜，又引人共鳴。當年的純文學作品，鮮見如此天馬行空、恣意為之的筆法。

這些「微言」，在通俗小説中往往起了畫龍點睛的作用，為行文增添了不少活力。其中例子很多，不予盡錄。

此外，有些還運用了電影的蒙太奇技法，讀之便一幕一幕湧上腦海，如周白蘋的《牛精良大亂中環〔頭集〕》的打鬥連場，刀槍搏殺，血腥殘暴[5]，當年的電影，都無如是精彩鏡頭。須知，周白蘋本

1　我是山人：《三德和尚三探西禪寺》第一集（香港：陳湘記書局翻印，缺出版日期），頁 7。

2　經紀拉：《經紀日記》第一集（香港：大公書局，缺出版日期），頁 23。

3　黃言情：《老婆奴續篇》（香港：大中華國民公司，1926 年），頁 14。

4　見周白蘋：《中國殺人王大戰扭計深》節錄本，收《香港文學大系‧通俗文學卷》（香港：商務印書館，2014 年），頁 303。

5　見周白蘋：《牛精良大亂中環〔頭集〕》節錄本，收《香港文學大系‧通俗文學卷》（香港：商務印書館，2014 年），頁 314-328。

是「開戲師爺」，也曾編過劇，拍過電影，其行文自有電影感。

又如靈簫生的《冷暖天鵝》，有近鏡：「斯時清涼睡態方醒，乃伸玉腕以枕其項，投朱唇以親彼口，瑩瑩淚珠，不期而點滴流出也。」[6] 真是淒艷無比，大特寫歷歷眼前，文字功效，不輸影像。

我是山人的《三德和尚三探西禪寺》的三德，俗名劉裕德，隨父於廣州經商，練就一身武技，不忿滿清常欺壓漢人。有次，因扶起一仆倒小孩，一眾旗人竟誣指推跌小孩，一聲喝打，劉裕德遭近百黃旗軍追殺，憤而打死旗軍副統領。看了這段，恍置身電影院。劉裕德後來逃赴八閩，投靠伯父。出城遇軍士，又起惡鬥；卒遁入少林，削髮為僧，法號三德。[7] 他的脾性類近《水滸傳》的魯達，火爆暴躁，嫉惡如仇；情節發展也相似，殺人後出家。周白蘋筆下的扭計深，乃是足智多謀之輩，被描畫成《三國演義》裏的諸葛亮；敵營欲誅滅殺人王，遂演出「三顧草廬」一幕，敦請扭計深出山。[8] 這種襲用傳統小說的橋段而另出機杼，亦為可觀。其後金庸的《書劍恩仇錄》，不是一樣有《水滸傳》的影子嗎！

通俗文學非全是糟粕，細心研讀，在文字、內容、結構方面，亦有可觀處。非「二奶」也。

6　見靈簫生：《香銷夜百合》節錄本，收《香港文學大系・通俗文學卷》（香港：商務印書館，2014 年），頁 358。

7　我是山人：《三德和尚三探西禪寺》節錄本，收《香港文學大系・通俗文學卷》（香港：商務印書館，2014 年），頁 396-407。

8　見周白蘋：《中國殺人王大戰扭計深》節錄本，收《香港文學大系・通俗文學卷》（香港：商務印書館，2014 年），頁 303-310。

垃圾佬的「垃圾」

　　愛上通俗文學，始於 1950 年代末、60 年代初，那時居於灣仔高士打道的唐樓，天台搭了不少寮屋，俱是貧苦人家。我家在最頂的四樓。讀小學，閒時便上天台玩耍。那裏有一單身老漢，以倒垃圾維生，我們呼他為「垃圾佬」，他也不以為恥，彼此毫無階級觀念，打成一片，他也視我為兒孫輩，假日常常帶我往莊士頓道茶居一盅兩件。

　　有一天，他拿了一綑書回來，這是甚麼？他說：「這是垃圾，可以賣錢的。」原來是他在垃圾堆中揀出的書刊，積累了一批，就按斤賣出去。好奇心驅使下，我翻閱了他儲存的「垃圾」。當中有不少新文學作品，偶翻出一部我是山人的《佛山贊先生大鬧清虛觀》，一看就愛不釋手，尤其是以粵語入文，分外親切。乖乖，不得了，當年迷金庸的新派武俠，竟不知還有實橋實馬的我是山人。「垃圾堆」中還有周白蘋的《中國殺人王》，專打西洋黑幫，智謀之外，還有機關武器、新穎厲害，自是看得眉飛色舞。垃圾佬見之，說「拿去看吧」。其後執到這類「垃圾」，必供我先睹。[9]

　　這是一個快樂的閱讀經歷。由此可知，這些書仔，在一些讀者來說，是塊漂亮的紙巾，抹完穢嘴，滿足官能刺激後，就棄諸垃圾桶。垃圾佬年邁，落葉歸根回鄉去了。自此，我在灣仔舊書店、旺角奶路臣街地攤見到這些書，便買了來看，讀後也如擤了鼻涕的紙

9　　少時讀書因緣，見拙作〈童時讀書記〉，《香港文學》2017 年 3 月號。

巾，丟了。

這些平民書仔，確是影響了一代人。朋友間常有論及，但俱視之為廉價消費品，不入正統文學之列。不過，除了故事吸引外，那種糅合白話文、文言、廣東話的文字，對我這曾受過古文洗禮的廣東仔來說，相當吸引，視之為香江奇文。

決定攻博後，即四出找尋這些「垃圾」，幸省悟得早，收穫不少。有次，在香港大學圖書館得遇吳昊，談起我的研究課題，他說也收書若干，於是互通有無，我影印了一批相贈，他也寄來一疊。彼此深嘆，此間的圖書館，竟也視為「垃圾」，不收；在一些學人心目中，也是「垃圾」。在「垃圾堆」中，和吳昊真個是惺惺相惜的「垃圾堆人」。

在寫論文，甚至其後編輯《通俗文學卷》時，垃圾佬的影像，便不時飄上心頭。他是我的「啟蒙」老師。

通俗簡史

1949 年以前，甚至 1950 年代，通俗文學所運用的語言，是一個「大雜燴」和「大混亂」的時代，由於作家所受的教育，和當時的社會環境，以文言寫作有之，以白話文書寫有之，更有以三及第鳴於世者；但，這不能以時段來區分某一種文體的盛行，例如戰後的《新生晚報》副刊「新趣」，便充斥各種寫作語言。

因此，在編輯《通俗文學卷》時，「語言」並非我的重點；無論用甚麼語言文體寫作，都是通俗文學。我的着眼點是按作品發佈

的時序，來看香港通俗文學的演變。在類型方面，也沒有刻意的區分；所選作品也非全是佳作，而是看有否傳承、有否發展、有否突出該類作品的特色。

《香港文學大系》標明的編選時間是 1919-1949 年。1919 年是五四新文學的起啟之年，我編選時，卻將時間推至晚清的王韜（1828-1897）。王韜被譽為「香港文學鼻祖」，他的小說不失為傳統的筆記體。後繼者如何筱仙、羅澧銘、黃守一等人，都寫了不少筆記小說。又如撰寫技擊小說的鄧羽公，無論從文字、內容等方面來看，俱不及後來的我是山人等作家，但因他是香港技擊小說的開山祖師，所以編選了他的作品。另如黃天石承繼了內地的鴛鴦蝴蝶派，發揚了香港鴛蝴一族，後來者如靈簫生，作品都風靡一時。

香港通俗文學有三大板塊：第一塊是三及第文學，第二塊是鴛蝴派作品，第三塊是技擊小說。這三大板塊在 1949 年以前、50 年代時分庭抗禮，都取得不錯的成績。在編選《通俗文學卷》時，這些作品當然不會放過。可惜隨着時間、作者的消逝，俱成「消失文學」。《通俗卷》所載作品，都是寶貴的，可算是一部香港通俗文學的發展簡史。我的野心是，希望透過這卷，可讓後來者「按圖索驥」，撰寫通史，或深入探討香港這些特有的文類，書寫出擲地有聲的作品。

作家考證

《通俗卷》選稿，雖加斟酌，大費周章，惟非太難；最傷腦筋

的還是〈作者簡介〉。大多數的通俗作家，因不受「重視」，生平經歷鮮有文獻記載，死後更無聲無息，其名雖顯，亦無片言隻字可供參考。

上窮碧落下黃泉，動手動腳找資料。皇天不負有心人，往往給我掘到不少「珍寶」。例如豹翁，早年曾任南方軍閥龍濟光的秘書，後來在台山一中擔任國文老師，有學生李雲揚回憶說：

> ……其中一位國文老師對我一生影響較大。他姓蘇（蘇守潔），原是老秀才（或舉人）……寫得一手好字，是個崇拜桐城派古文的舊文人，頗有舊時名士風采。他會打猴拳，喝醉酒就發酒瘋。一次因不如意，他竟在校長辦公室前大罵，甚至打碎玻璃門。[10]

豹翁的學識和性情，李雲揚描述得惟妙惟肖。其後蘇守潔入了廣州報界，主理《新國華報》的「黑豹副刊」。另據一份資料，蘇守潔來港後，致力筆耕，得識黃飛鴻徒弟林世榮的弟子朱愚齋，授之以文，造就了一個技擊小說家來。[11] 另如淪陷時期，在葉靈鳳《大眾週報》撰寫偵探小說的周天業，其生平資料等於零，其後詢之楊國雄，獲寄資料，幾經推敲研判，終得其真名實姓和簡歷，雖「生卒年不詳」，但已大大滿足我的求知慾了。

10　非小說家：〈齋公——朱愚齋〉，香港：《小說精華》第七期，缺出版日期。

11　李雲揚：《一個華僑子弟奇遇記》，見 http://article.netor.cn/article/memtext_32667. html（檢索日期：2014 年 8 月 29 日，覆檢日期：2017 年 3 月 1 日）。

至於齋公、我是山人、王香琴、林瀋等資料，俱來自香港1950 年代《小説精華》雜誌的專欄〈小説作家小説〉，作者「非小説家」為他人作傳，反而不知他是何許人。非小説家只略述他們的經歷，並無生年，但已大大豐富了〈作者簡介〉的內容。

　　〈作者簡介〉耗我心血最多，白紙黑字印出來的「生卒年不詳」五個字，卻如五枚鐵釘，敲進我心底。書印出來後，仍死心不息四出找資料，或訪「知情人」，或於報上專欄籲提供消息；果然，回報來了，有潘小姐者，傳來我是山人的訃聞剪報，乃刊於 1974 年8 月 28 日的《華僑日報》，指他是《天下日報》總編輯，逝世於 8 月25 日。訃聞未有生年，卻已彌足珍貴。李家園《香港報業雜談》指他卒於六十年代 [12]，當然是錯了。

　　其後，潘小姐又傳來鄧羽公的墓碑照，我多年的追尋，終於有了鐵證。鄧羽公死於 1964 年，生於 1889 年，享壽七十五。最可笑的是，有份 1968 年的《新武俠天地》雜誌，第一期有預告說：「《新武俠天地》聘請大武俠小説家，特撰『袖珍武俠小説』下期發表。」第二期果見「大武俠小説家」出場了，他名曰凌霄閣主，這是鄧羽公慣用的筆名。到第三期又有署名「天涯浪客」的作品，這又是鄧羽公的筆名。即是 1968 年鄧羽公仍在生，簡直是糊弄了讀者，也令我相信鄧羽公 1968 年仍在世仍在創作。

　　黃天石的筆名，自云搜羅盡矣，孰料事後翻閱剪報，發覺遺漏

12　李家園説：「『我是山人』陳老勁於六十年代去世。」《香港報業雜談》（香港：三聯書店，1989 年），頁 112。

了十分重要的一個：枕亞。那份剪報無報名、無日期，作者金言，專欄名為「香港鼻」，篇名曰《傑克的論文》，其中有云：「他在 1918 年就開始寫小說，那時他在廣州大同報任職，第一篇小說用的筆名是『枕亞』，刊於大同報上。小說的名稱記不起了，好像叫〈奈何曲〉吧？」

這條資料十分重要，應可信賴。因為「枕亞」者，乃當年內地聲名最盛的鴛蝴派作家徐枕亞也。黃天石景仰其人，步其撰寫鴛鴦蝴蝶，署其名為筆名，是毫不出奇的事。

追查作者的生平經歷，考證其真偽，於我而言，雖苦但有所得，其樂無窮。《通俗卷》的〈作者簡介〉，我視之為傑作，更可拋磚引玉，發掘出更多埋藏的資料，實是一大快事。

跋

編選《通俗文學卷》，當中有不少是「私貨」，若干作者的考證更是多年來的心血結晶，箇中辛勞，實不足為外人道，正如我在〈導言〉中說，這是個沙中淘金的工程，最頭痛的是資料散佚不全。但如果沒人再從事這項淘金的苦差，隨着時間的流逝，通俗作家和作品，勢將湮沒。

1949 年前的香港通俗文學，眾聲喧嘩，別具特色。童時閱讀經驗，影響尤深。及長，反正沒有高人耕耘，就由我來做一頭牛吧。

《兒童文學卷》編後記

霍玉英　香港教育大學

（一）

　　1949 年前的香港兒童文學，主要成就於一份雜誌和幾個報章的兒童版面。然而，囿於戰爭與政局，除《星島日報・兒童樂園》外，《華僑日報》、《大公報》及《文匯報》等兒童版面，或抗戰救國，或控訴極權，都帶有強烈的政治意味。[1] 1941 年 6 月創刊的《新兒童》半月刊，則較能從兒童的角度出發，為兒童讀者服務。1941 年 5 月，創辦人曾昭森於《資治月刊》發表了〈兒童教育信條〉30 條，[2]

1　請參霍玉英：〈「在」香港的兒童副刊：《星島日報・兒童樂園》研究（1948-
　　1949）〉，王德威、陳平原和陳國球編：《香港：都市想像與文化記憶》（北京：北
　　京大學出版社，2015），頁 76-100；霍玉英：〈香港《華僑日報・兒童周刊》兒童
　　形象研究（1947-1949）〉，徐蘭君、安德魯・瓊斯主編：《兒童的發現：現代中
　　國文學及文化中的兒童問題》（北京：北京大學出版社，2011），頁 235-250；霍
　　玉英：〈導言〉，《香港文學大系・兒童文學卷》（香港：商務印書館，2014 年 11
　　月），頁 52-56。

2　曾昭森、黃慶雲：〈兒童教育信條〉，《資治月刊》第 4 卷第 1 期（1941 年 5 月），

為進步教育出版社及《新兒童》的創辦預為鋪墊:

> 筆者為着想把自己對於教育,尤其是兒童教育的見解予以檢
> 討,使得工作得有中心思想和個人微薄的力量得到較充分的善
> 用,於是採用信條的方式把自己所尊重的思想和個人的見解具體
> 的逐條寫下來。因為對象是兒童而觀點是教育,於是就稱這文件
> 為「兒童教育信條」。[3]

如果説〈兒童教育信條〉是進步教育出版社與《新兒童》的主導
思想,那麼,後二者則是它的試驗場,既為父母建議教養方法,也
為兒童提供優質的閱讀範本。

綜觀〈兒童教育信條〉30 條的內容,大致有三:一、兒童有本
身的需要、興趣及要求,成人應予尊重;二、兒童教育應以兒童為
中心;三、兒童的發展也具有社會和國家的目的。[4] 前二者誠然以
兒童為依歸,展示了「以兒童為本位」的立場,而黃慶雲回憶參與
《新兒童》工作之初,早有相關的方向:一、雜誌是屬於廣大的孩
子的;二、以啟發式的教育辦雜誌;三、孩子從實踐中學習。[5] 然
而,兒童成長與社會、民族及國家的命運休戚與共,《新兒童》創

頁 13-15。據現有資料,〈兒童教育信條〉分別曾於《新兒童》第 1 卷第 3 期
(1941)、第 2 卷第 2 期 (1942 年 10 月 16 日) 及第 2 卷第 3 期 (1942 年 11 月
1 日)、第 12 卷第 5 期 (1946 年 11 月 1 日) 重刊。

3　曾昭森、黃慶雲:〈兒童教育信條〉,頁 13。

4　霍玉英:〈導言〉,頁 48。

5　黃慶雲:〈回憶《新兒童》在香港〉,《開卷月刊》總第 18 期 (1980 年 6 月),頁
23。

刊不過半年，即因香港淪陷而遷返內地，並在戰火中復刊、停刊再復刊，最後因國民黨查封，於 1946 年在港再次復刊。[6] 經歷戰火鍛鍊，再因局勢，《新兒童》「編輯的思想，有了明顯的轉變和有所提高，和最早的對兒童教育採取改良主義的觀點不同了。內容方面比從前較為接近社會，並更積極地宣傳革命的思想」。[7] 於是，《新兒童》朝「兒童的發展也具有社會和國家的目的」愈走愈近，而政治意味也愈來愈強烈。

就學者對上世紀四十年代香港兒童文學的評價，筆者在《兒童文學卷》的〈導言〉已有回應，[8] 在此不贅言。不過，就取經西方經典並予以改編改寫，對萌發階段的香港兒童文學來說，實在無可厚非，也是文學發展的歷程。再者，兒童文學的讀者對象為兒童，創作者能否以兒童觀點，以「兒童為本位」創作，引發他們的閱讀興趣，這是不可或缺的元素。中國傳統對兒童的相關說法大多以成人先行，以長者為尚，這種設想正好藉助西方兒童教育理論與兒童文學的紹介與引入，刷新觀念，甚至改變傳統價值觀。

《新兒童》自創刊始，即為父母與教師開闢〈父母之頁〉與〈教師之頁〉專欄，[9] 提供兒童教養方略，撰稿人有曾昭森、黃慶雲、朱有光、莊澤宣、莊梁逸羣、唐現之、呂志澄。其中、莊澤宣、曾昭

6　〈本刊啟事〉，《新兒童》，第 9 卷第 6 期（1946 年 2 月 16 日），封面底頁。

7　黃慶雲：〈憶《新兒童》的朋友們〉，頁 180，載周蜜蜜編著《黃慶雲作品評論集》（香港：香港文學評論出版社，2010），頁 173-185。

8　霍玉英：〈導言〉，頁 45。

9　就現存《新兒童》的第 2 及第 3 期，已設〈父母之頁〉及〈教師之頁〉專欄。以第 2 期為例，分別有朱有光的〈兒童與玩具〉與曾昭森的〈考試與積分〉兩文。

森及朱有光同為嶺南大學同事，分別於上世紀二十及三十年代留學美國哥倫比亞大學，莊澤宣和朱有光師從 I. L. Kandel，而曾昭森的論文導師則為 G. S. Counts，研究領域同屬教育基礎理論，熟稔中國教育改革與兒童教育。[10] 這一批先進的教育家致力為成人讀者引介西方教育理論（見表一），在當時而言，可謂一股新鮮的力量，被稱許為「內容豐美，真合於兒童的心理，而且是一般父母，教師必讀之書。」[11] 今天重讀當年篇什，不單見到教育家的識見與專業，更為《新兒童》以兒童為本位的倡議，提供堅實的理論支援，對兒童教育與兒童文學都有深遠的影響。

在紹介西方兒童文學經典而言，《新兒童》亦不遺餘力，其中以黃慶雲為最。從創刊到 1949 年間，她以不同的筆名翻譯了不少歐美經典作品，[12] 像史蒂文生的詩歌與王爾德的童話。[13] 此外，黃

10　莊澤宣、曾昭森及朱有光的博士論文都關係中國教育改革，分別為：*Tendencies toward a democratic system of education in China(1921)*、*Nationalism in school education in China since the opening of the twentieth century(1933)* 及 *Some problems of a national system of education in China(1933)*，詳情請參劉蔚之：〈美國哥倫比亞大學師範學院中國學生博士論文分析（1914-1929）〉，《教育研究集刊》，第 59 輯第 2 期（2013 年 6 月），頁 1-48；劉蔚之：〈哥倫比亞大學師範學院中國博士生「教育基礎理論」領域論文的歷史意義分析〉，《教育學報》第 10 卷第 5 期（2014 年 10 月），頁 85-97。

11　讀者劉延緒在 1942 年 11 月 19 日給《新兒童》編輯先生的信，刊於〈雲姊姊的信箱〉（劉延緒致雲姊姊），《新兒童》，第 2 卷第 5 期（1942 年 12 月 1 日），頁 28。

12　有關黃慶雲的筆名，可參進步教育出版社同人：〈介紹雲姊姊：本刊國內復刊一週年紀念〉，《新兒童》，第 6 卷第 1 期（1943 年 10 月 1 日），頁 50-51。

13　史蒂文生原著、杜美［黃慶雲］譯：〈風〉，《新兒童》，第 4 卷第 4 期（1943 年 5 月 16 日），頁 16-17；史蒂文生原著、杜美［黃慶雲］譯：〈我的影子〉，《新兒童》第 5 卷第 5 期（1943 年 9 月 1 日），頁 10。王爾德著、杜美［黃慶雲］譯：〈星

慶雲更以「余多艱」的筆名，譯寫了「世界文學名著介紹」與「希臘神話」，[14] 作品大都附有插圖，數量雖然不多，但顯見主編對兒童閱讀趣味的關注。在芸芸譯作中，《雲妮寶寶》的插圖最為豐富與吸引，[15] 其後更於 1948 年出版為三冊，收入曾昭森編纂的「新兒童叢書」。

　　兒童文學翻譯家兼作家任溶溶在〈我叫任溶溶，我又不叫任溶溶〉一文曾經指出，紹介世界有影響力的兒童文學作家，能為兒童文學工作者提供借鑑，有其必要性：

　　　　我翻譯詩的過程是我的學習的過程，我很有興趣看一些成功的兒童詩人如何從生活中取材，又怎麼巧妙地表現出來。這是為了提高自己的眼力和功夫，使自己也善於從我們的生活中取材，巧妙地表現。我還要繼續學下去，本領是學不完的。[16]

改革開放後不久，任溶溶尚且熱衷於西方兒童文學經典作品的

孩子〉，《新兒童》，第 2 卷第 3 期（1942 年 11 月 1 日），頁 2-8。

14　黃慶雲以「余多艱」翻譯的「世界名著介紹」有：格林兄弟的〈聰明的格娜沙〉、安徒生的〈一位母親的故事〉、莎士比亞的〈威尼斯商人〉、羅斯金的〈金河王〉、狄更斯的〈孤兒柯里化〉和〈大期望〉、吉浦林的〈獨行的貓〉和〈駝峯怎樣得來的〉、王爾德的〈摯愛的朋友〉及伊文思的〈美滿王子〉。至於「希臘神話」則有金斯里的〈英仙斬妖記〉和〈勇士狄修士〉。

15　米爾斯原著、慶雲[黃慶雲]譯述：《雲妮寶寶》，是由第 5 卷第 2 期（1943 年 7 月 16 日）連載至第 8 卷第 6 期（1944 年 6 月 16 日），後因桂林失陷而停刊，1945 年復刊後並沒續完。

16　任溶溶：〈我叫任溶溶，我又不叫任溶溶〉，《任溶溶作品選》（廣州：廣州人民出版社， 1983 年 7 月），頁 313。

引介，更何況上世紀四十年代，香港兒童文學剛始萌發的階段。再者，從 1941 年《新兒童》創刊，1946 年在港復刊，以至 1947 年成立的香港文協兒童文學組，其所牽動的華南兒童文學運動，香港正是其一員。雖然，在「時間是如此之短，而環境且又受到許多條件的限制」，「把世界的兒童文學主流迎頭趕上去」也許過譽，[17] 但成績仍然有目共睹，不容忽視，也不應忽視。

（二）

1949 年，黃慶雲與胡明樹等合寫了〈華南兒童文學運動及其方向〉，該文除勾勒華南地區兒童文學的發展與方向外，還作出了自我檢討與展望 —— 創作者不懂兒童心理，又沒有生活在兒童當中；兒童專家與教師缺乏寫作經驗與興趣，未有參與兒童文學的創作行列，於是提出「今後的兒童文學作者，應該把文藝和教育融成一片。」[18] 此外，黃慶雲等認為兒童文學旨在培養兒童的健全人格與想像力，但在總結 1949 年前的香港兒童文學時，即指出未達理想的癥結，而關係讀者年齡與創作形式的有二：一、側重高小兒童為讀者對象，忽略低幼讀者的需求；二、作品以童話與故事為主，而幼兒喜愛的兒歌與圖畫故事最為缺乏。[19] 雖然，他們所稱的「圖

17　黃慶雲等：〈華南兒童文學運動及其方向〉，中華全國文藝協會香港分會主編：《文藝三十年》（香港：中華全國文藝協會香港分會，1949 年 5 月），頁 66。

18　黃慶雲等：〈華南兒童文學運動及其方向〉，頁 68。

19　同上注，頁 67-68。

畫故事」，並非今天我們所知道的圖畫書（picturebook），但以《新兒童》為例，內文雖是黑白單色，但封面則以彩色印刷，即便在內地復刊的艱難時間，仍堅持彩色印刷。黃慶雲在接受筆者訪問時，她指出封面是由曾昭森夫人所收集的。[20] 再者，寄讀香港大學時，圖書館亦有不少書籍可以參考，至於在上環的荷李活道與摩羅街的書攤所擺賣舊的外國雜誌，更為這一位編輯新手提供不少借鏡。在《新兒童》的封面中，有不少來自兩位美國插畫家 Jessie Willcox Smith 和 Ruth Eleanor Newton 的作品，[21] 以 1941 年第 3 期的封面為例，是 Newton 為 *Mother Goose* 一書的插圖，[22] 原圖男孩金髮，《新兒童》在地改為黑髮，以適切華人社會的心理需求（見圖一）。其後，《新兒童》在桂林復刊，由於資源匱乏，第一期封面由黃慶雲手摹（見圖二）。黃慶雲着重視覺藝術的「圖畫故事」，自然源於對兒童心理與需求的了解，但早年隨嶺南畫派的高劍父習畫，並在「數月後和集體開畫展，得到一些好評」[23]，亦不無關係。

20　黃慶雲在訪問中稱：「曾昭森的太太［江貴華］是美籍華僑，很喜歡我們這份雜誌，專門幫助收集封面，所以我們的封面這麼漂亮都是她的功勞。」黃慶雲訪問：2012 年 1 月 14 日。

21　Jessie Willcox Smith（1863-1935）是美國十九世紀末至二十世紀初的知名插畫家，除為圖畫書插畫外，還為報章和雜誌繪圖，在 1917 年 12 月至 1933 年 4 月期間，就曾為女性雜誌 *Good Housekeeping* 繪畫超過二百張封面。Ruth Eleanor Newton（1884-1972）是美國插畫家，曾於 1920 年代擔任 Whitman Publishing Company 的插畫師，1940 年代後轉設計玩偶。

22　*Mother Goose* 由 Ruth E. Newton 插畫，於 1940 年在 Whitman Publishing Company 出版。

23　黃慶雲：〈永恆的追求 —— 黃慶雲自傳〉，頁 289，廣東政協文史資料研究委員會廣東省作家協會：《粵海文蹤 —— 當代廣東著名作家十七人傳》（廣州：廣東人民

圖一 圖二

　　在現存的彩色封面中，《新兒童》借取 Smith 的較多，主要是她為女性雜誌 *Good Housekeeping* 所繪的封面，共 22 幅，大都以中產階層女孩的生活照為主（圖三）；借取 Newton 的則有 7 幅，大都以動物（小貓與小狗）為主人翁（圖四）。[24] 兩位插畫家的封面雖間有在地化，但為數不多，改動也不大。無論在畫風與內容而言，上述的封面與內頁所表現的兒童生活其實並不協調，這固然因為資源不足，經驗有限。不過，這些矛盾與隔閡，卻又在一個充滿混雜性的城市——香港——得到接納，並弔詭地理所當然！1947 年，黃慶雲獲美國助華協會（China Aid Council）的資助，到美國哥倫比亞大學進修兒童文學。在美期間，她曾到訪帕羅奧圖（Palo Alto），參觀過全美最著名的兒童劇場（Children's Theatre）、兒童博物館（Junior

---

出版社，1994 年 9 月），頁 286-298。

24　《新兒童》借取 Newton 的圖畫，大都源自 *Kittens and Puppies* 和 *My Little Pets Picture Book* 兩書的插圖。

Museum）及兒童圖書館（Children's Library）。[25] 此時，距圖畫書影響深遠的凱迪克獎（The Caldecott Medal）成立已有 9 年，[26] 想黃慶雲已接觸了相關作品，讓她在檢討華南兒童文學運動的實績時，能指出低幼讀者年齡與歌謠、圖畫故事的關係，展示了很不一樣的兒童觀。

圖三

圖四

在芸芸文類中，筆者在《香港文學大系・兒童文學卷》選收了豐子愷的漫畫，或許有認為在兒童文學中包含漫畫並不合宜。然而，豐子愷的 4 幅連環漫畫，實與黃慶雲在〈華南兒童文學運動及其方向〉所強調的「漫畫」與「圖畫故事」觀念有關。首先，豐子愷

25　黃慶雲：〈橫過美洲三千里的旅行（二）：兒童出版事業在美國〉，《新兒童》第 17 卷第 2 期（1947 年 12 月 16 日），頁 2。

26　凱迪克獎（The Caldecott Medal）是美國圖書館學會（American Library Association）為了紀念英國繪本家倫道夫・凱迪克（Randolph Caldecott, 1846–1886），於 1938 年設立的圖畫書獎項，截止 1947 年，得獎作品共 44 本。詳情可參以下網址：http://www.ala.org/alsc/awardsgrants/bookmedia/caldecottmedal/caldecottmedal。

在港發表的漫畫實屬罕見，1979 年明窗出版的《豐子愷連環漫畫集》，[27] 正是他於 1948-1949 年間在《星島日報・兒童樂園》發表的作品。再者，這一批連環漫畫有別他在《宇宙風》連載的「人生漫畫」，能從兒童視角切入，表現兒童文學的童趣與想像，最能突顯兒童的遊戲精神。

（三）

黃慶雲曾評論「香港兒童文學和中國大陸的兒童文學，有着血肉相連的關係，不同步而同根同源」，[28] 在上世紀三、四十年代南來的左翼文人，他們都曾為香港播下種子，築建香港兒童文學的獨異風景。[29] 其中，《新兒童》不單是奠基石，更是 1949 年前香港兒童文學的中流砥柱，但又弔詭地在情非得已的情況下，先後在香港創刊與復刊。1950 年，《新兒童》曾在港粵兩地同時出版，[30] 但最後在 1951 年落戶廣西南寧，[31] 香港第一份兒童雜誌終於停刊。

27　請參莫一點、許征衣編：《豐子愷連環漫畫集》（香港：明窗出版社，1979）。

28　黃慶雲：〈蓬勃發展的香港兒童文學〉，香港中文大學大學圖書館系統、香港教育學院圖書館主編：《薪火相傳：香港兒童文學發展 65 年回顧展》（香港：香港中文大學大學圖書館系統、香港教育學院圖書館，2006），頁 3。

29　請參霍玉英：〈香港《華僑日報・兒童周刊》兒童形象研究（1947-1949）〉。

30　1950 年，《新兒童》分別在廣州及香港設有社址，廣州在永漢北路 253 號，香港則在堅尼地道 120 號。

31　據《新兒童》第 179 期雲姊姊〈編者的話〉所記，「『178』期起本刊邀請編輯雜誌經驗豐富的鷗外鷗先生，參加編輯工作。」但編輯署名「鷗外鷗」要到了 179 期才正式出現，而兒童文化社亦遷往廣西南寧。雲姊姊：〈編者的話〉，《新兒童》179 期（1951 年 8 月 1 日），封面底頁。

同樣情況也出現在《華僑日報・兒童周刊》與《星島日報・兒童樂園》兩個兒童版面。《兒童周刊》主編許稺人為地下黨，在1949年年中被迫離港，而主要作者胡明樹也於年底返回內地，其後接任主編的劉惠瓊則改轅易轍，不再採政治為宗的編寫路向。《兒童樂園》於1948年4月創刊，從第4期便以「豐子愷題」或「子愷題」的書畫為報頭，主編署名「豐子愷」。1949年年底，《兒童樂園》刊出最後一次主編署名的報頭後，「在」該版出現的上海作家群亦同時撤出版面，[32] 最後在1953年底停刊。《華商報》雖無特定兒童版面，但在廣州解放後翌日，《華商報》停刊，報社人員撤出香港，返回廣州辦報。[33]

1949年代政權易轉，造成了左右兩翼文人的南北對流，而香港兒童文學則在這種特殊的政治、地理及歷史環境下，再別開新的一章。早於1948年，一本專以南洋兒童為讀者對象的雜誌在上海籌備，並計劃於翌年出版。1949年春，上海政局發生巨變，雜誌最終易地延期於1950年4月出版，[34] 也就是後來培育幾代南洋兒童讀者的《世界兒童》。創刊之初，雜誌便以單色混四色（1C + 4C）

32　請參霍玉英：〈「在」香港的兒童副刊：《星島日報・兒童樂園》研究（1948-1949）〉。

33　楊奇：〈憶復刊後的香港《華商報》〉，頁196，鍾紫主編：《香港報業春秋》（廣州：廣東人民出版社，1991年8月），頁185-197。

34　在《世界兒童》第1期〈告讀者〉下方有一段文字交代出版經過：「本刊原定去年〔1949年〕在滬出版，因時局影向〔響〕，延至今年始行付印，其內容並無時間性，惟兒童節我國原定4月4日，今已改為6月1日，因原版修改不易，故仍照舊。」有關《世界兒童》的籌劃與出版過程，另可參考衛中：〈悼周曾鍛博士並介紹他的遺作「從昆明到上海」〉，《世界兒童》第173期（1959年8月16日），頁2-3。

印刷，全書有一半頁面以彩色印刷，革新過往兒童雜誌的傳統面貌，為孩子建構一個瑰麗的圖像世界。[35]

1953 年，由中華書局在上海創刊的《小朋友》，[36] 最後歸入新成立的少年兒童出版社，內容與版式大異於前。同年 2 月，中華書局將《小朋友》的原貌在香港出版復刊號第一期，並藉助南匯小島的地緣優勢，足跡遍及東南亞一帶，影響南洋兒童雜誌的發展。[37] 此外，友聯社針對兒童讀者的心理特徵與需求，於 1953 年創辦《兒童樂園》，雜誌以全彩印刷，可謂領先香港兒童雜誌的出版潮流。其中，畫家兼主編羅冠樵所繪畫的連載故事如〈小圓圓〉與〈西遊記故事新編〉，更是家喻戶曉；1963 年加入《兒童樂園》的張浚華，更針對兒童閱讀的趣味，開拓本土以外的兒童讀物，像日本漫畫「叮噹」，而譯介圖畫書更開風氣，創華文翻譯歐美圖畫書的先河。[38]

相對於強調圖像世界的兒童雜誌，《華僑日報‧兒童周刊》在 1950 年代後，先後有劉惠瓊及何紫加入，前者透過廣播與文字與小朋友講故事；後者則在《兒童周刊》發表兒童小說，七十年代中

35　霍玉英：〈祖國山水與南洋風情：《世界兒童》的行腳圖〉，張雙慶和余濟美主編：《文學山水，第五屆世界華文旅遊文學國際學術研討會文集》（香港：香港中文大學聯合書院、明報月刊及世界華文旅遊文學聯會，2017），頁 625-644。

36　《小朋友》創刊於 1922 年 4 月 6 日，至今仍然刊行，是歷史最為悠久的兒童雜誌。

37　請參霍玉英：〈一道流動的風景：《小朋友》的承傳與流播〉，張雙慶和余濟美主編：《文化生態之旅：第 4 屆世界華文旅遊文學國際學術研討會文集》（香港：明報月刊出版社，2015），頁 473-488。

38　相關資料請參霍玉英：〈圖像重構：香港《兒童樂園》圖畫書的轉化〉，方衛平主編：《中國兒童文化》第七輯（杭州：浙江少年兒童出版社，2011 年 5 月），頁 142-164；霍玉英：〈試論羅冠樵在《兒童樂園》時期的創作特色〉，《文學論衡》第 18、19 期合刊（2011 年 6 月），頁 123-139。

後期更全身投入兒童文學的創作，大量創作童話和兒童小說，至今仍為兒童的優良讀物。至於阿濃，在五十年初以「朱燕」的筆名在《華僑日報》發表作品，到了七十年代，繼於《華僑日報》教育版發表小品，結集出版後，亦深受中小學生的歡迎。六十年代創辦的《兒童報》雖只維持了 6 年半，但惠及東南亞華文地區的兒童，至於八十年代艱苦經營的《陽光之家》，因何紫病重而無奈停刊。然而，上述兩者，不單以文學滋養兒童讀者，還提供練筆的園地，培育了不少人才。

香港兒童文學建基於 1940 年代，期間因戰爭與政治，流失不少創作隊伍，但在一個商業意識高揚的香港都市裏，香港兒童文學卻在旋生旋滅，又生生不息地艱難奮進，以至今日。上述兒童雜誌與報章版面，出版雖然此起彼落，壽命長短不一，但足以見證新一代在香港兒童文學中成長的歷程。

表一：《新兒童》「父母之頁」與「教師之頁」（1941–1949）

欄目	作者	篇名	期數
父母之頁	朱有光	〈兒童與玩具〉	1941.06.16（1:2）
	朱有光	〈父母與子女〉	1942.10.01（2:1）
	朱有光	〈家庭佈告板〉	1942.12.16（2:6）
	朱有光	〈小錦囊〉	1943.01.01（3:1）
	朱有光	〈小錦囊〉	1943.01.16（3:2）
	朱有光	〈小錦囊〉	1943.02.01（3:3）
	黃慶雲譯	〈怎樣教孩子們做人〉	1943.02.16（3:4）
	黃慶雲譯	〈怎樣教孩子們做人〉	1943.03.01（3:5）

欄目	作者	篇名	期數
	朱有光	〈兒童與讀物〉	1943.03.16（3:6）
	唐現之	〈介紹幾本兒童教育的書〉	1943.04.01（4:1）
	唐現之	〈介紹幾本兒童教育書——介紹「家庭教育」〉	1943.04.16（4:2）
	唐現之	〈介紹幾本兒童教育用書——介紹「怎樣做父母」〉	1943.05.01（4:3）
	朱有光	〈兒童的學業成績〉	1943.06.01（4:5）
	莊梁逸羣	〈成功的母親〉	1943.06.16（4:6）
	曾昭森	〈兒童訓育的幾點意見〉	1946.05.16（10:6）
	曾昭森	〈兒童訓育的幾點意見〉	1946.06.01（11:1）
	曾昭森	〈兒童訓育的幾點意見〉（續）	1946.06.16（11:2）
	朱有光	〈兒童的情緒訓練〉	1946.08.16（11:6）
	呂志澄譯	〈母親的測驗〉	1946.09.16（12:2）
	馬彬	〈讓孩子知道愛〉	1947.05.16（14:6）
	龐斌斌	〈媽媽傷了妹妹的小心〉	1947.07.16（15:4）
教師之頁	曾昭森	〈考試與積分〉	1941.06.16（1:2）
	曾昭森、黃慶雲合譯	〈優良的教師〉	1942.11.16（2:4）
	曾昭森	〈師資的培養〉	1942.12.01（2:5）
	曾昭森	〈教，考，再教〉	1943.05.16（4:4）
	莊澤宣	〈對於訓育的誤解〉（訓育原理雜談之一）	1943.07.01（5:1）
	莊澤宣	〈訓育的真義〉（訓育原理雜談之二）	1943.07.16（5:2）
	莊澤宣	〈訓育實施的原則〉（訓育原理雜談之三）	1943.08.01（5:3）
	莊澤宣	〈訓練的方式〉（訓育原理雜談之四）	1943.08.16（5:4）

欄目	作者	篇名	期數
	莊澤宣	〈獎與罰的問題〉 （訓育原理雜談之五）	1943.09.01（5:5）
	莊澤宣	〈如何養成校風〉 （訓育原理雜談之六）	1943.10.01（6:1）
	朱有光	〈怎樣指導兒童寫日記〉	1943.11.01（6:3）
	莊澤宣選譯	〈村塾易俗記〉	1944.01.15（7:2） 1944.02.01（7:3） 1944.02.16（7:4） 1944.03.01（7:5） 1944.03.16（7:6） 1944.04.16（8:2） 1944.05.01（8:3） 1944.05.16（8:4） 1944.06.01（8:5）
	曾昭森	〈教學上的問答法 —— 問的藝術〉	1946.10.01（12:3）
	曾昭森	〈指導自習〉	1946.11.16（12:6）
父母與教師之頁	進步教育 出版社	〈兒童教育信條：給新兒童的父 母們和教師們〉	1941.07.01（1:3）
	進步教育 出版社	〈兒童教育信條：給新兒童的父 母們和教師們〉	1942.10.16（2:2）
	進步教育 出版社	〈兒童教育信條：給新兒童的父 母們和教師們〉（續）	1942.11.01（2:3）
	曾昭森	〈致父母與教師〉	1946.05.01（10:5）
	曾昭森	〈兒童假期生活指導〉	1946.08.01（11:5）
	朱有光	〈怎樣指導有情緒困難的兒童〉	1946.09.01（12:1）
	進步教育 出版社	〈兒童教育信條〉	1946.11.01（12:5）
	馬鴻述	〈家長與教師〉	1947.02.01（13:5）

《文學史料卷》編後記

陳智德　香港教育大學

　　香港作為中國近代報業的發源地之一，香港文學的體制很受報刊載體的影響。二十世紀初的香港報紙，如《中國日報》、《循環日報》和《有所謂報》等，設有名為「鼓吹錄」或「諧部」的版面，類近於日後的副刊，形式包括新小說、翻譯小說、戲曲、南音和粵謳，內容不少都呼應晚清時期的維新或革命思想；其間的關鍵人物，包括王韜、鄭貫公、黃世仲和黃燕清，都身兼辦報人、編輯和作家的身份。

　　二十世紀初的香港文學雜誌，至少有《小說世界》、《新小說叢》和《中外小說林》幾種，研究者據所知材料，引述《小說世界》曾刊載〈神州血〉、〈復仇鎗〉等小說，〈圖南傳奇〉、〈救國女兒〉等戲曲及其他詩詞創作，指全冊「多為反帝、反清作品」，可惜《小說世界》今已不存，尚幸 1907 年出版的《中外小說林》和 1908 年出版的《新小說叢》仍能讀到，香港大學圖書館即有收藏部分期數。

　　五四運動後，二十年代中期的香港報刊經過一段新舊文體並存和爭論的時期，約於二十年代末出現更多純粹刊登新文學的副刊和

雜誌，香港的第一代新文學作家，部分投稿到上海和廣州的報刊，部分創辦自己的刊物，各種報紙也刊出多種不同取向的新文學副刊，香港文學就這樣於 1920 年代末至 1930 年代初之間，進入新文學階段。差不多同時，香港城市擴張發展，報紙副刊和雜誌模式有更大變化，香港的作家亦以其現代或寫實的筆法，以中性或帶批判的角度，描述香港都市的眾生相，留下大量文學記錄。

近代報刊是文學的重要載體，報刊語言由文言演變成語體，副刊由三、四十年代個別作品篇章演變成五十年代後以專欄為主，六、七十年代以後再由連載小說為主演變成雜文為主，這些變化都塑造文學形式和風尚的改動，其間的演化，源於文化思潮、教育體制以至讀者生活習慣和思想品味的變化，再而影響文學形式的發展。報刊的演化，有許多屬於技術層面的變更，例如版式由人手劃版、植字演變成電腦操作，源於新技術取代舊技術，當舊技術被完全淘汰，新技術只能繼續改進，從業者無從選擇，不可能走回頭路。至於文化思潮和社會風尚的變更，當中的選擇並非出於新舊技術的更換，不涉及進步與否的判斷，卻更接近於觀念和習慣的改變。

由是而觀之，文學的演化涉及更複雜因素，而新舊文體、形式、風格和語言之間，彼此容有時代的差異，卻不涉及進步與否的問題。有時，我們會讀到為新舊作出價值判斷的論述，甚至自己也試過作出這樣的判斷，其間真正起關鍵作用的不是新和舊本身，而是歷史資料欠缺整理所做成的斷裂，一種文化上的斷層，引致誤解和武斷。文學也有它的新傳統和舊傳統，即使在古代，新舊兩者也不容易並存，在現代而言，昔日的新傳統也很快變舊，重要的不是

強求新舊並存，而是要保存歷史的線索，認清傳承的意義。

　　回看今天的香港報紙副刊和雜誌，如果我們從比較廣義的文學觀念去理解，仍不乏文學性質的文字，但在文化觀念上有許多斷層，對時代思潮缺乏呼應和轉化，無論是報刊文化或文學本身，都有許多觀念上的瓶頸難以突破，甚至趨於淺薄，對市場過於計算，對讀者過於功利，對學生過於照顧。正如前文提過，一些斷層是由技術發展做成，從實用和利益的角度，無法走回頭路，但有時，我們會以「回潮」的形式，向舊傳統和舊技藝作重新的呼喚，例如鉛字粒凸版印刷、黑膠唱片音樂、舊式剪裁服飾、古法烹調食品，我們「回潮」時不再計較實用和利益，反而更了解它們的局限和可能，我們追求的不是單純的舊事物，而是舊傳統背後的文化意義，舊傳統對扎實技術的要求，終會使回潮者創新觀念，造就新傳統。

　　也許《香港文學大系 1919-1949‧文學史料卷》的編輯，除了學術層面上的工作，提出由書刊、人物、事件三大項構成的歷史圖像，也具有文化層面上的「回潮」意義，這種「回潮」有別於消費性的、粉刷歷史而抗拒反思的懷舊，回潮教我們認清歷史承傳的重要，也許我們也可用回潮的精神，再思香港報刊和文學的傳統，以怎樣的技藝呼應時代思潮，由此而為二十一世紀的十一年代如何接續至二十年代，好好作出觀念探索；而在這近乎臨界點的歷史關口中，整理香港報刊和文學歷史，大概是這一代人無可迴避的文化反思出發點。

二

觀景有感

中國文學史的複線——讀陳國球總主編《香港文學大系 1919-1949》

黃英哲　　日本愛知大學

重層歷史中的殖民之都

香港，一座參與了百年來中國歷史裂變的城市。從文化地理空間而言，香港雖處邊緣，卻深刻地紀錄了百年來中西文化的變遷與演繹，不僅敷演了中國從晚清以來的文化流變，更匯流了殖民主義帶來的西方知識系譜，這塊土地上不斷地重複着人、文化、政治、思潮的越界並積累成重層的歷史記憶，鑲嵌在變動的時間中。它呈顯出既摩登又老邁、既東方又西化的樣貌，在在透露出它的複雜，卻也時時昭告着，香港無疑是百年來東亞歷史變遷的一架顯微鏡。已逝香港作家學者也斯曾說過：「香港是沒有甚麼記憶的，香港是一座失憶的城市。」（也斯《記憶的城市‧虛構的城市》，香港：牛津大學出版社，1993 年）也許正道出這個承載着過多歷史的記憶之城，面對快速現代化呈顯出的越界融合後所失落的在地認同。

我第一次入境香港是 1990 年暑假，趁參加日本學術訪問團出席在廣東中山市一項學術研討會之便，當時日本學術訪問團是在香港下機，改乘汽艇直往中山市，回程時在香港多停留一天自由行動。入境香港前，我對香港的印象，與其是香港邵氏電影，不如說是荷李活電影，如《生死戀》、《蘇絲黃世界》西方人攝影師下的香港來的深刻，當然還有張愛玲筆下的香港。回程下機將行李一擱旅館後，即直奔淺水灣影灣園，入境香港前已作過功課，當年范柳原與白流蘇第一次邂逅的淺水灣酒店已經改建為複合商城影灣園，我只在商城內外隨便逛逛，當時我只是一名窮留學生，沒有能力進入保留淺水灣酒店部分建築的影灣園露台餐廳用餐或喝杯咖啡。第二次入境香港是「九七」以後的千禧年，那時已開始任教，正着手準備寫一篇施叔青的香港三部曲論，目的地同樣也是尖沙咀淺水灣—— 香港三部曲的舞台，這一回時間與經濟較有餘力，特地重遊影灣園，到露台餐廳享用下午茶，體會一下香港上流社會的氛圍。而今年上半年為了從事新中國成立前後香港歸僑的調查與研究，又連續兩次重訪香港，從 1990 年第一次入境香港以後，就深深被香港史與香港文學吸引，成為我關注的一個研究課題，尤其是香港文學史的書寫問題。

九十年代以後香港各大學以及學者個人陸續整理出版的香港文學相關史料整理計劃，也具體地補充完善文學史的內容建構，如 1995 年由黃淑嫻等編輯出版的《香港文學書目》（香港：青文書屋，1996 年）輯錄了五十年代至九十年代出版的近兩百本香港文學書籍，初步梳理了文學書目，如盧瑋鑾着手整理的早期文藝刊物

出版目錄:《香港早期（1921-1937）文藝雜誌目錄》（香港：香港文學資料蒐集及整理計劃，1996 年），如鄭樹森、黃繼持、盧瑋鑾等編《香港新文學年表 1950-1969》，如《香港的憂鬱：文人筆下的香港（1925-1941）》（香港：華風，1983 年）、《茅盾香港文輯：1938-1941》（香港：廣角鏡出版社，1984 年）等數量不少的香港文學相關史料。

除了香港本地學者對於史料整理的出版成果外，中國學者在「九七」的歷史時限前，以中國文學為母體召喚香港文化，書寫香港文學史的「成果」也是重要的參照對象。當被殖民百年的香港政治主權即將重新回歸故主之際，在政治的敏感時刻，中國大陸先是出版了由謝常青撰寫的香港文學史《香港新文學簡史》（廣州：暨南大學出版社，1990 年），此後陸續出版了潘亞暾、汪義生《香港文學概觀》（廈門：鷺江出版社，1993 年）、王劍叢《香港文學史》（南昌：百花洲文藝出版社，1995 年）、李戰吉《霓虹港灣：香港文化的源與流》（北京：人民文學出版社，1997 年）、劉登翰《香港文學史》（香港：香港作家出版社，1997 年）、古遠清《香港當代文學批評史》（武漢：湖北教育出版社，1997 年）等著作，當然，進入二十一世紀後，因「回歸」賦予的正統化，香港文學研究成為中國研究框架下的分支，有相關單位持續關注並出版研究成果。

相較於中國八十年代的香港研究出版成果，「九七」前後，香港的相關出版進入高峰，從中也可窺見回歸視野下的中國香港熱潮。其中最主要的當然是政治因素的介入，可以說，香港社會瀰漫的殖民地情調、西化的色彩以及英、粵語的混雜語境，注定了回歸

之後與中國之間必定產生的隔閡與不適，因此香港文化的整編工作成為回歸前夕的首要任務，正如香港學者王宏志曾指出的：「在中國大陸，現代文學史的論述，教育以及史著的編寫，都具備了重要的政治任務和意義，原因在於它們跟國家政權的建構有密切的關係，這是所謂的『國家與論述』（nation and narration）的問題。」（王宏志等合著《否想香港：歷史・文化・未來》，台北：麥田，1997年）每個國家的文學史書寫都無法擺脫國家論述的建構框架，正因為文學史所具有的政治、教育意涵，因此香港文學史的書寫過程比起其他東亞各地顯得更加的糾結複雜，當香港本地學者急欲填補自身地域文學史料的內部建構之際，來自於中國的學者則嘗試着為香港文學寫史，欲將其納入中國的國家論述框架之內，為其梳理好文學的本源，特別是左翼脈絡下的香港文學補充論述，在文學史的收編過程中，也揭示了其對香港百年來展現的流動性與國際性的收編意圖。正因為香港歷史、文化的複雜，指涉層面的廣泛，因此在探求何謂香港文學之際，豐富完整的文學作品蒐集整理正是此過程的必要之徑，就在香港文學史已經被寫成了 30 年之久的 2009 年，由時任香港教育學院人文學院院長、文學及文化學系講座教授及中國文學文化研究中心總監的陳國球教授任總主編，開始了香港在地觀點的首套《香港文學大系 1919-1949》編纂工作（以下簡稱《大系》），這套完成於 2016 年歷時七年，由香港商務印書館出版的十二卷文學大系，完整地紀錄了香港重層歷史脈絡下的文學圖像，同時也讓外界終於得窺這座殖民之都的文化世相。

中國文學史的複線：大分裂之前（1919-1949）

　　總主編陳國球教授在此《大系》的〈總序〉中提及：「早期幾種境外出版的香港文學史，疏誤實在太多，香港文藝界乃有先整理組織有關香港文學的資料，然後再為香港文學修史的想法。」此也解答了香港在地學者與中國內地學者對香港文學着眼視角的差異。正如黃繼持所言：「學術之事，匆迫不來；基礎工作，必須先做。史料與史識，文學資料與文學理解，相輔相成。史實趨同，史論趨異；而文學的歷史，比起一般的歷史，更多幾重闡釋的空間，因此更不宜打歸一路，官修定本。」（黃繼持等合著《追跡香港文學》，香港：牛津大學出版社，1998 年）此《大系》的出版正是展現香港文學多元素材彙整工作的基礎成果，其詳盡的「凡例」說明，以及附於每卷卷頭的〈導言〉深入闡釋了香港文學於越境中的歷史傳承與世相轉化的脈絡關係。

　　此《大系》資料的蒐編時間鎖定於 1919 年至 1949 年，共 30 年的文學作品彙整，兩個歷史時段的擇取都是中國文化、政治的大變動時期，也因此使得這部文學大系的完成顯得別具意義，眾所周知，1919 年的「五四」是中國現代文學開啟的濫觴，伴隨「五四」而起的新文化運動，不僅是民主、科學等現代思維萌芽的年代，同時對中國文學也起了空前的衝擊，一向居於主導位置的舊文體被白話體的新文學所取代，日漸退居文學的邊緣。從《大系》擇取了 1919 年為起點看來，自是承接了中國新文學發展史的歷史脈絡，同時也揭示出當時為化外之境的香港，面對中國文學的越境，作

為中國文學另一敷演展場的文學史複線視野，正可與中國境內的白話文學作品相互參照對話。對此，總主編陳國球也明言，此《大系》的時段選取乃是基於文化溯源的考量，香港現代文化的變遷源頭來自於「五四」，但基於由北京至香港的文化傳播時差之考量，而將另一區段止於 1949 年。此時段的區隔，從歷史而言，是中華人民共和國的建國初始；但同時也是台灣在告別日本殖民之後，因國民黨政權潰敗，而正式被中華民國賦予反共堡壘的暫棲之所的時間點，香港作為英國殖民地成為兩域的中介之地，也因此兼容了左右意識形態文人的言論，形成了迄「九七」為止「兩岸三地」的鼎立樣態。

　　《大系》的編輯框架和體式所參考的是趙家璧任主編的《中國新文學大系》，正因為《中國新文學大系》的〈總序〉及〈導言〉是由「五四」的文學大家們所寫成，包括：蔡元培、胡適、鄭振鐸、魯迅、茅盾、鄭伯奇、朱自清、周作人、郁達夫、洪深等人，成就了此大系的經典地位。然而，《大系》不僅汲取《中國新文學大系》的編輯經驗，從而更兼顧了香港文化的混雜性，不以新文學為囿，更將舊體文學、通俗文學、兒童文學這些文類納入此文學大系中，有效的體現香港文學的多元與豐富面向，這也正是此文學大系引人注目之處。就中國新文學的基本文體而言，主要體現在「新詩」、「小說」、「散文」、「戲劇」以及「文學評論」的彙整上，這些文學類型的蒐集彙編完整地繫聯了中國新文學的發展，卻又顯現與中國迥異的樣貌，最特殊之處是能同時融合各種意識形態的作品，如此風格迥異卻又同時流傳在此域間，形塑出了一種參照視野。此《大系》之所

以展現了與中國文學大系不同的文學複線視野，主要在於香港的地理空間之過渡位置，因傳播事業的發達以及中西匯流的文化體質，使得香港在各大歷史事件中成為南來北往墨客們的歷史避風塘，也形成了其混雜的文化現象。1919 年至 1949 年間，香港的報紙副刊、文學雜誌扮演了重要的文化中介傳播角色，如《大光報·大光文藝》、《循環日報·燈塔》、《大同日報·大同世界》、《南強日報·過渡》、《英華青年》、《小說星期刊》、《雙聲》、《文學研究錄》、《伴侶》、《鐵馬》、《激流》、《南風》、《時代風景》等刊物承載了二十—三十年代的香港文藝。此外，從《大系》的作品編排也可看出其欲從文學讀歷史的企圖，由早期文學文言過渡到白話的語體革命，再至 1937 年中日戰爭爆發後，大量來自於中國內地的南來文化人的抗戰文藝作品的選入，乃至於太平洋戰爭期間進入淪陷期的作品，再至戰後的作品的收入，《大系》對於作品的選擇不僅是左翼的，更兼容了反戰、親善等其他視角的作品，由此可看出香港作為一中介位置的特色。就戰爭期的作品選取而言，《大系》成功地避開了政治主觀意識的主導，盡量客觀地還原至作品本身所呈現出的當時代之複雜性，有效的為讀者提供還原了一個閱讀現場。若將 1937-1941 視為抗戰時期文藝區段，《大系》中還記錄了香港淪陷、光復乃至於 1949 年國共內戰後的歷史大分裂，每篇入選的文章鮮明的召喚着讀者返回歷史，從而匯集出香港文學史的整體，並且成功地與中國文學史產生了參照效果。

　　《大系》的編者們除了參照前人研究者的史料研究成果外，自身也在各導言中交代選取作品的標準，同時不厭其煩的在〈導言〉

中交代各文類的變遷發展史，如此一來，這套大部頭的文學大系選集間彼此得以對話，並且形成了一個文學史的框架，透過各篇文章組織了時代與文本，也提醒着讀者從各作品的表述中反思時代。

十二卷《大系》從 2009 年開始着手，於 2014 年出版了第一批選集，至 2016 年全部完成出版後，7 月由香港商務印書館出版了《導言集》。將附於各選集之前的〈導言〉彙整成集，以利讀者所用，同時也提供不同讀者羣閱讀線索，有效地引導讀者進入「香港文學」，並且給予「史」的建構。不僅縱向承繼了中國文學史傳統，在形式、內容上則又注入西方的文學批評養分，鮮明的展示着香港文學的獨特性，也呼應自身重層的歷史經歷。此十二卷的《大系》，應視為「香港」在地文化建構中的一環，同時也是香港在反思自身歷史、文化與未來一個初步的成果，相信未來不久後可以看到第二輯、第三輯的《大系》出版，在第一輯的基礎下，逐步重新還原構築被遺忘的文學‧史。

今年正逢香港回歸 20 年，十二卷的《香港文學大系》選在（或許偶然）回歸 20 年前夕出版，或許別有用意，但願這 20 年能作為一個回顧點，讓香港人再度冷靜回顧香港的文化記憶，作為香港再出發的起跑點。

從遺跡中掘出的時間書——
在台灣讀《香港文學大系 1919-1949》

顏訥　國立清華大學

　　我的香港文學研究起點，是從「香港沒有文學」的假說開始。

　　2007 年秋天，初以研究生的身份讀香港文學。彼時，台灣的香港文學研究者還不多，幾個學生每週窩在研究室裏，循着須文蔚老師丟下的麵包屑，沿路查找資料，試圖跨過海峽，再靠近香港一點。

　　加入工作團隊第一週，須老師就要組員分頭蒐集 2004 年作家連署呼籲建立香港文學館的請願文章，每一份列印下來裝訂的倡議書上，皆散溢香港文學人共享的焦慮，包括：香港是東西文化匯聚的國際都會，但港英政府不重視文學，使得文學成為藝術種類中「末流的末流」、「邊緣的邊緣」，以至於香港文學的資料收藏總是散亂零落，無法完整呈現其總體面貌。而香港文學館作為文化建設重要部件，能擔負起改善娛樂影視產業對香港社會的壞影響，提升學生語文程度的使命。若理解文學館舍所負載的基本功能，回望 2004 年香港文學人之熱情與擔憂，大致上可以嗅出香港文學環

境長期面對的困境：沒有好的典藏機構，使得香港文學作品散佚，這當然也關係到早期香港文學特性（根據樊善標老師觀察，香港文學作品絕大多數發表在報紙上，文藝及綜合性期引次之，印刷成書籍者較少）。不僅如此，許多作家以筆名發表，找出發表者「真身」往往障礙重重，使得對香港文學有興趣之人更難窺其發展全貌。此外，也隱約透露對港英殖民政府長期邊緣化中文之不滿，提出「中國文學傳統」、「詩教」與「語文教育」與之抗衡。而「國際都市」、「中西交會」的現代性與混雜性，作為香港文化的優勢，似乎已在當時就已經是文學圈的共識。

因此，那座十年以後才終於稍有眉目的香港文學館，在眾人當年的殷殷期盼裏，應當兼負了蒐藏、保存、展覽、研究、交流與教育推廣的多重使命。至 2009 年「香港文學館倡議小組」又更明確提出文學館還應具有翻譯與出版的功能。然而，文學館成立，卻已經是 2014 年的事了，最終還是得由民間籌辦，在灣仔大樓中掙得一個單位，暫以「香港文學生活館」的形式上架。

談一地文學，必須先從這一地「沒有文學」開始談起，首先證明「香港有文學」，然後才能接着談「甚麼是香港文學」，這似乎是香港文學環境之殊況，也是《香港文學大系 1919-1949》編纂工作艱苦而珍貴之處。

後來，不只在一個演說場合與評論中，讀到陳國球老師談香港，是從「借來的空間，借來的時間」開始。隱隱指出一條香港人語言、文學教育養成的複雜路線圖，以及因殖民經驗鋪蓋而來盤桓不散的認同問題。這或許也是在台灣島上，隔着海峽讀香港文學，

總能找到那種無法定錨，因而座標何等重要的相似掙扎與鬥爭。大抵一路研究香港文學，我都在這樣的情緒中夾纏。終於，《香港文學大系 1919-1949》於 2014 推出《香港文學大系 1919-1949・新詩卷》，一直到 2016 年以《香港文學大系 1919-1949・文學史料卷》宣告第一階段任務終結，洋洋灑灑擺開十二卷陣容。初讀陳國球老師撰寫的〈總序〉，就已經能豐滿地感受整個編輯團隊思索「甚麼是香港文學」、「大系應該負擔甚麼」之間辯證、交鋒的過程，彼此在中間碰頭、交會後又各自出發，每一卷由編者撰寫的〈導言〉都是對不同文類的精彩辯論。特別是〈總序〉透過探求「香港」命名的歷史，替香港文學劃定階段性的時空疆界：「要定義『香港文學』，大概不必想到唐宋秦漢，因為相關文學成品（artifact）的流轉，大都在『香港』這個政治地理名稱出現以後」[1]，「在《大系》中，『香港』應該是一個文學與文化的空間概念：『香港文學』應該是與此一文化空間形成共構關係的文學」[2]。並大方指出一條讓有志者未來能夠與之協商、越界、重劃疆界的路徑：「歷史告訴我們，『香港』的屬性，從來就是流動不居的」[3]。

關於疆界劃定，大系首先是一套時間之書。

陳國球老師在〈總序〉前半部梳理中國、台灣多套新文學、現代文學大系編選準則與問題意識時，就引了王蒙編《中國新文學大

1　陳國球：〈總序〉，《香港文學大系 1919-1949・評論卷一》（香港：商務印書館，2016 年），頁 20。

2　同上註，頁 24。

3　同上註。

系 1976-2000》第四輯、第五輯時所寫的序文，討論「記憶」與「時間」的意義，標誌出其面對過去的的態度。後又引余光中編輯《中華現代文學大系》序文中提及「時間」的段落，說明余試圖揭示文學如何對應、抗衡時間與變遷，並總結「『時間』是『文學大系』傳統的一個永恆母題」。

時間對於《香港文學大系 1919-1949》，應該也有多重意義。首先，英國殖民政府與中共政府先後接管香港，兩種文化交互傾軋的複雜歷史，香港中文創作在語言使用與存在經驗上體現的特殊性，始終不被官方正視，甚而被官方一統的語言教育、文化傳統試圖覆蓋、收編。因此，陳國球老師在《香港文學大系 1919-1949》新書發表會上，形容這是抵抗遺忘的一套書，而「大系」則是遺跡之重組。為甚麼會被遺忘？為甚麼需要抵抗？記憶又是被誰掩蓋與塗抹？為甚麼在《香港文學大系 1919-1949》之前，香港文學是需要重組的遺跡？前者或許反映時間軸上過去（港英）與當下（中國）在記憶上的作用力，編者試圖替未來（香港）讀者爭取一條探索「我們從哪裏來？又往哪裏去？」的路徑。後者，則可以從大系將 1919年作為編選起點來推測，〈總序〉首先說明中國幾位學者撰寫的香港文學史，除《香港新文學簡史》以外，都以國共分裂的 1949 年或 1950 年為開端。然而，香港文學若要「從頭講起」，則不能忽略新文學運動與「五四運動」對香港現代化帶來的衝擊。陳國球老師言明，雖然此一時間標誌為「非文學」事件，卻是從文學發展來考量，重組成他序言中說明再三的「文學／文化空間」，且明確展現以當下香港時空作為主體來思考，凸顯香港文學在「書寫本地」與「中華

文化共同體命運」之間夾纏的特殊性，同時積極面對香港在過去時空中與中國、西方文化傳統交互繼受的關係。

　　一部選輯就是一部文學史，有編纂者的史觀。縱使對於抵抗遺忘與遺跡重組，陳國球老師有他的溫柔與寬容：「有人說：香港是『記憶』無可存有的城市。這種『無可』，究竟是外來宰制力量使然，還是自行蔑棄擯斥所致，實在毋庸稽查檢核。然而過去三十年來，已有前輩辛勤造磚鋪路，為重尋往昔打開通道。我們編纂《大系》也是在前輩先導的基礎上，再作接力，讓本屬香港人可以集體擁有的文化記憶的重要部分，回到我們身邊。」[4]

　　魂兮歸來，故人面目可堪辨認？

　　此前，少有香港「本地」作者以香港觀點寫文學史，也少有一套論述與資料系統性展演香港文學發展譜系，當前香港文學研究焦點更多集中在戰後，早期香港文學作品、史料與評論確實長期不被看見。若非陳國球老師在台灣政大開設「香港文學課程」，從二十年代一路講到 1997 年之後香港社會與文學之變異，我其實並不清楚魯迅曾經對香港文學發生過作用；原來抗日戰爭時中國作家留港創作與辦報，曾經劇烈衝撞了香港文壇。因此，「大系」的編纂工程，的確是一項遺跡重組的浩大工程。有趣的是，粵語「遺」與「危」音相近，陳國球老師在新書發表會上用普通話將「遺跡」唸成了「危機」。那意義也許不僅僅只是口誤，而反照出香港人的存在處境：

4　陳國球：〈前言〉，《香港文學大系 1919-1949・導言集》（香港：商務印書館，2016 年）。

日常生活中說粵語，書面語卻得用普通話邏輯、發音來思考，往後更有越來越多場合，還必須用普通話一遍又一遍說明香港。因此，我揣想一羣香港學者無償地將自己投入重組遺跡的艱困任務，付出心力不斷與團隊協商文學史疆界，大約也是從重大危機感中長出來的強大力量吧。那是我作為一個在台灣讀香港文學的研究生，站在台灣危機上眺望香港危機，而時時刻刻被這一套書感動、招喚的原因吧。

如何說明香港？如何說明台灣？這是目前香港、台灣兩地文化人、文學研究者自帶且無可迴避的嚴肅命題。《香港文學大系 1919－1949》如何說明香港？除了採取與其他香港文學史不同的時間斷點之外，文類規劃的構想，也從中國、台灣已經出版的新文學、現代文學大系基礎之上，增加了《通俗文學卷》、《兒童文學卷》，應合香港文學出版環境之殊異性。此外，《中國新文學大系》與文學評論相關的兩卷《建設理論集》、《文學爭論集》，在《香港文學大系 1919－1949》系列中則改成較中性的名稱《評論卷一、二》，說明相較胡適與鄭振鐸作為編輯親歷新文學運動的「在場性」，揀取史料與敘事角度有強烈的當事人立場，《香港文學大系·評論卷》編輯則「處於『局外』的位置加上更長的歷史距離，說不定也能帶出另一種審視『過去』的眼光，稍減大論述中『正反方』的倫理規限」。[5]

因此，我們能夠在「大系」中見到被「新文學大系」、「現代文

5　陳國球：〈導言〉，《香港文學大系 1919－1949·評論卷一》（香港：商務印書館，2016 年），頁 49。

學大系」從命名上就直接排除的《舊體文學卷》。而《評論卷一》開篇就是羅澧銘 1924 年發表的〈新舊文學之研究和批評〉。如果說，中國作為新舊文學之爭風火流轉的「中心」，那麼，香港的「邊緣性」就顯現在羅澧銘的思維，以廣東方言、英語來商榷胡適「不必俗話俗字」、「不用典」等主張，分別舉證舊文學與新文學的優缺點，最後以「不新不舊。不敬不偏。折衷辦法。庶其可乎。」[6] 作結。那是風暴之外，論爭的時間與力度延遲出的視角。然而，正如陳國球老師在《評論卷一》導言所形容，香港評論家更多是觀浪而非弄潮，能提舉羅澧銘香港式的新、舊文學觀點，往後又開展出一系列香港推介西方文藝思潮的評論，點出觀潮者姿態，也是編輯處於「局外」、「邊緣」位置的冷靜視野。

然而，收錄在「文體論」，1939 年徐遲在香港發表的的〈抒情的放逐〉，其中對抒情詩人的攻擊，卻又隔空引來胡風〈今天，我們的中心問題是甚麼？〉的反駁，展開抒情與革命在文學中究竟是對立抑或共存的論戰。徐遲因戰火從中國流亡至香港，帶來中國的影響力，也持續在香港報刊上發表評論影響中國。先不評斷徐遲的對抒情性的錯認，香港在當時容納了徐遲與其戰火流亡的同代人，在本地產生各種衝擊與作用力，把中央經驗移植到邊緣，並從邊緣汲取足夠的言論自由空間反身影響中央，也是邊陲之島在地理位置與文化位置上的特殊處。

---

6   羅澧銘：〈新舊文學之研究和批評〉，《香港文學大系 1919–1949‧評論卷一》（香港：商務印書館，2016 年），頁 120。

回望 2007 年秋天，在台灣跟着須文蔚老師與一羣學姊，從「香港沒有文學」出發，栽進香港文學研究竟也將近十年。跨海試圖貼近香港，在空間與時間上其實都是困難的，過去有「香港文學資料庫」替台灣研究者造橋，今日則有《香港文學大系 1919–1949》造陸，讓板塊碰撞出新的地景。

　　如果說，殷切期盼香港文學館建立的文化人是想用空間換時間，展演歷史；那麼，《香港文學大系 1919–1949》歷時七年，才終於編成十二大卷，並且有出版社願意出版這樣大部頭的套書，將香港文學源頭上拉至 1919 年，清楚劃出時間的流向，暫時休止在關鍵的 1949 年，便是用時間替有志參與者在未來的河道上撐出更多可投入的空間吧。

邊界與越界——
《香港文學大系 1919-1949》的文化政治[*]

鄭文惠　國立政治大學[**]

文學遺跡與指認自我：
《香港文學大系 1919-1949》的文化層位考古學

歷史因人因事因物在流動的時間軸線上與開敞的空間向度中彼此織構而相互流轉出殊異而共感的身世，方能朗映出立體分明而可感可知的歷史，正因有情的歷史使記憶重生與文化再造有了可能性。但歷史本然又是一個內含眾多權力、不同慾望的故事傳奇體，內在充滿着不同意識形態的交鋒對陣與動態組合，看不見的多重作用力讓它無盡地生長出不同的變貌，如天邊雲錦不斷的虛實交織、

---

*　　本文先行刊載在《漢學研究通訊》36 卷 3 期（總 143 期），2017 年 8 月，頁 37-50.

**　作者現任台灣國立政治大學中國文學系特聘教授兼學院數位人文中心主任。

牽連、裂變、消佚、重生，變幻莫測，捉摸不定。

香港，在地理空間上一直是一個文化接壤之地，在歷史軸線上始終佔據了一個邊緣位置，不易被編派也不易被消蝕更不易被化約。近代以來，因着殖民與現代化及南來離散等政治文化經驗，香港作為一個聚合了天地之間不同族羣、不同文化的移民社會，多重殊異的身份不斷越界、流動，已然深深烙印出具獨特變貌的歷史年輪。

生於斯長於斯，人因着風土的潤養而生長出不同的面目，展演着各自的姿采，斯土斯城也因人而共構成有情的歷史。因着流動不居的時間長河，有情的歷史在地方性空間中沉積了一些可指認的相似又具差異性的遺存之物，這是一種在時間的巨大作用力之下，一層層堆積形成了自然的與人文的「文化層」，所遺存的相似又有差異卻可指認的遺物與遺跡在不同的文化層序結構上，實質述說了在時間演進上隸屬於具地方性特徵的「文化層」的故事。因之，在文化層位考古學上，香港因着文化接壤與邊界空間的地理特質，本然是一個不斷變動的移民社會，如同海浪潮水般以萬馬奔騰之勢一波波擁向岸邊，但在折回又復返的過程中，卻又是無限的涵括、崩裂、更新；也如同油畫家以油彩融合再融合，層積再層積的表現出濃稠綿密的畫面，但隨着時間的作用力，油彩也已然不斷的分裂再分裂，企圖逃逸於繪畫母體；移民社會本然是融合再融合、分裂再分裂的無限的來回擺盪、運動，一切異質的和不均等的元素融合、分裂的過程，也延伸了、偏離了、變形了原來的母體，摺疊出亦此亦彼又非此非彼的多重殊異的身份。這在朝向未來和面向過去的無

止境的時空皺褶裏，移民社會始終只可能是不斷越界的、裂變的符號體；殖民經驗與現代化歷程及傳統文化母體的牽引、資本主義的運作邏輯等，又使香港在佈滿多元異質的、不對等的元素所構組的皺褶層與分歧線上，多層向的擠壓出多重而殊異的時空皺褶，呈顯出在獨特的時代中香港獨特的歷史。在文化層位中所遺存的相似又有差異卻可指認的遺物與遺跡中，文學又是人生命存有詩意的棲居之地，因此，《香港文學大系 1919–1949》編纂的文化工程，或許可視作是一樁具地方性特徵的考掘文學遺存物的「文化層」的考古學，述說着香港如何指認自我的故事。

邊界與通道：香港文化空間意義上的毗鄰與畸形

香港因着位處邊界的地理特質，而益顯其毗鄰的特質與作用，正因邊界與毗鄰，往往是文化接觸的重要空間，不同文化接壤、匯聚而形成多異變多姿采的樣貌，如同符號學上毗鄰軸（syntagms）作為一個組合體，是從系譜軸（paradigms）選出元素，又跟系譜軸其他元素組合而成，但又不失為其足以獨立而完整地指涉特定意義的符徵。毗鄰軸由原系譜軸分化而出，雖原生於系譜軸，但憑藉着詞序組合的凝聚作用與依存關係，一者因毗鄰的外顯關係（the external relation）將同一語境／上下文（context）的成分以序列合作（alignment）集結在一起；二者，語序組合中的語辭（term）在與前後相連的單位比較之中獲致了價值與定位；三者，在通過與其他符號組合而存在的同時，一個語言單位既容納其從屬成分，也包容

在一個更大單位之中而與其共構成更壯大的符號系統，[1] 這是毗鄰不為主體卻又可自成主體的獨特性。或許香港可以邊界空間的毗鄰關係來組織其指涉範疇，正因香港地處邊界空間，而開啟複雜而多元的毗鄰關係，一方面作為文化接觸的重要空間，依據着某些慣例或原則，與多元多重的文化接壤空間交換着符號，組合着符號，以構成一系列有意義的整體而不斷製碼着；再者，毗鄰因「接觸性」(contiguous) 而相互交通，也因毗鄰的外顯關係，類同性的序列因類聚而集結而構連，一者使鄰近性實體形成互動的網絡關係，並得以獲致相互之間的功能價值與定位；一者也因通過與鄰近性實體的接觸、交通及彼此的依存關係而存在着也變動着。由於香港邊界空間的毗鄰屬性，因而在外顯的連結關係與交互作用之下，一方面內在的移民社會不斷的組合着、變動着；一方面也因外顯變項，而與鄰近性實體的依存關係與交流互動隨而擺盪隨而變異。

近代以來，香港為「華洋交涉之衝」[2]，如徐勤 (1873-1945) 云：「明季之世葡荷諸國擅航海之術，開東方之道，立互市之場，定通

1　此處僅擬借符號學二軸理論，嘗試說明香港邊界空間中的毗鄰關係。有關符號學二軸理論由索緒爾 (Ferdinand de Saussure, 1857-1913) 以降不斷發展而各有不同論說，雅柯布森 (Roman Jakobson, 1896-1982) 的詩學理論作了較大的改變和擴充。相關論述可參見：索緒爾著，高名凱譯：《普通語言學教程》(北京：北京商務印書館，1980 年)、古添洪：《記號詩學》(台北：東大圖書公司，1984年)、羅曼・雅柯布森著，錢軍譯：《雅克布森文集》(北京：北京商務印書館，2012 年第 2 版)、鄭樹森：〈選擇 / 組合：類同性 / 連接性──雅克慎和語言的兩軸〉，《幼獅月刊》第 48 卷第 1 期，1978 年 7 月等。

2　唐才常：《唐才常集》(北京：中華書局，1980 年)，卷 1〈通種說〉，頁 101，1897 年。

商之約，而富甲歐土矣。英國繼之，遍外地，據印度，取南洋，割香港，通長江，握水道之險要，奪諸國之利權，商務之盛為諸國冠。」[3] 隨着航海技術的發達，在地理大發現的時期，同時也開啟了帝國掠奪諸國利權而爭雄逞霸於世界各角落，香港成了帝國霸權俎上之肉。1825-1826 年，魏源（1794-1857）和賀長齡（1785-1848）所編《皇朝經世文編》收錄維新派人士及《知新報》主要撰稿人之一的劉楨麟〈地運趨於亞東論〉亦云：「英之雄攬海權也，先據印度以為通商之基礎；繼據息力以為來往之咽喉；終割香港以為東南之總匯，盡略取太平洋南洋諸島之地以為外府，經營海上，曾靡餘力。舉凡宇內之腴肥巨區，衝隆要道，無不辟其鑰，排其戶，搜其奧，席其蘊，以伸其控轄闔辟罜網之權。」[4] 英帝國由據印度而佔息力而割香港，從底定通商基礎到總括東南之總匯，是其雄攬海權步步為營的稱霸策略，而香港則是帝國眼中最終統攝東南洋的重要根據地。1891 年使英大臣薛福成（1838-1894）即認為：「查香港一島為中外咽喉，交涉淵藪」，乃「擬於香港設一領事，其新嘉坡原設領事改為總領事，兼轄檳榔嶼、蔴六甲及附近英屬諸小國小島，若慮鞭長莫及，或就地選派殷商充副領事，以資聯絡。」[5] 英帝國以香港

3　徐勤：〈論俄國不能混一亞東〉，《皇朝經世文統編》（台北：文海出版社，1980 年影印本，光緒辛丑年上海寶善齋石印本），卷 16〈地輿部一‧地球事勢通論〉，頁 538，1901 年。

4　劉楨麟：〈地運趨於亞東論〉，《皇朝經世文統編》（台北：文海出版社，1980 年影印本，光緒辛丑年上海寶善齋石印本），卷 16〈地輿部一‧地球事勢通論〉，頁 494，1901 年。

5　薛福成：〈使英薛福成奏瀕海要區添設領事揀員調充摺〉，《清季外交史料》（台北：文海出版社，1985 年），卷 84，頁 371-372，1891 年。

作為統攝東南洋的重要根據地，為了雄攬海權，乃在香港多方部署與建設。早在 1862 年 10 月王韜（1828-1897）流亡香港，三年後寫〈香港略論〉即謂：「英人既割此島，倚為外府」，「設官之繁密」、「兵防之周詳」、「賦稅之繁旺」、「教民之勤懇」、「游歷之地咸備」，令之大為嘆服而直謂：「前之所謂棄土者，今成雄鎮，洵乎在人為之哉！」王韜對「香港一隅，僻懸海外」，本為「棄土」，短短二三十年間卻已然成為一個政治、軍事、經濟、文化、教育備具規模的「雄鎮」，不無慨嘆，尤其「香港不設關市」，「行賈者樂出其境，於是各口通商之地，亦於香港首屈一指。」[6] 這在他文章中一再表述，如〈征設香海藏書樓序〉云：「香港地近彈丸，孤懸海外，昔為棄土，今成雄鎮。貨琛自遠畢集，率皆利市三倍，一時操奇贏術者趨之如鶩，西人遂視之為外府。」〈創建東華醫院序〉云：「香港蕞爾彈丸，孤懸海外，向者為盜賊之藪苻，飛走之原圃。闢榛莽，平犖确，建屋廬，不過三十餘年間耳。梯航畢集，琛貨遠來，今且視之為重鎮。」[7] 在王韜南來離散的視域下，香港在短短的時間內由中國的「棄土」、「棄地」[8] 轉為英帝國的「重鎮」、「外府」。迨至甲午戰後，陳忠倚輯

6　王韜：《弢園文錄外編》（上海：上海書店出版社，2002 年），卷 6〈香港略論〉。另可參見中國哲學書電子化計劃：http://ctext.org/wiki.pl?if=gb&res=646771，檢索日期：2017 年 3 月 18 日。

7　王韜：《弢園文錄外編》（上海：上海書店出版社，2002 年），卷 8〈征設香海藏書樓序〉、〈創建東華醫院序〉。另可參見中國哲學書電子化計劃：http://ctext.org/wiki.pl?if=gb&chapter=927340，檢索日期：2017 年 3 月 18 日。

8　王韜：「香港蕞爾一島耳，固中國海濱之棄地也。」見王韜：《弢園文錄外編》（上海：上海書店出版社，2002 年），卷 8〈送政務司丹拿返國序〉。另，可參見中國哲學書電子化計劃：http://ctext.org/wiki.pl?if=gb&chapter=927340，檢索日期：

《皇朝經世文三編》(1898)亦云:「英以香港為外府,自通商以來締造經營不遺餘力,迄今繁華富庶,遂為各島之冠。」[9]大抵而言,鴉片戰爭之後及甲午戰爭前後,知識分子有感於帝國霸權文化擴張主義的入侵,多能領略香港既為「沿海要口」,[10]也是重要的「轉運」口——「其出口至中國者皆由各國進口之貨物也」,[11]更是「南洋通道」,[12]又「當東海之衝」。[13]如李鴻章(1823-1901)云:「然如香港一區,當英人未踞之先,不過蛋戶數家結茅其上;今則逐漸經營,屹乘重鎮,已據南洋咽喉。況該島當東海之衝,與中國之威海芝罘、日本之對馬島、朝鮮之釜山,均相距甚近,英人雖以防俄為詞,焉知其用意非別有所注。」[14]英帝「雄據香港」作為「南洋通道」,除經略南洋,謀取經濟利益外,主要仍在於作為侵略中國的始點,如燕樹棠(1891-1984)謂:「鴉片戰爭是英國積極侵略中國的始點,英國奪取香港、緬甸、新嘉坡等地,他的帝國主義在中國才有了根

2017 年 3 月 18 日。

9　淞南香隱陳忠倚輯:《皇朝經世文三編》(台北:國風出版社,1965 年影印本,光緒二十四年上海書局石印本),卷 49〈兵政五・邊防上〉,頁 738,1898 年。

10　金匱闕鑄補齋編輯:《皇朝新政文編》(台北:文海出版社,1987 年影印本,光緒二十八年中西印書會刊本),卷 13〈形勢・論東南洋各島形勢〉,頁 40,1902 年。

11　《皇朝經世文統編》(台北:文海出版社,1980 年影印本,光緒辛丑年上海寶善齋石印本),卷 47〈外交部二・通商〉,【英人】特甫【附】:〈中國通商各口二十一年分商務情形〉,頁 1871,1901 年。

12　金匱闕鑄補齋編輯:《皇朝新政文編》(台北:文海出版社,1987 年影印本,光緒二十八年中西印書會刊本),卷 25〈教會・論會匪宜設法解散〉,頁 683,1902 年。

13　李鴻章:〈李鴻章致朝鮮國王書〉,《清光緒朝中日交涉史料》(台北:文海出版社,1963 年影印本),卷 8,頁 158,1885 年。

14　同上注。

據地。」[15] 誠如王佐才 1888 年在〈格致書院戊子課藝・問如何收回利權〉所云:「英人始入中國,本欲以舟山為請,厥後捨舟山而就香港者,亦以自歐洲而達東南洋,香港為適中之地,形勢最稱利便耳。而猶恐他國有垂涎者,故外則佯托保護為名,實以陰絕其望,英人心計亦狡矣哉。」[16] 蔣觀雲(1866–1929)亦云:香港島與舟山島,「中國以為一外海無足重輕之島而已」,但「自英人得之,鎮以兵力,扼揚子江之下流,而有以當東南洋之衝焉。」「中國人視之,一不著於地圖之島而已,而他人以為不凍之港」。[17] 近代以來,若以中國為核心而觀,香港是同屬於「海國長城」[18] 的一個「中國之屏藩」[19] 的空間範圍,既是護守中國的重要門戶,也是中國對外折衝的重要空間;若從帝國霸權的視角而言,就如同吳廣霈(1855–1919)所云:「然南洋鎖鑰,片島攸關。我得之可以自固藩籬,彼得之即可以抗我喉嗌。」[20] 香港既是帝國霸權抗中國、據南洋的咽喉,同時又當東海之衝,不啻標誌着香港是帝國霸權爭雄之權力部署,謀取

15　燕樹棠:〈英國侵略中國的概況〉,《現代評論》第 2 卷第 30 期,頁 4-5,1925 年 7 月 4 日。

16　王佐才:〈格致書院戊子課藝・問如何收回利權〉,王韜編:《格致書院課藝》戊子年(光緒十四年,1888 年),頁 2。

17　(蔣)觀雲:〈中國興亡一問題論〉(續第廿七號),《新民叢報》第廿八號,頁 17-18,1903 年 3 月 27 日。

18　吳曾英:〈南洋各島論〉,《小方壺齋輿地叢鈔》第十帙,頁 8521,1894 年。

19　王韜:「東南洋各島國,向皆我中國之屏藩也。」王韜:《弢園文錄外編》(上海:上海書店出版社,2002 年),卷 5〈亞洲半屬歐人〉。另,可參見中國哲學書電子化計劃:http://ctext.org/wiki.pl?if=gb&chapter=276795,檢索日期:2017 年 3 月 18 日。

20　吳廣霈:〈南行日記〉,《小方壺齋輿地叢鈔續編》第十帙,頁 63,1881 年。

利益的重要政治／地理空間。近代以降隨着帝國霸權在地理大發現的新視閾下交互競逐以拓植地理與政治經濟版圖，香港作為南洋通道，又當東海之衝，是全球化跨國經濟與帝國權力角逐的重要交匯點與必然的折衝處，勢必在世界多層權力競逐與多重力量交互作用下，形成一個獨特的地理空間範型與文化區域概念。

　　或許藉由近代知識分子的話語，香港是一個「通道」，標示出香港作為「邊界空間」或「邊緣領域」，是一個「中介空間」、「過渡空間」，既與其周圍的空間產生綰連與交流，又將許多原本不在視點或路線經過而不被重視的空間重新納入，從而進入新的空間知覺系統與權力體系之中。近代以來，無論是作為「南洋通道」或「東南洋之衝」或「華洋交涉之衝」或英帝的「外府」，香港儼如一個「通道」，[21] 在人與人、國與國、空間與空間的連結中，透過「通道」的多重空間串聯形式與人的空間行為彼此周旋往來，這個通道空間實質涵具了連續性、延展性、聯結性、包絡性、過渡性、開放性的多元性質與作用功能，而提供了一個人與空間互動、共構的空間舞台。

　　香港作為多重通道的中介空間或過渡空間，意指不同屬性的空間在相互交流、彼此協商的過程中所產生的一種突破非此即彼的封閉空間形態，而呈現為既內又外，亦此亦彼，兩兼其外的共存與對顯的關係。這種兩元化秩序之間與之外的多重性的混雜，由

21　即使如現在香港內在城市空間裏，仍以世界密度之冠的多重通道連結着各個空間，人與空間透過多重通道迎來送往，不同的話語、相異的行動及多元的意識形態在其中快速地交織、流動、抗衡、協商着。

於高度凝縮了異質多元而迸發的轉化潛能，實質涵具了一種建構性的生成力量與爆發性的革命潛能，而呈顯為一種開放的、流動的、解放的、抵抗的空間樣態。亦即中介空間是緩衝二元對立、超越二元對立的一個不定型的協商的空間場域，隨時生三而成異（thirding-as-othering），[22] 既複雜矛盾又曖昧難明、不易定位；既相互糾結又彼此衍生、裂生縫隙；既折衷調和又不失各自特質，這是一個中介空間所呈顯的混雜或閾限狀態，是不同意識轉換或精神轉化的疆界空間，各種意識形態展演在其間，而形成獨特且極具衝擊性的日常場景，這或許是香港文化空間的基本模態與不斷變動的演化態勢。

因而，或許香港作為與大陸、海洋及其他島嶼連結的文化接壤之地，展演了越界與出走的跨文化流動的典型性樣態，而高度濃縮了全球化框架下人類存在的總體隱喻，尤其是在現代化歷程中身處帝國主義、殖民主義、資本主義、國族主義的歷史夾縫中，更展演了身世流轉的多元樣貌。香港作為空間與主體動態互構的場域，由「棄地」[23] 而「殖民」的孤兒感或「畸形」[24] 擬態，或許是現代化國族

22　Edward W. Soja, *Thirdspace: Journeys to Los Angeles and Other Real-and-Imagined Places.* Oxford: Blackwell,1996. 中文譯本，參見索雅（Edward W. Soja）著，王志弘、張華蓀、王玥民譯：《第三空間：航向洛杉磯以及其他真實與想像地方的旅程》（台北：桂冠出版社，2004 年）。

23　王韜：「香港蕞爾一島耳，固中國海濱之棄地也。」典型是以國族政治立場標顯出香港如同中國的棄嬰。見王韜：《弢園文錄外編》（上海：上海書店出版社，2002 年），卷 8〈送政務司丹拿返國序〉。另，可參見中國哲學書電子化計劃：http://ctext.org/wiki.pl?if=gb&chapter=927340，檢索日期：2017 年 3 月 18 日。

24　陳國球：〈導言〉，《香港文學大系 1919-1949・評論卷一》（香港：商務印書館，

政治規馴人的一種標本化的空洞能指，或許是資本主義社會下對存有的一種嘲弄與借喻，人的存在感、身體感因着政治的操弄因着經濟的利益而傾斜了天平。香港作為一個邊界空間，在文化空間意義上，或許可指涉於畸零、畸餘，是殘餘碎片的異常的有機體；而身處於帝國主義、殖民主義、資本主義、國族主義的歷史夾縫中，香港畸形的形象修辭，不免又是一種帝國霸權與資本主義權力合力宰制關係下無主體的想像性關係位置的換喻修辭，在喪失話語權與支配權的意識形態符碼下的一種無力感或自我的戲謔。然而，反身自指的想像性的角色置換，往往也是抗逆現實日常結構的一種姿態或宣示，而涵具了反結構的文化象徵意涵。亦即處在邊界的中介空間或歷史夾縫中，往往最能覺察到自我的狀態，香港邊界的空間結構和重層的歷史縫隙，適足以真切的顯露出自我或社會的閾限狀態。遊走於中介空間的微妙之處，正在於多重不同空間與人交會、重疊、碰撞、對峙、消長，而致生錯綜複雜、昏昧難明的感受和經歷。亦即自我與社會處在閾限空間的經歷與感受過程中，透過人與時空重組和測繪重構的閾限過程中，實質並置了複雜矛盾而無法預期的行為與思想和文化的糾結、置換及轉變，也呈現出相當激揚的感官強度，並呈顯為一種革命動能而不斷的建構生成，進而鬆動原有而形成新的可能性，這是一種持續變動的心理情感，這種持續變動的心理情感也隨時崩解或重構了現實。因而，無論是殘餘碎片或畸形擬態，均指向於香港作為異常的有機體的存有感。然而，正因殘餘

2016 年），頁 53-54。

憍恼，不合常規而得能非凡超俗，一如莊子筆下的畸人，因「自反」而「懸解」。[25] 香港既作為文化接壤之地，在流動而開放的時空重組經驗中，不歇止的受容各種可能，就如同花瓣落入萬花筒中，能折射出璀璨奪目的迥異姿采；香港既在邊緣位置，則可以非主流非中心，既在此又在彼，遊走於二元秩序之間與之外而展現創變力。《香港文學大系 1919-1949》所選正是香港實質佔據了一個重要位置的年代，有了香港文學，方能更多元折射出近代中國傳統／現代文學的總體發展，也才能酌定香港作為邊界空間與文化接壤之地的空間意義，乃至於在全球跨文化流動下作為一個政治、經濟折衝、斡旋的「通道」空間的作用與功能，及在其間人與空間有情的動態共構的文學空間意義。

他性與認同：香港文學的認知測繪

西方哲學本體論強調他者是由自我意識所投射出的一種意向性存在，或緣於自身內在的他者性，或存在着他者所賦予自我的他者性；列維納斯（Emmanuel Levinas, 1905-1995）則翻轉西方本體論漠視「他者」的他性傳統，強調他者的絕對性，而開啟了與他者關係的倫理學。[26] 無論是自我內在的他性或他者對自我他者化的他

---

25 參見《莊子‧內篇‧大宗師》及《莊子‧德符充》。有關畸形香港的論述，參見陳國球：《香港的抒情史》（香港：香港中文大學出版社，2016 年），〈文學評論與「畸形香港」的文化空間〉，頁 177-178。

26 列維納斯「絕對他者」之說，參見 Emmanuel Levinas, *Difficult Freedom: Essays*

性，他者的存在與朗現，在實質意義上是構築自我意識與自我存有感及完善自我道德的必要基礎與必然條件，也是確證自我意識與存在感、完善自我道德的主要中介。正因意識到想像中的他者的存在，或有感於他者對自我他者化的凝視，自我才開始凝視自我或完善自我。因之，擁有他者感是一個必要的中介過程，擁有他者感之後，在他性與自我之間與之外尋求一種自我與他者的存在感受與倫理意向，則既意識到他者是自我的意向性存在，也在看與被看的觀看位置與觀視機制下確立自我與他者的相互關係，並從中逼顯自我的主體意識及體驗到自我的存在及道德倫理向度。

當然香港作為一個文化他者，在漫長的殖民歷史中，交織着權力－知識－慾望的多重層的關係。香港作為一個他者，在歷史夾縫中實質呈現為交織着多樣意識形態與多重權力部署，因而理解歷史長河中被他者化的香港，及香港自我意識的生發與形塑過程，是必然且必須的文化工程。故而，從 1919-1949 年遺存的香港文學中，透過不同文學文本的美學修辭與空間化操作，考掘香港文化與香港文學相對於中國傳統／現代文學，或在全球化流動與殖民文化體系中作為一個差異性能指的可能性，或許是一個可能與可行的方案。當然這還必須放置在中國／香港／台灣及中國／東亞／全球的大歷史圖像與跨語際實踐（translingual practice）的脈絡下加以參照與比

---

on Judaism. Trans. Sean Hand. Baltimore: The Johns Hopkins UP, 1990. Emmanuel Levinas, *Totality and Infinity.* Trans. Alphonso Lingis. Pittsburgh: Duquesne UP, 1969. 賴俊雄：〈眾裏尋「他」：列維納斯的倫理洞見〉，《人文與社會科學簡訊》，15 卷 3 期（2014 年 6 月），頁 64 等。

較。然而，最直接最切身的仍是殖民主體作為慾望機器的文化再製機制與多重權力部署之下，自我與他者如何在歷史吸納與抹除的時間張力及邊界空間的通道作用與接壤引力之下呈現彼此照顯的相互關係與相互定義，這是理解香港作為他者性存在及主體意識形塑的基礎。

《香港文學大系 1919-1949》總主編陳國球借用列維納斯的他異性（alterity）描述香港的不能被化解、絕對的意義，及「香港的華人就在企圖『認同』與體認『他異』（otherness）之間，不斷探求身份的定位。」[27] 列維納斯翻轉西方哲學本體論漠視「他者」的他性，訴諸於形而上的倫理概念，強調「他異性」本不應被同質化，個人主體性不容被侵蝕。列維納斯認為他者是自我生命倫理關係中的絕對他者，絕對他者以表徵着良善、正義、道德召喚等先驗良知的「臉龐」，不斷的喚起自我向善的道德意識，從而使自我反省、批判，並修正、彌補不善不義。自我永遠無法以暴力或化約等方式以捕捉、佔有、支配及吞噬、抹滅、消泯此「臉龐」。絕對他者的「臉龐」的浮現，照顯了自我發現與承認和絕對他者存在着差異不對等的存有位置，進而以倫理的承擔具體回應絕對他者的凝視，如此方能建立與維繫永恆而美好的人性關係，從而構築出共羣間的優質的倫理關係。[28] 如果我們借用列維納斯他者的看法，從先驗的絕對他者落實為具體現實中的絕對他者，則作為一個絕對他者，香港多重殊異

27　參見陳國球：《香港的抒情史》（香港：香港中文大學出版社，2016 年），〈文學評論與「畸形香港」的文化空間〉，頁 159-163。

28　同注 26。

的身份與境遇本具不可化約性，無法被編派或被消蝕化，有其絕對而獨特的意義；而多樣性的香港文學空間中我思我感的流動意識或意向體驗，既是最本己的，同時也是表顯香港他異性的絕對意義的最佳展演空間。因此，香港作為一個他者存在，實質具絕對的差異性，全然的無法在合法化的宏大敘事的政治文化操弄中被消抹、置換或收編、同化。這種絕對的「他異性」，外在於自我，超越於自我，既無法是另一個自我的複製，也無能同化於自我之中。

因之，一者，香港作為一個文化他者，1919-1949 香港文學空間裏，如何因應着時代的詭譎，歷史的荒謬，存有的虛空，而以絕對的、異質的他性，抵抗着、協商着文化霸權和文化帝國主義，以回應西方神聖秩序解離後俗世化世界的現代性挑戰，在書寫實然的差異不對等的存有位置與社會現實及生命內蘊的同時，如何重構一種應然的生命的、社會的、世界的圖景，乃至於擘劃出俗世化世界應然的文化秩序？

二者，1919-1949 香港文學空間中所展演的絕對的他性，作為一種修辭策略與抒情意向的表徵，是一種抒情自我與現實世界的周旋，既是溝通、交流，也是抵抗、斡旋。然而，這種他性的絕對差異，因着《香港文學大系 1919-1949》而回魂，這文學空間中的絕對他者的「臉龐」是否也會召喚着現實中的自我而有着倫理向度的承擔？

三者，香港文學的書寫，乃至於《香港文學大系 1919-1949》的編纂，不言自明的即是主體開始敘述自我的故事，是一種重新凝視自我，尋求身份定位，追求主體認同的開始。文學家以一支筆凝視着香港凝視着自我，編纂者及接受者透過香港文學遺跡而凝視着香

港凝視着自我，凝視本身獲得了一種客觀的存在與主觀的興發。藉由構成話語與行動的文學空間，不啻打開了一道道歷史縫隙，敞開了一個個慾望空間，透過抒情之筆看見自我與他者的匱缺與慾望，看見歷史夾縫中以文學抵抗以表徵存有的悲歡憂喜及創傷性的遭逢與困局。因之，是文學的抒陳賡續了有情的歷史，纂集匯編又是召喚抒情原音的重要文化工程，再度促成站在不同位置的觀看行為，以不同的觀視機制遊走於不同的感覺閾限中而轉換意識、轉化精神，進而認知測繪出香港不可取代與不可化約的他異性，而在他異性中有了進一步主體認同的感發與確認；乃至於透過文學空間中的他異性的「臉龐」，重啟對話，召喚責任，從而建構出共羣間的優質的倫理關係。是以，或許《香港文學大系 1919-1949》的出版，既是一個測繪他性的差異倫理的起點，同時也是體認他異性的自我指認與主體認同的開始，更是共羣思想解殖，開啟優質倫理關係的契機。

銘刻記憶與抗拒遺忘：《香港文學大系 1919-1949》的招魂術

　　「文學大系」作為在一定時代脈絡與文化視域下複合着理論、作品、史料等內容，以呈現文體類型與流變，及文學史建構意涵的文學編纂工程，自有其為文學存史、為文學述史、為文學傳史的意義價值與文化功能。

　　大體而言，中國/台灣/香港「文學大系」的編纂，皆與時代轉向、政治局勢或歷史大事密切相關連。由趙家璧主編的《中國新文

學大系》在 1935-1936 年出版，時值國共內戰與日本持續侵華的政治動盪，故而召喚「新文學」的「文學革命」精神，喚回救亡圖存的革命運動精神，從中不免也再度肯認新文學是作為舊文學與舊文化的對立面，並彰顯新文學的革命意義與反抗精神。[29] 而台灣余光中 1972 年主持《中國現代文學大系》的編纂，正值 1971 年中華民國退出聯合國；司徒衛等在 1979 年至 1980 年編輯出版《當代中國新文學大系》，所取材以在台灣發表的新文學作品為主，而時間則以 1949 年國民政府播遷來台為起點，到 1979 年與美斷交為限。至於香港文學的提問與編纂構念，大抵也源於 1984 年簽訂《中英聯合聲明》前後香港陷入昏昧未明的狀態之中。[30] 似乎「文學大系」作為一種文化生產，與政治局勢、主體意識、身份認同密切相關，述說了文學與現實、文學與政治、文學與記憶、文學與認同、文學與在地性之相因相生而蟬聯往復的周旋互動的關係。

相較於其他「文學大系」的編纂，《香港文學大系 1919-1949》總主編與各卷主編皆是由香港在地的專家學者組成，倘若如總主編陳國球所言，12 卷本的《香港文學大系 1919-1949》的編纂是一項「抗拒遺忘」[31] 的工程，則《香港文學大系 1919-1949》作為銘刻

29　陳國球謂：「趙家璧主編《中國新文學大系》，其目標不在經驗沉澱後重新評估過去的新舊對衡之意義，而在於『運動』之奮鬥記憶的重喚，再次肯定其間的反抗精神。」見陳國球：〈香港？香港文學？——《香港文學大系 1919-1949・總序》〉，同注 22，頁 25。

30　參見陳國球：〈香港？香港文學？——《香港文學大系 1919-1949・總序》〉，同注 22，頁 20-21。

31　參見陳國球：〈自序〉，同注 27，頁 viii。

記憶與抗拒遺忘的重要文化工程，如何召喚埋藏在時間底層的文學幽靈，以一種魅影再現的方式現身，而得能在不歇止的時間之流與碎片化的日常生活中召喚記憶，從而使接受主體在記憶之河中抗拒遺忘？埋藏在文化沉積層裏的文學幽靈以被用來召喚記憶之姿回魂，實質涉及招魂術的技術與靈驗。尤其有中國／台灣等「文學大系」的原生與賡續及歧出，則在所謂正統與別傳[32]之間或之外，《香港文學大系 1919–1949》又如何立足？既賡續又他異？終而島民得以因招魂而自我回魂，抗拒遺忘而自我認同，共構一個香港文學空間的集體想像，使多元主體之間因香港文學而接合而構連（articulation），從而有安身立命的依止，生活與精神有所依傍有所寄託？或者因抗拒遺忘，憑藉招魂術，使文學幽靈回魂，得能證成香港文學史之文脈、史脈與地脈之周流輪佈，及其與中國傳統／現代文學及台灣、南洋、東亞乃至於世界文學和人文思潮之共構與交絡關係？

　　此中環節，涉及：在原型、正統或別傳所建立「文學大系」的結構模式之下，如何取納？如何殊異？如何在一定時代脈絡化轉向下照應文體通變，又關聯香港文學文化生態，以鋪陳香港文學的歷史發展脈絡及其傳統／現代、典律／異色、正統／別傳、華／洋等文學與思潮的頡頏與協商等涉及文風演變、文學範式、跨語際實踐等諸多面向？亦即面對中國及台灣等地文學大系類型演化所創構

32　參見陳國球：〈香港？香港文學？——《香港文學大系 1919–1949‧總序》〉，同注 27，頁 6-18。

出的方向、模式和習而為常的格套之下，作為晚出的或遲到的《香港文學大系 1919-1949》，在 1984 年簽訂《中英聯合聲明》前後期許編纂的浪潮，到香港回歸中國幾近 20 年的 2016 年方能以 12 卷本綴文成套的回應與落實 30 年來的想盼，則香港的身世或走向仍處於昏昧未明的當下，如何在政治與文學之間思考文學的本質與大系的文學史意義，而不陷入高度政治意識形態的文化操弄，本然是一個感性命題與邏輯力度的拉鋸。尤其是香港文學在材料散佚，張羅不易的現實狀態下，如何蒐集揀擇、如何抉剔蕪蔓、如何擇優選萃？如何依違在「文學大系」的文類傳統與範式結構下，着眼於不同的地方脈絡與文化視域，因應着文體類型的自我演化而增補，並將文本選樣所涉及典律／異色的折衝、斡旋，乃至於美學的裂變、解體，而促成美學範式移位等各體文學與理論思潮及史料複合共構成一個屬於他異性香港多元而異彩的文學空間，並在這多元的文學空間裏再現出一個隱在的文學史的大歷史圖像，這無疑是一樁艱巨而複雜的文化工程。

《香港文學大系 1919-1949》全編共十二卷，「散文」、「小說」、「評論」各分「1919-1941」及「1942-1949」兩卷；「新詩」、「戲劇」、「舊體文學」、「通俗文學」、「兒童文學」、「文學史料」各一卷。在史料與評論的方法與視域下，各體文類選萃新／舊並陳，雅馴／通俗並置，全編環繞着現代性和主體性議題展演出香港文學的光華與異彩，各體文類及評論與書刊、人物、事件等史料[33] 所涉及的

33　《香港文學大系 1919-1949・文學史料卷》是以書刊、人物、事件三大項構成《文

新／舊的並存與詰辯、傳統文學的現代變異及香港文學與文化如何參與現代性歷程的總體現代化經驗，乃至於文學文化的空間化實踐，如何介入社會—政治—經濟變遷的動態歷程中等，「各種論見的交錯、覆疊，以至留白，更能抉發文學與文學史之間的『呈現』（representability）與『拒呈現』（non-representability）的幽微意義。」[34] 從而一方面彌補了傳統／現代文學史的一個空缺與遺憾；一方面藉由各卷主編的史才、史觀與史識，以一種文學史的觀照，「讓香港文學的『過去』在文學史意識下顯現」。[35] 因而，或可說《香港文學大系 1919-1949》是勾勒香港文學史的大歷史圖像的重要起點。

再者，近代以來，香港文學的書寫與香港文學史的建構，如何在殖民地現實及資本主義社會運作邏輯與多元移民族羣生態中，聯繫到文化母體或「中國」概念及在全球化人文思潮的流動與牽引下而有不同形塑的可能，這不僅涉及文學傳統的承繼與轉化，也關涉於在全球化跨文化流動下，自我與他者在異置與共在的跨語際實踐過程中，一種共性與殊性交錯互動下，香港以其獨特的邊界空間與通道作用，在毗鄰共生與流動交換的文化空間屬性與意

學史料卷》所形塑的歷史圖像。參見陳智德主編：〈香港文學大系 1919-1949．文學史料卷．導言〉（香港：商務印書館，2016 年），頁 73。

34　參見陳國球：〈香港？香港文學？——《香港文學大系 1919-1949．總序》〉（香港：商務印書館，2016 年），同注 27，頁 30。

35　陳國球專訪：〈把文學的記憶帶回香港〉，《深圳商報．文化廣場》，2016 年 7 月 24 日。網址：http://xw.qq.com/stock/20160724001922/STO2016072400192200，檢索日期：2017 年 2 月 28 日。

義下，如何與他者共存互生及自我如何蛻變再生？這是一個既現實又嚴肅的課題，這不可能只是一種傳統／現代的複製或斷裂，乃至於與文化母體的承續或割裂可以簡單化約或平面描述。香港文學的再現，大體而言，是涉及一種邁向現代性歷程中承載傳統文化母體，又在華／洋跨語際實踐過程裏吸納、轉化而異變的總體走向，而《香港文學大系 1919-1949》適足以作為這總體走向與革命實驗成效的總體檢。

而「時間」作為「文學大系」傳統的一個永恆母題，[36]《香港文學大系 1919-1949》實質上開展出一個自覺的空間母題及文學史意義的象徵性時間，而非如同原型《中國新文學大系》的想當然爾的一律收編的姿態，或如司徒衛等《當代中國新文學大系》以國民政府遷台為起點到 1979 年與美斷交在台灣發表之新文學作品為限，其中大系命名與文本選萃的時間與空間考量，凸顯了以文學統攝或表徵為「台灣」是「當代中國」的正統性的文化政治考量。《香港文學大系 1919-1949》反覆以文本創製者、作品內容、文本創製工序等不斷游移往返於「文學」的身份、創作到閱讀的「文學過程」、「香港文學」的「重劃邊界」或「越界」等諸多面向思辨，主要乃在將「香港文學」的義界「問題化」，而突出「香港文學」是與「香港」文化空間形成共構關係的文學。[37]正因香港獨特的邊界空間與通道屬性，

36　參見陳國球：〈香港？香港文學？──《香港文學大系 1919-1949・總序》〉，同
　　注 27，頁 17。

37　參見陳國球：〈香港？香港文學？──《香港文學大系 1919-1949・總序》〉，同
　　注 27，頁 18-25。

又在殖民地現實中作為英帝國實驗資本主義商業運作邏輯與雄霸東亞雄霸世界的示範，多元移民族羣聚攏其內又遷徙四方，不同訊息輻輳其中又輻射於外，因而，不間斷的受容異質多元的內容與形式，無歇息的流轉與傳播文學與文化，接受與反應共時而互生，快速流動而變動不居。因而，將「香港文學」的義界「問題化」是一個重要的策略，《香港文學大系 1919-1949》只是「香港文學」義界的一個討論起點，更何況任何義界本是浮動的，義域的範定隨時而俱變，也本不易或不該範定，其中涉及本質的討論，當然也相關於意識形態的操作與權力的部署。再者，誠如陳國球所言：「時間」與「記憶」、「現實」與「歷史」是否能相互作用，是「文學大系」的關鍵績效指標，[38] 但《香港文學大系 1919-1949》呈現的更是「時間」、「空間」與「記憶」、「認同」及「現實」、「個人」與「政治」、「地理」、「歷史」的相互作用。

至於《香港文學大系 1919-1949》所擬定「1919」和「1949」兩個時間指標，大抵是在香港作為一定區域空間下自覺的一種具文學史意義的象徵性時間。除新文學運動以及相關聯的「五四運動」，是香港現代文化變遷的一個重要源頭 [39] 外，「五四」也標記着現代性追求的一種時間象徵，[40] 甚而香港在新文學運動也從未缺席過，因

38　參見陳國球：〈香港？香港文學？——《香港文學大系 1919-1949・總序》〉，同注 27，頁 18。

39　參見陳國球：〈香港？香港文學？——《香港文學大系 1919-1949・總序》〉，同注 27，頁 22。

40　陳國球專訪：〈把文學的記憶帶回香港〉，《深圳商報・文化廣場》，2016 年 7 月 24 日。網址：http://xw.qq.com/stock/20160724001922/ S

而，「1919」的時間標記，表徵了香港在現代文學史上的承繼與轉化關係，而「1949」則又是另一波南來離散羣落的時間表徵。

如果將時間再拉的更遠一些，香港開埠之初，已然開啟了以香港為軸心，以世界為視野，而以其經濟以其文化影響着中國乃至於國際。如麥都思（W. H. Medhurst, 1797–1856）1853 年 8 月 1 日創刊的《遐邇貫珍》（1853 年 8 月–1856 年 5 月），是香港開埠後第一份以中文為主的報刊，也是中國第一份刊登新聞圖片、第一份鉛字印刷、第一份中英文對照目錄、第一份標上新聞題目、第一份刊登收費的商業廣告並闢有廣告專欄的中文報刊。從 1855 年 1 月第 1 號起，增設的「布告篇」欄目，專門登載各類商業廣告、香港航運以及進出口貨物的行情，由於每期印數 3000 冊，發行於香港、廣州、廈門、福州、寧波、上海等通商口岸，[41] 無疑標明了香港的商業地位及樞紐位置。《遐邇貫珍》第三任主編為理雅各（James Legge, 1815–1897）。理雅各 1839 年被英國基督新教派公理宗的倫敦傳道會派駐至馬六甲傳教，並主持英華書院（Anglo-Chinese

---

TO2016072400192200，檢索日期：2017 年 2 月 28 日。

41　《遐邇貫珍》內容以西方歷史、科學（涉及地理學、天文學、物理學、地質學、醫學等）、文學、政治、宗教各方面的知識為主，結合了西學新知、西方文明、民主制度、時事新聞等，而以淺顯文字及詳圖講解為載體，形成通俗而實用的大眾化新聞傳播特點。《遐邇貫珍小記》闡明辦刊宗旨：「人人得究事物之顛末，而知其是非，並得識世事之變遷，而增其聞見」，「為華夏格物致知之一助。」《遐邇貫珍》，2 號，《遐邇貫珍小記》，1854 年 12 月，頁 6。有關《遐邇貫珍》，參見松浦章、內田慶市、沈國威：《遐邇貫珍の研究》（吹田市：関西大學出版部，平成十六〔2004〕年）、https://zh.wikipedia.org/wiki/%E9%81%90%E9%82%87%E8%B2%AB%E7%8F%8D，檢索日期：2017 年 2 月 28 日。

College）。1843 年英華書院遷往香港，理雅各隨之而來任香港英華書院首任校長，因引入西式教育，而在香港開啟近代西式學科教育的先聲，成就了香港英華書院是近代亞洲最早的新式學府，是近代化開展以來提供西洋知識以至世界新知的亞洲第一學府。[42] 理雅各後因校務繁忙，無暇顧及《遐邇貫珍》而停刊。但也因理雅各在香港，從而開啟了與王韜長期的文化因緣。理雅各作為西方第一位且至今仍具代表性的系統翻譯、詮釋、研究中國古代經典的人，除了憑藉着一種深刻的文化理性自覺及個人內在思想精神動力 [43] 外，主要乃着力於在這個文化接觸空間裏認識了當時流亡香港的王韜。[44]

42　周佳榮：《潮流兩岸：近代香港的人和事》（香港：香港中和出版公司，2016 年），頁 173-174。另，有關英華書院課程與教學內容方式，及理雅各與倫敦傳道會之間因世俗教育內容過多而不符應宗教神學教育導致關係告終止，參見黃文江：〈英華書院（1843-1873）與中西文化交流的歷史意義〉，收入深澤秀男教授退官紀念論文集編輯委員會編集：《アジア史諸問題：深澤秀男教授退官紀念論文集》（盛岡：岩手大学人文社会学部アジア史研究室，2000 年）。

43　王韜在送理雅各回蘇格蘭時曾謂有人或「特通西學於中國」，但「未及以中國經籍之精微通之於西國」，而「先生（理雅各）獨不憚其難，注全力於十三經，貫串攷核，討流溯源，別具見解，不隨凡俗。其言經也，不主一家，不專一説，博采旁涉，務極其通，大抵取材於孔、鄭而折衷於程、朱，於漢、宋之學兩無偏袒，譯有《四子書》、《尚書》兩種。書出，西儒見之，咸歎其詳明該洽，奉為南鍼。」又云：「而先生獨以西國儒宗，抗心媚古，俯首以就鉛槧之役，其志欲於羣經悉有譯述，以廣其嘉惠後學之心，可不謂難歟？然此豈足以盡先生哉？先生自謂此不過間出其緒餘耳，吾人分內所當為之事，自有其大者遠者在也，蓋即此不可須臾離之道也。」王韜：《弢園文錄外編》（上海：上海書店出版社，2002 年），卷 8〈送西儒理雅各回國序〉。另，可參見中國哲學書電子化計劃：http://ctext.org/wiki.pl?if=gb&res=646771，檢索日期：2017 年 3 月 18 日。

44　有關王韜與理雅各，參見王韜：〈與英國理雅各學士〉，收入朱維錚主編：《弢園文新編》（北京：三聯書店，1998 年）、段懷清：〈對異邦文化的不同態度：理雅各與王韜〉，《二十一世紀》2005 年 10 月號（總第 91 期），頁 58-68、段懷

王韜原受聘於上海墨海書館館長傳教士麥都思，協助翻譯《聖經》，後清廷以其為太平軍獻策，欲與洋人通好，被視為逆黨，遭曾國藩等查拿，蒙麥都思之子英國駐上海領事麥華陀爵士（Sir Walter Henry Medhurst, 1823–1885）庇護，藏匿上海英國領事館四個月；後經麥都思引薦，流亡香港協助理雅各翻譯中國經典。1862 年起理雅各獲王韜襄助翻譯中國經典《尚書》和《竹書紀年》，即使 1867 年理雅各暫時離開香港回返蘇格蘭家鄉，王韜隨後也前往蘇格蘭持續協助翻譯《詩經》、《易經》、《禮記》等。1870–1873 年理雅各短暫返香港後回英國，1876–1897 年理雅各擔任牛津大學首任漢學教授。理雅各相繼出版《十三經》、《道德經》、《莊子》等，至今諸書仍多是西方世界公認的標準譯本，此外也研究《離騷》、《楚辭》等。也由於理雅各翻譯諸多中國經典，及任職牛津大學二十二載，培育出不少漢學家，則理雅各對中國經典的譯介及對漢學的研究等卓越貢獻，不僅使中國儒家及其他經典有效的傳播到西方，進而對西方的哲學、倫理、文學等思想，產生了一定的影響，也是至今西方漢學研究與西方讀者接受中國經典的主要奠基者，而王韜在香港在蘇格蘭協助理雅各翻譯中國經典，更是對溝通東西方文化扮演着重要而不可取代的媒合作用。這或許是十七世紀歐洲漢學傳播之後，理雅各與王韜彼此借力，互為助力，而締造了西方漢學的另一波高潮，開啟了一個西方接受與研究漢學的新時代。第一代耶穌

清：〈理雅各與晚清中國社會〉，《漢學研究通訊》24 卷 2 期（總 94 期），2005 年 5 月，頁 47。https://zh.wikipedia.org/wiki/%E7%8E%8B%E9%9F%AC_(%E6%80%9D%E6%83%B3%E5%AE%B6)，檢索日期：2017 年 2 月 28 日。

會傳教士利瑪竇（Matteo Ricci, 1552–1610）及第三代繼承人金尼閣（Nicholas Trigault, 1577–1628）等將儒家主要經典翻譯成拉丁文，開啟了十七世紀歐洲漢學的傳播，影響及於法國伏爾泰（Voltaire, 1650–1722）、孟德斯鳩（Montesquieu, 1689–1755）、德國萊布尼茲（Gottfried Wilhelm Leibniz, 1646–1716）與沃爾夫（Christian Wolff, 1679–1754），及英國廷德爾（Matthew Tindal, 1657–1733）等。據亞諾 H. 羅伯森（Arnold H. Rowbotham）研究，儒學在十七世紀歐洲的重要影響有三：其一逐漸促使對基督教基本教義派有更多的批評精神；其二對個人與國家政府之間的關係的覺醒；其三藉以反思學者在社會結構中的位置。[45] 而理雅各與王韜跨語際的文化實踐，更有系統的譯介與詮釋中國經典，影響層面更具普遍性、廣泛性與代表性，且更及於知識結構的媒合與深化，從而也淡化了彼此的文化本位，這是意識轄域化的鬆綁、抽離，在去畛域化（deterritorialize）的過程裏，進而使意識畛域有互相滲透、貫穿、融通及擴散的可能，而這都緣於香港作為一個邊界空間或通道作用而開啟了跨文化交流與跨語際實踐的契機。

此外，其後也由於倫敦會屬下的香港英華書院停辦，憑藉着王韜與理雅各的文化翻譯情誼，王韜和香港倫敦傳道會印刷所經理及原《遐邇貫珍》編輯也協助理雅各翻譯《四書》的黃勝[46] 合資購買英

45　參見亞諾 H. 羅伯森（Arnold H. Rowbotham）著、謝文珊譯：〈儒學對十七世紀歐洲的影響〉，及彭文本：〈導言〉，《東亞觀念史集刊》第 6 期（2014 年 6 月），頁 369-399。

46　1858 年，黃勝與伍廷芳租用《孖剌西報》的一套中文鉛字，共同創辦《中外新

華書院的印刷裝置,而成立中華印務總局,專門承印中西書籍。王
韜除建立圖書出版事業外,並於 1874 年 2 月在香港創辦第一份華
人資本、華人主理、華人操權的報紙 ——《循環日報》,進而開展
媒體傳播事業,奠定了中國第一報人的歷史地位。王韜從 1874 年
至 1884 年在《循環日報》鼓吹變法自強及評論政局,[47] 影響了後來
的康有為與梁啟超的變法維新思潮與政治行動。王韜在《循環日報》
計有近千篇政論,既牽動了中國未來的政治走向,也開創了在新興
媒體空間中文人論政的先河,奠定了第一位報刊政論家的歷史地
位。《循環日報》當時不只流行於香港,也流行於中國、新加坡、
越南、日本、英國、美國、澳洲等地。[48] 則理雅各與王韜在香港相
遇及彼此成就,不僅使理雅各奠定其一生由傳教士而教育家而漢學

報》,並以《孖剌西報》的中文晚刊名義印行,成為香港第一份完全以中文編印的
報紙。1872 年 4 月,又與《德臣西報》副主編陳靄庭合作,將原附屬於《德臣西
報》的《中外新聞七日報》獨立出來,成立香港第二份華文報紙 ——《華字日報》。
參見 https://zh.wikipedia.org/wiki/%E9%BB%83%E5%8B%9D,檢索日期:
2017 年 2 月 28 日。

47 王韜在《循環日報》中鼓吹變法自強及評論政局的政論文章,多收錄於《弢園文
錄外編》,《弢園文錄外編》。大抵卷一確立政論總綱,揭示國家治理鴻圖與方
向,隨而總攬國家治理要務及變法自強的方針,及隨順着時局變動的政治謀略
與評論。有關王韜的政論,可參見王韜:《弢園文錄外編》(上海:上海書店出版
社,2002 年)各卷。另,可參見中國哲學書電子化計劃:http://ctext.org/library.
pl?if=gb&res=4230,檢索日期:2017 年 3 月 18 日。

48 1878 年《循環日報》出版晚報,是中國最早的晚報,此外還出版《循環世界》副
刊,精選《循環日報》出版《循環月刊》等。有關《循環日報》及王韜與近代中國
及近代世界,參見林啟彥、黃文江主編:《王韜與近代世界》(香港:香港教育圖
書館,2000 年)、https://zh.wikipedia.org/wiki/%E5%BE%AA%E7%92%B0%E
6%97%A5%E5%A0%B1,檢索日期:2017 年 2 月 28 日。

家的多重身份而成為西方漢學界的巨人，而王韜在香港及旅歐經驗，得能以恢宏的視野，站在時代的高度，總攬中西文明的歷史進程，而以其駁異而繁富的知識結構，影響着中國甚或東亞、南洋，更遠及泰西，也成就了其作為中國新聞報刊的第一人及變法自強政治理念的前導者，乃至於開啟歐陸之旅（1867-1870）的先驅，而其識見甚或受德川幕末、明治初期日本學界矚目，[49]並影響日本近代歷史的開展，而成為近代中國與東亞、南洋現代性前導的思想巨人。理雅各與王韜無疑是近代中西文化交流與東西文明融匯最具經典性與代表性的跨文化交流與跨語際實踐的典型，而這一切都生發於香港這個邊界空間，也只有在香港這個文化空間，方能締造兩人在文化思想上的偉業與高度。可見香港作為一個文化接觸空間，從開埠之初，已然佔據了一個獨特的文化媒合的樞紐位置，扮演着對中國對東亞對南洋乃至於對世界的文化創造與傳佈的重要角色與地位。

香港實質在近代歷史上往往是匯聚與傳佈、創造訊息的主要空間，也是主要歷史行動的參與者。如 19 世紀末中國面臨被帝國列強瓜分的嚴重危機，當時中外多有以圖／文並置，乃至多語並陳的時事漫畫，及時而深刻的以形象化的圖像展演當時的局勢。1898年 7 月 19 日，謝纘泰繪製〈時局全圖〉（"The Situation in the Far East"），刊載於與楊衢雲為「開通民智」而於 1892 年在香港創辦

49　徐興慶：〈王韜的日本經驗及其思想變遷〉，《東亞文化交流：空間・疆界・遷移》（台北：國立台灣大學出版中心，2008 年），頁 161-189。

的《輔仁文社社刊》[50] 上。謝纘泰 1890 年在香港從事反滿清政府的地下革命組織，後與孫中山的革命組織興中會結合，謝纘泰在香港將所理解中國與列強的關係，繪為〈時局全圖〉的政治諷刺畫，傳遞中國與列強間主動權與權力不對等的政治現狀。1940 年，地理歷史學者朱士嘉在美國國家檔案館找到一份可能在 1899 年或 1900 年於日本出版的〈時局圖〉，圖配置了以廣東話書寫的詳盡解說，謝纘泰曾以為這可能在日本印製的滑稽歪曲模仿他的漫畫彩色版本，結果造成他被香港殖民地司（Colonial Secretary）的質疑；而後該圖經除去原廣東話書寫的文字，至今累年出現在中華人民共和國的高中歷史教科書中用以揭露帝國主義者瓜分中國的企圖與作為。無論是除去原廣東話書寫的文字，或載入教科書作為文化再製工程，均在教育的空間場域中高度強化了政治意識形態。而黃遵憲（1848 -1905）因維新運動挫敗後回返廣東家鄉梅州，牆上也張掛着另一版本的〈時局圖〉，1900 年寫了與〈時局圖〉有關的兩首詩 ——〈仰天〉、〈病中紀夢述寄梁任父〉；1903 年蔡元培在上海創辦的《俄事警聞》也刊載〈時局圖〉。[51] 這些大都是以謝纘泰在香港所繪製的〈時

50　馮自由：〈三十九年前之東亞時局形勢圖〉，《革命逸史‧初集》（北京：中華書局，1981 年），頁 41。

51　蔡元培於 1903 年將「五彩鮮明，上海別發洋行寄賣」的〈時局圖〉轉載至《俄事警聞》時表示：「這一張圖，叫做〈瓜分中國圖〉。前年有一個人從英國新聞紙上譯出來的。」（《俄事警聞》第一期，1903 年 1 月 15 日）雖然蔡元培謂：「翻譯這一張圖的人姓謝，是香港地方印的」，但此張「五彩鮮明」的〈瓜分中國圖〉應不同於謝纘泰的〈時局全圖〉，推測當時有關〈時局圖〉是流行題材，以圖像或明信片散佈於世界各地，此起彼落，究是何人何地為初始？且〈時局全圖〉究為謝纘泰所繪或翻譯外國報紙時事漫畫而成，實無法徵詳，只能留待日後文獻的陸

局全圖〉為模仿對象而有不同的再造。短短幾年間以香港為訊息創造與散佈中心，在各地與域外產製了、流傳着諸多模仿〈時局全圖〉之圖 / 文互文性的政治諷刺漫畫，由香港而輻射至上海、廣東、日本等，因應着不同局勢不同對象與地理空間，圖 / 文的配置方式與互文性意義累經改動，這是一種涉及隱喻概念的跨文化流動的曲折而複雜的過程。這個政治文化地形學隨着時間軸線與空間延異，蜿蜒曲折，峰迴路轉，這是一個以香港為中心向外擴散的概念隱喻的延伸與變異的總體縮影。當然，概念 / 觀念在跨語際實踐過程中，與他者共在、異置而重新指認自我的同時，往往是在一種心理防禦機制與影響焦慮的過程中，而不斷引起符號的移位，意義的滑動。這種自我與他者觀念域的文化交涉與自我言說，本然是一段製造話語權力與價值競技的歷史，同時也是自我建構主體性的歷程。[52] 因

續挖掘。但據謝纘泰友人馮自由 1939 年所撰寫《革命逸史・初集》回憶：「戊戌（1898）6 月纘泰感慨時事，特繪製一『東亞時局形勢圖』，以警世人。圖中以熊代俄國，犬代英國，蛙代法國，鷹代美國，日代日本，腸代德國。其旁題詞曰：『沉沉酣睡我中華，那知愛國即愛家！國民知醒宜今醒，莫待土分裂似瓜。』」（馮自由：《革命逸史・初集》，〈三十九年前之東亞時局形勢圖〉（北京：中華書局，1981 年），頁 41-42。）若馮自由回憶錄可信，則〈時局全圖〉確為謝纘泰所畫，且這以謝纘泰為名而在香港繪製的〈時局全圖〉，的確流佈廣遠，影響也鉅。有關〈時局全圖〉的傳播與隱喻的跨文化流動，參見〔德〕魯道夫 G. 瓦格納（Rudolf G. Wagner）著，吳億偉譯：〈中國的「睡」與「醒」：不對等的概念化與應付手段之研究〉，《東亞觀念史集刊》第 1 期（2011 年 12 月），頁 14-39。有關瓜分概念與圖像隱喻，參見鄭文惠：〈近代中國知識轉型與概念變遷 / 觀念形塑 —— 觀念史 / 概念史視域與方法〉，《東亞觀念史集刊》第 4 期（2013 年 6 月），頁 270-280。

52 鄭文惠：〈近代中國知識轉型與概念變遷 / 觀念形塑 —— 觀念史 / 概念史視域與方法〉，《東亞觀念史集刊》第 4 期（2013 年 6 月），頁 263。

此，香港作為近代中國或近代世界訊息創造、交匯與傳輸的必經空間或核心空間，自然在文學文化的創製與傳佈上扮演着重要的角色與地位，即如《中國新文學大系》、《中國新文學大系・續編》也由香港文學研究社先後兩次重印或出版，均足以説明香港的邊界空間與通道性質，既能擁納萬物又能輻向四方的空間性意義與作為文學史系譜的時間性意義。

無可諱言，記憶與遺忘仿如對蹠結構般的構築為人的生命史與社會史，它同時都是一種文化選擇，建構了人的思維框架與歷史視野。《香港文學大系 1919-1949》編纂 1919-1949 年香港文學，是為了抗拒遺忘而重述香港文學記憶，則綴文纂冊彷彿成了一場招魂的儀式，作為招魂詞的紙上文字，是經由時空流轉埋藏在不同文化層位中的經驗性與情感性的歷史建構物，閃熠着動人的人文輝光，是抒情自我與地方歷史、文化記憶共生共存所織構而成的一種積累性的表意實踐，積澱着一個大時代變動下香港作為他異性的一個人與空間共構互生的動態的歷史脈絡。許多歷史現場的話語如果沒有《香港文學大系 1919-1949》的編纂，或許會永遠湮沒於故紙堆中；現在以一種創造性和構造性的招魂技術重新出土了，在勾勒出一個歷史奇異點的香港文學座標的同時，也開展出一個新的香港文學里程碑。召喚文學幽靈是為了抗拒遺忘，復現記憶，因而，無論是哀悼或復原或揚棄或重述或再生，都是一種自我復歸或重塑自我以建構主體的心靈化過程。因而，有了《香港文學大系 1919-1949》，人與空間可以重新賦意重新測繪重啟對話；在現實或價值層次上，《香港文學大系 1919-1949》的招魂術，藉着知識學理化及文學史視

野，有着一套在地化的記憶編碼與喚回機制，則在為了抗拒遺忘而銘刻記憶的認知、識別和感知、興動的記憶與喚回過程裏，世代之間補綴記憶的同時，或許歷史就如同一道道活動布景被重新組構而創造出屬於當今的意義，人與空間的互涵相生與共榮互存也有了重新建構的可能性與可行性。

倘若香港文學作為一種銘刻記憶與抗拒遺忘的重要「構連場域」(site of artiulation)，[53] 則多元主體如何因着香港文學空間構連起日常性經驗與主體性認同？藉由文學之靈如何建構自我意義及我羣的認同？尤其多元主體又位處於不同的多樣的位置上。但也正因認同總是一種處在進行中而永遠不會完成的追尋或建構歷程，因而，往往需要透過不同的構連場域持續進行多元接合，當然認同過程總是不斷的互動溝通、折衝對抗。如果香港文學是記憶認同的重要構連場域，《香港文學大系 1919-1949》的編纂，實質上本然是一種文化實踐的再現，編纂本身就是一種認同的論述實踐 (a discursive practice)，它終將「自我」外顯化 (externalize)，[54] 而《香港文學大系 1919-1949》的編纂，洵是一個取得論述位置的開始，勢必連動的在認同建構過程中扮演着重要的角色與影響。

文學空間本是一個多元異質的場域，文學空間中多元的「小敘

53　有關認同是一種透過構連 (articulation) 進行的持續過程，參見 Stuart Hall, "Who Needs 'Identity'." Eds. Paul Du Gay, Jessica Evans and Peter Redman. *The Identity Reader*. London: Sage, 2000. pp.15-30。

54　Stuart Hall, "Cultural Identity and Diaspora," Ed. Jonathan Rutherford. *Identity: Community, Culture, Difference*. London: Lawrence & Wishart. 1990. pp.16-17.

事」或抒情聲音，往往提供了建構多元主體的可能，它可以翻轉一些由合法性所支持的「大敘事」及知識、行動，乃至於事物評斷準則，這也正是文學空間的文化政治。尤其文學空間中投射了象徵着一切良善、理想的、諧美的應然圖像，因而有了《香港文學大系1919-1949》，作為多元主體的「自我」，終能凝視文學空間中「他異者」的「臉龐」所展示的一片純白，象徵着一切良善、理想的、諧美的應然的圖像，關乎生命的、社會的、世界的一種理想化的應然。這文學空間中「絕對他者」的「臉龐」，是自我的喚醒，是滌化我眼我耳我心我思，喚起一種道德良知與倫理承擔的對象物；透過文學空間凝視他者臉龐，潛入文學空間中迂緩的散步，反成了一種完善自我，神聖化自我內在光輝的重要的自我技術。因而，《香港文學大系 1919-1949》作為「構連」個人、社會以及文學文化之間的重要場域與召喚機制，或許開啟了體認他性差異倫理的契機，同時也開展了他異性的自我指認的可能，這是建構一個「互為主體性」的認同的重要起點。

因此，《香港文學大系 1919-1949》以一種跨時空的文學史視野與在地化的文化關懷融入於有史觀有史識的資料匯集與文本選萃中，當能引起公共性的長期關注與討論；《香港文學大系 1919-1949》作為一種具文學史意義及呈現文學史家美學觀的文體類型，不僅可與其他文學大系形成一種隱顯之間的對照系統，也是還原眾聲喧嘩的香港原生態文學的重要歷史現場，更是進入香港文學與文化現代化轉型與現代性歷程的歷史入口；更何況在語言文字的疆界空間中，情感與想像早已與世界、社會、事件、觀念、信仰重合交

織成一個隱然的歷史動態而埋藏在語言文字的底層，《香港文學大系 1919-1949》的編纂及重寫香港文學史，或即是挖掘底層聲音的起始，一種指認自我，創造自我的敘事的開端，也是建構一座城市歷史輝光迂迴而曲折的必經或必然的入口。

如何香港？怎樣文學？
——從《香港文學大系》談起

趙稀方　　中國社會科學院

　　由陳國球教授主編的十二卷《香港文學大系》最近陸續由香港商務印書館出版，引起學界相當的矚目。

　　我注意到，幾乎所有的編者都提到，《大系》的編纂建立在搜集香港原始報刊的基礎上。大量的沉默在黑暗裏的資料第一次被陽光照亮，浮現在《大系》裏。它讓我們耳目一新，也讓我們感嘆從前的孤陋寡聞。儘管中國內地出現了為數可觀的《香港文學史》，但在史料上還不盡完善。《為文學作證——親歷的香港文學史》的香港作者慕容羽軍曾諷刺內地學者，「遠在國內，只作了一兩次『香港遊』，購買了幾本書刊便縱筆寫《香港文學史》」[1]。平心而論，這種說法不太公正。如劉登翰的《香港文學史》（1997）和袁良駿的《香港小說史》（1999）等，在報刊上已經很下功夫。當時內地學者條件

1　慕容羽軍：《為文學作證——親歷的香港文學史》，香港：普文社，2005 年 7 月初版，頁 1。

拮据，沒有條件完整搜集資料，而率先彰揚被文壇主流忽略的港台文學，應有開拓之功。資料上的缺陷，當然是不言而喻的。

史料的問題，更多時候其實是文學史觀的問題。沿襲侶倫的說法，《香港文學史》都將1928年的「香港新文壇的第一燕」《伴侶》視為香港新文學的開始。袁良駿則更發現了1924年的《英華青年》，將香港新文學史提前了四年。然而，對於1921年創刊的《雙聲》和1924年創刊的《小説星期刊》等，他們卻不加注意。原因是，在他們看來，《雙聲》和《小説星期刊》等刊以文言為主，又是鴛鴦蝴蝶派小説，不值一提。《英華青年》雖然同樣是文白夾雜，但其白話小説卻受到了五四影響，這正好驗證了香港新文學係受大陸五四新文學影響而成的觀點。

《香港文學大系》的編選眼光卻不同，謝曉虹在編選《小説卷一》的時候，毫不猶豫地將黃天石發表於《雙聲》的兩篇小説〈一個孩童的新年〉和〈雙死〉選為頭篇，並在編者〈導言〉中指出黃天石小説「讀來迥異於五四的『愛情』公式，或更有晚明以來的尚情之風。」[2] 對於黃天石在抗戰以後以傑克為筆名寫作流行小説，《香港文學史》都認為至為可惜。黃仲鳴在〈通俗文學卷·導言〉中專門引出了劉登翰《香港文學史》中的一段話，「黃天石從純文學創作出發，戰後返港才迫於生計改以傑克筆名，順應出版商的要求，寫起迎合小市民趣味的言情小説。」認為「這是大謬」。他指出，黃天

2   謝曉虹：〈導言〉，謝曉虹編：《香港文學大系·小説卷一》，香港：商務印書館，2014年12月第1版，頁50。

石早期就寫作通俗小說，並與內地徐枕亞交往。[3] 謝曉虹則對此有更為深入的分析，「黃天石改以傑克之名寫流行小說，便常被視為令人惋惜的例證。只是，黃早年的小說，從根本上便與五四主流的意識形態分道揚鑣。而他那些於四十年代開始走紅，被盜印成風的通俗小說，或調整政治家陳義過高的虛偽姿態，或借男女關係的離合取捨，寄託對理想社會的盼望，事實上未必不與他早年的創作風格一脈相承。」[4]

　　史料的選擇、排列以及闡述，本身就呈現了歷史敘述的立場。陳國球在〈香港文學大系·總序〉中，首先對中國新文學大系的譜系進行了梳理，並說明了「大系」建構歷史的性質。不過，陳國球對於香港文學史的建構，卻刻意與各種中國新文學大系都有所不同。除小說卷、散文卷、戲劇卷、史料卷以外，《香港文學大系》多出了《通俗文學卷》和《舊體文學卷》，少了《文學論爭卷》，這是很讓人矚目的現象。

　　原因何在？是由於殖民地香港的歷史獨特性。在香港，語言文化結構是中英二元，在中文文學中，新文學與舊文學相容，嚴肅文學與通俗文學並行，其間並無根本性矛盾，也無爭議衝突，這是香港文學有《舊體文學卷》和《通俗文學卷》而無《文學論爭卷》的原因。內地學者簡單套用中國新文學史模式，必然產生盲點。

3　黃仲鳴：〈導言〉，黃仲鳴編：《香港文學大系·通俗文學卷》，香港：商務印書館，2014 年 12 月第 1 版，頁 51。

4　謝曉虹：〈導言〉，謝曉虹編：《香港文學大系·小說卷一》，香港：商務印書館，2014 年 12 月第 1 版，頁 51。

英國當初佔領香港，僅為通商所用，並無人文重建之設想。正是由於商埠的性質，香港文學歷以通俗文學為主流。研究香港文學如果不正視通俗文學，而僅僅聚焦於邊緣上的嚴肅文學，顯然是不全面的。況且，在「文化研究」和「後現代」的當下，通俗文學的研究已經具有了理論合法性。陳國球在〈大系・總序〉中論述了收錄香港通俗文學的必要性：「我們認為『通俗文學』在香港深入黎庶，讀者量可能比其他文學類型高得多。再說，香港的『通俗文學』貼近民情，而且語言運用更多大膽實驗，如『粵語入文』、或者『三及第化』，是香港文化以文字方式流播的重要樣本。」[5] 對於黃天石轉向通俗小説寫作時的惋惜，顯然出自於純文學的正統觀念，而在謝曉虹看來，黃天石的通俗文學反倒更具香港性，「或能讓我們重新追索那些早被新文學史所刻意遺忘和淘汰的思想痕跡。」[6]

　　香港開埠以後，英國殖民者將英語規定為官方語言，形成了香港英語與中文的分化結構。這種情形導致了中文傳統文化在文化認同的重要地位，也導致新文學與舊文學的同盟關係，這與大陸的新舊文學對立的狀況大不一樣。於此，《香港文學大系》前所未有地設立了《舊體文學卷》。陳國球在〈大系・總序〉中專闢一節，題為：《《香港文學大系》是「文學大系」而非「新文學大系」〉。他解釋説：「『新文學』與『舊文學』之間，既有可能互相對抗，也

5　陳國球：〈總序〉，黃仲鳴編《香港文學大系・通俗文學卷》，香港：商務印書館，2014 年 12 月第 1 版，頁 27。

6　謝曉虹：〈導言〉，謝曉虹編《香港文學大系・小説卷一》，香港：商務印書館，2014 年 12 月第 1 版，頁 50。

有協成互補的機會。……如果簡單借用在中國內地也不無疑問的獨尊『新文學』觀點，就很難把『香港文學』的狀況表達清楚。」[7]
負責編《舊體文學卷》的學者程中山，語氣要比陳國球尖銳得多。他斷言：從 1843 年至 1949 年，中國傳統文學是「百年香港文學的主流」，已有的香港文學史僅僅涉及新文學是很片面的；「近三十多年來，香港文學主流研究者，對百年香港舊體文學大多視而不見，或更排斥詆毀，製造一部部以偏概全的《香港文學史》，至為可惜。」[8]

事實上，早在十多年前，筆者就在《小說香港》一書中指出：「在大陸，舊文化象徵着千年來封建保守勢力，而在香港它卻是抗拒殖民文化教化的母土文化的象徵，具有民族認同的積極作用。在大陸，白話新文學是針對具有千年傳統的強大的舊文學的革命，在香港『舊』文學的力量本來就微乎其微，何來革命？」[9]可惜的是，這種聲音過早，當時並無反響。

事實上，內地學界近年也有不少重新看待現代舊文學的討論，也有相關學者，包括筆者博士生的博士論文，也開始討論現代文學中的舊詩詞等問題，但還不能撼動中國現代文學的固定結構。現在《香港文學大系‧舊體文學卷》面世了，或許對我們是一種有益的

---

7 陳國球：〈總序〉，程中山編：《香港文學大系‧舊體文學卷》，香港：商務印書館，2014 年 11 月第 1 版，頁 25-26。

8 程中山：〈導言〉，程中山編：《香港文學大系‧舊體文學卷》，香港：商務印書館，2014 年 11 月第 1 版，頁 44，76。

9 趙稀方：《小說香港》，北京：三聯書店 2003 年 5 月第 1 版，頁 90。

啟示。中國本身沒有完全殖民地的經歷，容易對於「現代性」背後的殖民性掉以輕心，香港的歷史可以啟示我們重新思考漢語文化主體與西化及殖民性的關係。

「小敘事」時代的「大敘事」

鄭蕾　香港浸會大學

　　今年，學界翹首以盼的《香港文學大系 1919–1949》終於全部出齊，《評論卷》、《文學史料卷》、《戲劇卷》等相繼問世。由陳國球教授發起並擔當總主編的《香港文學大系 1919–1949》繼承三〇年代以來《中國新文學大系》之傳統，以 1919–1949 年為時間範疇，編纂期間相關文獻，以期「先整理組織有關相關文學的資料，然後再為相關文學修史」[1]，魄力及實幹皆令人嘆服。陳教授的〈總序〉之外，新詩、散文、小說、戲劇、評論、舊體文學、通俗文學、兒童文學、文學史料各卷皆有編者所撰〈導言〉，陳述編選理路，勾勒歷史脈絡，在為每一卷的資料建構框架之餘，也為潛在的文學史撰寫寫下鋪墊。其中，陳國球教授為《評論卷一》所撰寫的〈導言〉更在敘說香港早期評論線索之餘埋下了香港文學史書寫的幾個重要議題。

　　從〈總序〉開始，陳教授便不厭其煩地梳理各地形形色色的「文

1　陳國球：〈總序〉，《香港文學大系 1919–1949》（香港：商務印書館），頁 1。

學大系」以為「香港文學大系」定位並嚴謹地探求其合法性。在時空的範疇之餘，小心地遊走於「國家文學」與「地域文學」的界線兩邊，從而處理一度被遺忘的、掩蓋的，甚至是扭曲的「記憶」和「歷史」，是〈大系·總序〉所彰示的初衷。至於〈評論卷一·導言〉，則由具體的問題和案例作嘗試性的進一步討論。在〈總序〉中，《大系》的編者們將時間的上限大致劃定在 1919 年，但不硬性定在 1919 年，可以隨實際掌握的材料往上下挪動，尤為突出的，是納入了《舊體文學卷》和《通俗文學卷》。脫胎於《中國新文學大系》的《香港文學大系》，於新文學誕生近一個世紀之時，為「舊體文學」和「通俗文學」單獨設卷，體現出香港地理及歷史的獨特性。〈總序〉以對抗英語的殖民政府出發，探討中國語言文化作為抗衡力量的存在，而其中舊體文學（或曰傳統文化）就與新文學、英語的西方文化構成迥異的角力關係，這與同一時期的內陸地區截然不同；另一方面，香港的商業市民文化發達，尤其是應一般民眾需要的報章數目繁多，貼近民情、語言大膽的流行文字既在數量上不容小覷，其語言特色、內容及至文理特徵都值得探究。所謂「雅」、「俗」的界線，固然在由傳統的士人社會向現代商業市民社會轉化的過程中不斷推移，其內涵與指向也不斷發生着變化。正如〈總序〉所言，「香港能寫舊體詩文的文化人，不在少數。報章副刊以至雜誌期刊，都常見佳作。這部分的文學書寫，自有承傳體系，亦是香港文學文化的一種重要表現」[2]。舊體詩文的文化人如黃天石，一方面興辦報

2　陳國球：〈總序〉，《香港文學大系 1919–1949》（香港：商務印書館），頁 26。

刊，支持中國文學研究，又身體力行推動文學創作，撰寫大量流行小說。舊體文人的這種積極投身文化產業，兼跨「純文學」與「通俗文學」兩界，事實上與既成的文學史論述中的「新」「舊」對抗有異；此外，在殖民地商業社會浮沉於「通俗謀生」和「追求純文學」之間，已涉及更晚近的現代文化人處境的問題，其作品更應以另一種眼光來閱讀和判斷。更為有趣的是，在蒐集到的資料中，我們更可以見到香港文人對待「新」「舊」更迭另類的態度。如 1927 年發表於《華僑日報》的羅澧銘的〈新舊文學之研究和批評〉，對新文學和舊文學各打五十大板，責新文學符號取材西文，不使人通曉，又責舊文學詰屈聱牙、食古不化。他提出，「竊以為文字求淺顯。貴乎使平民易於了了，太新固不可。太舊亦不宜。則不若……實行所謂白話中之文言，文言中之白話。不新不舊。不敧不偏。折衷辦法。」[3] 又如吳灞陵 1925 年的〈談偵探小說〉，對「小說」之定義和評價標準，卻又在新舊之間。回頭看時，對於「何謂現代？」，「如何新文學？」這些老生常談也有新的啟發。凡此種種，《香港文學大系》從史實出發，緊貼香港文學生態，雖未有史而已破文學史格局，實屬不易。

而《香港文學大系》更令人眼前一亮的，是陳智德編選的《文學史料卷》。文學史料固然乏人閱讀，為人忽略，其零散蕪雜，從搜索、整理到考證、編選，都是極為考驗功夫的工作，而更具危險

3　羅澧銘：〈新舊文學之研究和批評〉，《香港文學大系 1919–1949・評論卷一》（香港：商務印書館），頁 120。

的是，在歷史斷裂的焦慮中種種努力嘗試的有效性。陳智德不僅獨力承擔了這一艱巨的工作，並且在前人採取的思維方法上有所開拓。或多或少，《文學史料卷》更容易受到編者「史觀」影響，從而搜索和選擇資料。難得的是，陳智德實際上以「文學場域」（literary field）理論理解文學史，集中於文學傳播以及人事活動，筆者以為，是一條有效的路徑。陳智德言，「在《文學史料卷》來説，着眼的是香港過去有甚麼讓文學傳播的刊物，舊體文學和新文學在期間的演化、作者的生平資料以及他們與羣體和時代的關係，由文學作品發表所衍生的活動，以及作家回應時代的方式。……後人藉此了解一種時代文化的進程、建構發展的脈絡，也了解發展當中的問題，避免重複問題引致誤解和停滯，以至建立傳統、典範，為後世所參考、鑑照。」[4]《文學史料卷》分為「刊物史料」、「題記與序跋」、「書信與日記」、「作家史料」、「記錄與報道」五輯。「『刊物史料』、『題記與序跋』以書刊 / 報刊 / 作品單行本為主體，『書信與日記』、『作家史料』以人物為主體，『記錄與報道』以事件為主體。以上由書刊、人物、事件三大項構成《文學史料卷》所形塑的歷史圖像。」[5]這一由書刊、人物、事件構成的「文學場域」是《香港文學大系》其他各卷的重要補充和還原，對於理解當時的各種文學活動、文化現象都至關重要。各卷與《文學史料卷》對照閱讀，自能勾勒出一幅

4　陳智德：〈導言〉，《香港文學大系 1919–1949・文學史料卷》（香港：商務印書館），頁 43-44。

5　陳智德：〈導言〉，《香港文學大系 1919–1949・文學史料卷》（香港：商務印書館），頁 73。

早期香港文學的生動圖景；而如果從撰寫香港文學史的角度來講，則《文學史料卷》之意義甚至可能更大於其他各卷。

　　不過，在閱讀陳教授所撰寫的〈評論卷一‧導言〉時，心有一疑慮。陳教授引入 Brian Treanor 的「他異性」（alterity）概念，可說是在《評論卷一》的〈導言〉中不着痕跡地實踐了一次「微型香港文學評論史」。論述由「評論」的定義開始，進入早年香港華文文學活動的現場，然後一再地從「正統」「新文化 / 新文學運動」展開論述，逐點駁斥，根據所掌握的實在材料而提出自己的論述。由既定的文學史出發，攻其不善自是建立新論述的有效方式，並且無論從當下香港文學所面臨的種種處境來說，還是從一直以來香港文學敘述亟需解決的種種問題來說，這種論述方式確能形成強烈的「撥亂反正」的論述效果。其背後，或者也正是「他異性」所呈現的，在碎片式的、剪不斷理還亂的、糾結纏繞的資料和論述中，唯有在與一個個「中心」、「他者」相互認同、推移或拒斥的過程中方能找到屬於自我主體的部分。不過這一論述模式卻有一不能及之處，即是既有的論述所闕如的部分，很有可能被忽略，而對文學現象的評價亦可能多少受制於既定的評價（無論是認同還是反對，或者循此宕開一筆）。這或者也是「小敘事」所不能及的，始終纏繞於事物表面而無法企及更深層本質的一種缺陷。在《評論卷一》當中，資料以時間劃分區塊，大致仍以內容分類，並且集中在當時較為核心的文學議題上，如 1930 年及以前的「文壇新與舊」、「文體認知」，1931 年至 1941 年的「香港文壇評議」、「文學抗爭：抗戰文藝‧和平文藝‧反新式風花雪月」等，展現出早期香港文學與內陸文學風

氣有所不同之處。不過進一步思考，評論這一文類除了標示作者的精神主張，本身也是一種體式。而其體式亦受到流通、傳播方式的影響，尤其相比之小說、詩歌、散文，因其有明確的論述對象和論述目的，作者的意圖與形式之間的關係就可能更為明顯。報刊雜誌是香港文學自始便極為重要、主要的載體，在重英輕中的殖民地華人社會，報刊雜誌乃一般民眾交流信息、消遣娛樂的主要途徑，此通俗文學須佔據香港文學一席之地的原因；另一方面，這種文學生態則直接影響了在此發表作品的形式。報刊雜誌（尤其是報刊）時效性強、流通快、受眾廣、價格便宜，這些都限定了報刊文字的特性：一般來說不會過長的篇幅、吸引眼球的標題或內容、聳動或噱頭式的行文方式……在這些「鐐銬」下，作者如何組織、傳達自己的意見，又如何因這些影響而形成特定的風格，實在是評論本身亦值得探究的部分。而這樣的部分不是既成的文學史所「不見」，而可能根本是內陸的文學活動所闕如的一種現象。尤其此一風氣實際上一直延續到戰後、乃至九十年代至今，香港報刊專欄文字的特色與「評論」這一文類可引出的話題，仍有大量的空間可待開掘。

在這個混亂的、大爆炸般充斥着碎片的時代，「大敘事」都如同哥斯拉巨獸般呈現出某種威權體制的僵硬、強勢和暴力。然而在見招拆招式的制衡與對抗之外，「大敘事」是否還有其他可能？在龐大的陰影下，如何梳理、辨析，從而體認自我，不僅僅是複製與複述，又或者同時可以是追憶、追述或重構一時一地的歷史，這一套《香港文學大系 1919-1949》走出了堅實的一步，亦為後來者提供了思考的空間。

如畫的文學風景——喜見
《香港文學大系 1919-1949》出版

潘步釗　裘錦秋中學（元朗）校長

　　看到《香港文學大系 1919-1949》（下稱《大系》）出版，由衷鼓掌之餘，也難免縈懷觸動。2000 年前後，我在香港藝術發展局任文學顧問，記得有一次會議討論資助本地學者編寫《香港文學史》。會上有一些有心人，大家都感到當時可見的一些境外人士主編和出版的香港文學史，實在過於疏漏，香港文學應該有屬於自己的一套文學史。會議最後沒有促成文學史的出現，因為那是由人到錢到政府行政規條，處處都是拉力和框限的事情。十多年後，在眾多同道之士的努力下，十二冊的《香港文學大系 1919-1949》出版，眾體並備，由各體作品到評論和資料，縱橫開闊，新舊能容，雅俗相兼，洋洋灑灑橫立大家眼前，豈不美哉！

　　總主編陳國球談論《中國新文學大系》的編纂時說：「《中國新文學大系》的結構模型——賦予文化史意義的「總序」、從理論與思潮搭建的框架、主要文類的文本選樣，經緯交織的導言，加上史料索引作為鋪墊——算不上緊密，但能互相扣連，又留有一定的

詮釋空間，反而有可能勝過表面上更周密，純粹以敘述手段完成的傳統文學史書寫，更能彰顯歷史意義的深度。」（〈總序〉）無論香港自有的「文學大系」，以何種面貌和結構登場，整理檢視和敘寫的意圖都強烈明顯，而且理直氣壯。從精神氣韻上，《大系》的出版，反映我們這一輩的知識文人，與上一代前輩相比，仍然有着相同的氣魄和關情，上承《中國新文學大系》，只要成為開始，這條路就有走下去的方向和可能。也因此，《香港文學大系》敘寫的意義，就不能只在當下檢算，來日的風光的正長正多彩呢！

《大系》以「文本形式」面世，從表面看，選示甚麼作品是最重要的一環，我卻以為意義遠不止於此。以兩卷散文為例，當中選取的二百多篇散文，與其說是展示這一段時期香港文學的頂尖散文藝術水平，我倒更願意相信那是一段香港文學的圖貌的宏觀重現。就如陳國球說的「編者重回『閱讀現場』的感受會比較容易達成。《大系》的散文樣本，可以更清晰地指向這時段香港的世態人情，生活的憂戚與喜樂。」（〈總序〉）《大系》中選取的散文，有些作品在之前的其他選集也出現過。在這裏，選文也沒有香港文學史上嚴格的範文意義，既不一定標誌是最優秀的作品，也未必能牽引讀者追看作者的其他作品。捧讀過程中，我們不一定有「驚艷」的期待，特別是南來作家的過客避難心態，像茅盾、戴望舒這些名重於中國新文學史上的名家，在香港留下的作品，或者是選在這兩卷中的散文，更算不上是其平生的文學代表作品。

可是文學史和文學資料的整理，意義正在這種誠實的再現。歷史、記憶、時間和現實等重要觀念，確是在這些展示排列中，相互

作用，疊疊層層，立體呈現這時期的香港文學。作家借作品與隔世的讀者相逢，一方面固然是文章傳世的義理之舉，另一方面也重現了當日文壇作家的情思心事和筆墨文風，例如葉靈鳳、施蟄存、陳君葆等人，作品數目佔眾人之冠，足好說明其在當時的活躍與地位；編者用心數算說理抒情、寫景狀物文章的分佈，為讀者梳理調度如何進入。至於作家的心事情味，可供細品的也不少，例如穆時英遭槍殺前兩年，以二十六歲少壯之齡，寫成的〈中年雜感〉（見《散文卷一》），檢點平生，又抒發那份憂患餘生，怨憤難抒的情感，對於了解他的平生和作品，都有幫助。儘管因為甚麼遭遇和抱着何種心情，但他們確實在上世紀的中國風雨飄搖之世，存活在香港，而且在這裏切切實實地生活過，留下了文字身影，這些於香港散文，是不爭的歷史、也是如畫的文學風景。

郁達夫在〈中國新文學大系‧導言〉說：「五四運動的最大的成功，第一要算『個人』的發現」，一針見血說出現代文學中散文的最重大意義。讀《香港文學大系 1919-1949》，這種個性仍然應該是很大的體會，那不獨是作品的，而且整個文體在配合着香港這時期的歷史和經濟發展，整體地呈現獨特的面貌。像日治中的歲月、南來作家的一腔心事與過客心態的「心不在焉」，報刊副刊文藝版面、三蘇怪論等。香港在這時期的歷史處境、文學生態，卻實在具體飽滿地重現。這些作品的存去隱現，會否只是一時一地的一家之言，又或者如陳國球引述余光中說的「原則上，這些作品恐怕都只能算是『備取』，至於未來，究竟是其中的哪些能終於『正取』，就只有取決定悠悠的時光了。」不管未來怎樣，現在這樣的文本形式

展示，卻是了解上世紀前半部分，政治社會歷史都意義深遠的三十年，香港文學和社會情貌的重要方法，其中資料和史料整理之功，值得大書特書，我為《大系》的出版而欣喜，而且心存感激。

　　《大系》的出版，當然難免同時牽出了許多重要而老掉牙之極的問題，例如甚麼是「香港作家」、如何定義「香港文學」等。作為學術研究，概念定義、意義周延等或許重要，回歸到文本欣賞就未必如此，像我們不必執着要在吃一塊牛扒前，必先要定義甚麼是牛扒。過去每談到香港文學，這些問題總叫人正襟危坐，沉臉屏氣。如果說前輩學者如盧瑋鑾、黃繼持及鄭樹森等教授多年前奠下基礎與先風，我們都一定願意抱着善意走下去，問題有趣的是，作品和史料，有時是爭着朝天的錢幣兩面。《大系》的出版，以《散文卷》為例，縱線的史料和發展是重要的角度，但如果我們只站在讀者的層階，純為欣賞文學而來，若要問香港文學如何如何，我深信，在追讀作品的過程中，每一個讀者都可以構建自己的答案。

在台灣閱讀《新詩卷》

楊宗翰　淡江大學

　　由陳國球總主編的《香港文學大系 1919-1949》，編纂計劃起於
2009 年，全套十二卷的正式出版至 2016 年方告竣工。從 2014 年
第一卷《新詩卷》問世，到 2016 年最末卷《文學史料卷》印行，該
大系編輯委員及出版者香港商務印書館在這一年半期間持續推廣，
甚至跨海到台灣舉辦發表會，努力爭取各地華文讀者的注意。在華
文書展、新書發佈、報刊評介之外，香港文學生活館亦作過收費講
座，邀得游靜於 2016 年春季課程中專題討論《大系》之《新詩卷》。
總主編陳國球、副總主編陳智德兩人為香港教育大學同事，陳國球
負責《評論卷》第一冊、陳智德負責《新詩卷》與《文學史料卷》的
主編工作，從〈總序〉及各卷〈導言〉中不難窺得編選工作之難度及
甘苦。研究及編纂都需要經費支援，在長期重商輕文的香港社會，
幸獲民間私人（李律仁）、政府機構（香港藝術發展局）、學院組織
（香港教育大學）三方奧援，終能促成《香港文學大系 1919-1949》
的完整出版。不論是從挖掘過往文獻、保存文學史料、建立本土傳
承、重構「香港想像」何種角度，此《大系》皆允為香港近來最重要

的一樁文化大事件，見證了二十一世紀香港學術界中壯世代欲「展示『香港文學』的繁富多姿」之雄心。

　　前引「繁富多姿」一語來自陳國球〈總序〉，該文對華語文學「文學大系」之原型、繼承、特徵，乃至在台灣與香港間之各式劃界／越界，都有十分精彩的議論，亦不時可見作者欲視香港為一「文學和文化的空間」、「有一種『文學的存在』」，以及把香港文學當作「一個文化結構的概念」。《大系》編選時以「香港文學」而非「香港作家」為根據，更能揭示香港這一文學和文化空間之包容、流動特質。而且因為名為「香港文學大系」而非「香港新文學大系」，復考量到彼時香港文學積累了豐富的舊體詩文與鮮明的庶民性格，此《大系》特闢《舊體文學卷》、《通俗文學卷》與《兒童文學卷》三者，如此可益發彰顯香港這塊文學空間之特質。這套《大系》從擘畫到執行，在在透露出欲與過往華語文學界各類「文學大系」編纂工程對話之企圖。倘若能將香港陳國球與（三度在台灣主持或總編文學大系的）余光中並置比較，應能引發更多延伸思考。作為關心香港文學發展及文學史書寫的「外人」，我深信此大系對未來書寫「香港文學史」的助益，絕不僅止於蒐羅史料，更大的貢獻應是想像框架——儘管在台北紀州庵的發表會提問時間，陳國球教授明確回覆我：未來自己並不打算寫一部《香港文學史》。

　　《香港文學大系1919-1949・新詩卷》（以下逕稱《新詩卷》）是全套大系中最早面世者，2015年更榮獲第八屆香港書獎肯定。該卷主編陳智德在前人研究積累與自編之《三、四〇年代香港詩選》厚實基礎上，檢閱了大量早期報刊、雜誌與詩集，試圖重建彼時香

港新詩發展輪廓。讀畢全卷，我認為除了不可抹滅之文獻價值，更可看出這位主編亟欲呈現：在現代性與戰火交替進逼的時代步伐下，新、舊香港間有何變化？彼時詩人如何以詩來呈現香港的「今」與「昔」？借自上海的都市詩苗，如何在香港植出自己的本土花果？以上種種對香港身影與身世的關懷，早見於陳智德個人文集《地文誌：追憶香港地方與文學》（台北：聯經，2013），其目光始終離不開「我城」之流轉變遷。《新詩卷》不同於一般文學選集重視作者之知名度及影響力，卷首所收錄之第一、二人「L.Y」與「許夢留」，皆屬「生平資料不詳」的詩人，是主編陳智德在1925年《小說星期刊》上挖掘出來並認可的創作。這與台灣慣以追風〈詩的模仿〉作為第一首新詩、以張我軍《亂都之戀》作為第一部新詩集，並藉此積極追溯與建構出充滿故事性的詩史「起源」，顯然思維迥異。

既然有「L.Y.」與「許夢留」這類生平資料不詳者，現代派代表性詩人戴望舒當然不該缺席。主編挑選之〈我用殘損的手掌〉、〈獄中題壁〉兩篇名作皆發表於上海，應是基於「加法」而非「減法」思維下的決定。作為此卷都市詩書寫的代表，主編在〈導言〉中特闢兩頁篇幅談鷗外鷗〈禮拜日〉，卻給了兩個不同版本。先看第49到50頁，〈導言〉中引詩如下：

> 株守在莊士敦道，軒尼詩道的歧路中央
> 青空上樹起了十字架的一所禮拜寺
> 鳴響着鐘聲！
> 電車的軌道，

從禮拜堂的 V 字形的體旁流過

一船一船的「滿座」的電車的兔。

一邊是往游泳場的，

一邊是往「跑馬地」的。

坐在車上的人耳的背後聽着那

鏗鳴着的禮拜寺的鐘聲，

今天是禮拜日呵！

感謝上帝！

我們沒有甚麼禱告了，神父。

到了內文第 139 頁，這首詩卻變成：

株守在莊士敦道，軒鯉詩道的歧路中央；

青空上樹起了十字架的一所禮拜寺。

電車的軌道，

從禮拜堂的 V 字形的體旁流過

一船一船的「滿座」的電車的兔。

一邊是往游泳場的。

一邊是往「跑馬地」的。

耳的背後，

鏗鳴着禮拜寺的鐘聲，

今天是日曜日呵。

感謝上帝！

我曹沒有甚麼禱告了，神父。

此作 1939 年 2 月發表於香港《大地畫報》第三期，雖不至於看成是兩首詩，但確實缺乏對其間版本差異的說明，令人不解。同樣的問題，也出現在《新詩卷》所收錄之第一人「L.Y.」上：在〈導言〉（第 44 頁）、〈目錄〉（第 65 頁）、〈作者簡介〉（第 245 頁）俱作「L.Y」，到了內文（第 75 頁）卻變成「L.Y.」。正因為解釋闕如，遂讓這一點之差變得相當巨大。

在台灣閱讀《香港文學大系 1919-1949·新詩卷》，心中既充滿敬意，更有深深感慨。我敬佩的是香港學者、作家、出版商、捐贈人、研究機構與藝術發展局的持續支持及合作推動，讓這套從規劃到出齊耗時近七年的「漫長旅程」，總主編及各卷主編不至感到孤立無援。因為香港迄今在大學內部尚未設置如「香港文學系」般的相關系所，只能藉助（彼時尚未升格成大學的）香港教育學院「中國文學文化研究中心」成員及資源，換言之：大系是在香港文學「學科化」及「體制化」缺位的情況下，在教研機制或專業養成猶待扎根的條件下，編纂而成的出版品。

看看香港，想想台灣，怎能不讓人感慨？「香港文學研究」無法成系、立所、設學程，連香港文化人近年積極推動官方設置「香港文學館」皆阻力甚大，只能暫時轉型成「香港文學生活館」。台灣雖已有多家台灣文學系所及國家四級單位「國立台灣文學館」，但後者囿於經費預算、人員編制等條件，能夠投入在研究工作上的資源甚寡。思及《香港文學大系 1919-1949》各卷印刷發行後，便在香港及台灣等地積極安排推廣活動；台灣文學館坐擁自 2011 年起陸續印行的《台灣現當代作家研究資料彙編》（第一部為賴和，

今年 3 月編印至第五階段、第八十部，計劃共將出到一百部），除了每一階段照例辦一次新書記者會，在本地推廣方面竟遲至近期才真正起步，遑論如何進行國際推廣及校園深耕？「自己的文學自己推」，我是多麼期待：別停留在同溫層或小圈圈「內推」，還得努力往外推、往下推。

編者的眼光——《新詩卷》

鄭政恆　嶺南大學

　　過去幾年內，香港文學界的頭等大事，是十二卷本《香港文學大系 1919-1949》陸續面世，《大系》由香港商務印書館出版，包括了《新詩卷》、《散文卷》兩集、《小說卷》兩集、《戲劇卷》、《評論卷》兩集、《舊體文學卷》、《通俗文學卷》、《兒童文學卷》、《文學史料卷》。

　　由於研究興趣，我個人最關切《香港文學大系》中的《新詩卷》，書早在 2014 年出版，由香港教育大學文學及文化學系陳智德博士主編（除了《新詩卷》，他也主編《文學史料卷》，2016 年出版），《新詩卷》比陳智德之前主編的《三、四〇年代香港詩選》（2003 年由香港嶺南大學人文學科研究中心出版），收錄了更多的 1925 年至 1949 年的詩作，當中更新增了《小說星期刊》的無名詩人、天籟、張任濤、何涅江、林煥平、黃魯、陳實、黃雨、王巨儒等人的作品，也剔除了跟香港文學沒有太大關連的華南詩人如侯汝華和陳江帆。

　　《新詩卷》包括了多首香港詩歌佳作，例如生於香港的華南師

大老師李育中，他的〈都市的五月〉和〈維多利亞市北角〉，都是三○年代的城市詩歌書寫，他離港之後就少有這方面的作品。劉火子跟李育中同於 1911 年於香港出生，劉火子的〈都市的午景〉展示階級的二元對立，但比一般同類的平庸之作，更有藝術價值。

易椿年是當年相當出眾的青年詩人，二十二歲就英年早逝，他的〈金屬風——防空演習印象〉有現代人的戰爭感受，也不妨參照《文學史料卷》裏，李育中的悼文〈騎鶴而去的人〉，說的正是易椿年，文中的「吉茨」，如今已通譯為「濟慈」，但其實「吉茨」不論用廣東話和普通話讀出來，都接近 Keats 的發音。

徐遲的香港時期不足四年，這期間的作品離開了現代主義路線，比不上上海時期《二十歲人》詩集中的作品。柳木下是書中少數長年居於香港，直至於斯終老的詩人，他的詩作如〈在最前列〉和〈馬格里〉都有強烈的西化傾向。1957 年柳木下在香港出版唯一的個人詩選《海天集》，這些早年作品大多消失了，如果沒有《大系》，對柳木下詩藝的討論就難以說清楚。

然而要全面了解他們兩位詩人，除了看《新詩卷》，還應該參考《評論卷》中的相關文獻：柳木下在 1940 年發表於《華僑日報》的評文〈詩之鑑賞〉，並不是鬥志昂揚的時代文章，卻點出讀詩的經驗中，個人主觀感覺的必要，甚至以「抗戰敵人」日本的詩人堀口大學和西條八十的作品為例，如今看此文，興許有政治不正確的嫌疑，而且有以主觀意志凌駕集體的政治宣示，甚至出入於意象派及現代主義的詩作詩論，回頭細想，〈詩之鑑賞〉在香港一隅出現，似乎非此莫屬。

至於徐遲的〈抒情的放逐〉，引證了徐遲從現代派轉向的思路，《評論卷一》主編陳國球在《抒情中國論》一書中有專章細論，可惜評論卷篇幅有限，陳殘雲的回應文章〈抒情無罪〉和〈抒情的時代性〉都只能夠存目，讀者大可按圖索驥。

　　《新詩卷》中也有不少新發掘出來的佳作，何涅江的〈都市的夜〉是現實批判城市詩，以都市快照組織成詩，可以跟袁水拍的名作如〈梯形的石屎山街〉和〈後街〉對照，只可惜何涅江的生平資料不詳，不知何許人也。

　　四〇年代的香港新詩似不及三〇年代，陳殘雲的〈海濱散曲十章〉是香港淪陷前夕的現實批判城市詩，戴望舒的名作〈致螢火〉、〈我用殘損的手掌〉、〈獄中題壁〉已廣為傳誦和研究，梁儼然的〈秋夜之街〉將現實壓力與浪漫抒情結合得天衣無縫，據生平簡介，梁儼然生於 1917 年，不知如今是否健在呢？

　　盧璟在過去一段時期生平不詳，在陳智德尋索下，終於水落石出，原來是當年達德學院學生俞百巍，他的〈新墟呵，新墟〉是屯門的地方書寫，也是香港西新界文學的必讀篇章，而黃雨的〈蕭頓球場的黃昏〉就是灣仔區的重要詩作，〈上海街〉更是新發掘的滄海遺珠。

　　最後《新詩卷》以南來詩人何達壓陣，他的詩作〈我的感情激動了〉不單預示了共產黨全面勝利的希望，也開展了以後五〇年代香港的左翼詩歌的風格，在拙編的《五〇年代香港詩選》中，僅收錄他的詩作兩首，但何達大概是當時承傳現實主義詩歌傳統的重要代表了。

三四〇年代的香港新詩有多種風格，可以跟同時代中國新詩並置閱讀，不遑多讓，香港新詩又兼具本土特色，部分城市詩、方言詩和抗戰詩都有地域特點，若說新詩為當時香港文學相當突出的一環，應無異議。

　　《新詩卷》中，柳木下與戴望舒是有六首詩作入集的兩位詩人（組詩當一首計算），他們兩位將現代風格與寫實主義的詩風結合起來，平衡得恰到好處，應得與眾不同的肯定。劉火子、黃魯與黃雨有五首詩作入集，其中黃魯的作品似乎並不算十分突出，甚至水平大概未及有四首詩作入集的李心若、易椿年、徐遲、袁水拍和鷗外鷗等，在此尤其要點出鷗外鷗，他的傑作如〈和平的礎石〉、〈禮拜日〉、〈文明人的天職〉、〈狹窄的研究〉，就是現代主義與香港本土特色結合的高妙成果，Made in Hong Kong，只此一家。

　　總的來說，從《新詩卷》可見編者陳智德的眼光，在三四〇年代香港新詩的研究上，他已自成一家，詩選更獲得第八屆香港書獎，實至名歸，但《新詩卷》不足三百頁，詩人生平簡介也比較簡略，與其他各卷相對而言就令人略感單薄，原因大概是《新詩卷》較早出版，資料卻是與日俱增。

　　我個人期許《新詩卷》可以增訂再版，以饗讀者。

編輯部署與多元解讀——話說《散文卷》[1]

曾卓然　嶺南大學

　　《香港文學大系・散文卷》這兩本書為甚麼很重要呢？一般來說，「大系」是一種結集，意思就是為一段完結了的時代來一個總結，所以「大系」通常收入熟悉的作家、知名的作品，閱讀時總帶有一種看名畫展看大師的感覺。不過《香港文學大系 1919-1949・散文卷》並不是這樣，他是一本全新的書。這是一本追跡、回溯、考掘之書，閱讀時更多地感受到發現的驚喜，不熟知的作品往往能更新你的觀念，你會驚訝那個時代的人是這樣思考的；數十年前的街道是這樣的：「從深綠的樹林裏，有時踱出三五個異國的青年，穿着雪白的內衣，似是而非的哼着他們的歌調，還動人的是那小小的提琴，密密不歇地發出沉重的聲音。」你猜是哪條街？如此歐陸風情，竟然是油尖旺彌敦道！那些作者的名字大多是不可考的筆名，從文章看也應不是甚麼大人物，可以用一種平視的感覺去閱

1　此文原刊於香港文學評論學會網上平台，「香港文學的收集與編彙特輯」http://101arts.net/viewArticleList.php?type=hkarticle&cid=16&page=1。

讀。我們慣性認為那些塵封在過去的人們及其日常，跟今天截然不同，書中散文年代久遠，自然帶有歷史感，但不時出現熟悉的片段，使我們確切感受到文中所寫正是我們生活的同一個地方，並不如想像中遙遠。那些生活的本質的重像，就將忽地看一部粵語長片，看到鄭君綿在電影《兩傻遊天堂》唱〈一身蟻〉時發現當中女主角穿了 2015 年女生的時款長裙一樣。

1949 年以前的香港文學狀況是怎樣的呢？即使去問香港文學研究的專家，這也絕不是一條容易回答清楚的問題。首先尋找資料就相當困難，超過六十年前的報紙、書、雜誌仍保存下來話都是古董了，聽總編陳國球在講座中說過，不少資料還要上舊書網和大陸書商鬥價搶回來。以我所知像孔夫子網那種舊書網，不少書都是天價，有心頭好非買不可的話絕對只能高價買。而且《香港文學大系》編選的範圍年度久遠，不能通過向作家約稿等等的方法處理，必須一步步找資料、翻文獻，還要在模糊的舊件上辨正字粒，外加一系列大大小小的工作和資源投入。這種項目很難單打獨鬥完成，也注定了這叢書需要有大型出版社包底、大學科研與政府資助甚至私人捐助投入才能完成。

曾經在不同場合聽過不少香港文學研究者說過：香港未到時候寫香港文學史，而且往往提到小思的意見。那小思其實是怎樣說的呢？28 年前，1988 年小思在《香港文學》上發表了〈香港文學研究的幾個問題〉一篇文章，在文章中小思提到當時香港文學研究有哪些誤區，當中有甚麼還未做好的功夫，也提到好一些需要關注的前人研究。文章最後一個觀點副題為：「短期內不宜編寫文學

史」，內文云：「由於香港文學這門研究仍十分稚嫩，既無充足的第一手資料，甚至連一個較完整的年表或大事記都還沒有，就急於編寫《香港文學史》，是十分危險的事情。」篇末還有一個附記：「1988年10月16日筆者出席北京社會科學院與上海社會科學院文學研究所合辦的『中華文學史料學研討會』，又把本文加以修訂，再加『近十年香港對中國現代文學史料研究』，合成一文作會上發言。」意思就是這篇文的受眾，和這篇文章的發表地是有關的。我認為，小思「短期內不宜編寫文學史」的說法大概與當時回歸前中國大陸對書寫香港文學史的熱潮有關，不過，整篇文章也為後來的研究者指出了明確的方向，既有針對性也是普適的。近年香港文學的研究成果很豐富，如許定銘〈編寫香港新文學史的凌思斷片〉一文中也寫得很清楚，從這點上看《香港文學大系》的出現也可說是和小思文章中的看法是相通的，小思的文章陳述了香港文學研究的重要「需求」，在對香港文學資料整理與保存的學術共識下，在希望終將誕生真正的香港文學史的遠景下，《香港文學大系 1919-1949》更多的帶有追跡、考掘的味道，編者在兩部《散文卷》中花很多心機去為散文作者寫作小傳，也沒有忽略很多文學選集缺少的原文發表地及日期，從種種的細節，可看到編輯團隊的史觀，也可說幾代香港文學研究者共有的一種「香港文學史自覺」。

這部《散文卷》之中，幾位學者的序言都值得注意。首先是陳國球教授的〈總序〉，文中前半則最主要討論眾「大系」的重要前驅《中國新文學大系》的編輯意圖。當中提到劉禾的一個判斷，這個觀點的原整中文版本可以在她的名作《跨語際實踐》第八章「《中國

新文學大系》的製作」中找到，她說「從某種意義上說，《大系》是一個自我殖民的規劃，西方成為人們賴以重新確定中國文學意義的絕極權威。例如，《大系》把文類形式分為小說、詩歌、戲劇和散文，並且按照這種分類原則來組織所有的文學作品。這些文類範疇被理解為完全可以同英語中的 fiction，poetry，drama 和 familia prose 相對應的文類。」陳國球認為劉禾此一論斷為「一種非常過度的詮釋」。劉禾的論斷的確讓人感到倉卒，但她的說法其實也從一定的理論體系而來，依我的理解，她很重視「部署」（deployment）這概念，認為一個地方的現代性的發展過程，可以用「部署」來作討論，「現代性部署」自然與當中運作的人有關，知識分子、編輯、翻譯家，都有一定的權力話語在其中。「現代性部署」這個觀點有它很大的詮釋解讀空間，也很有啟發性，也令我們想到現代性的概念當中，其實可以有很多可能性和可操作變化之處，近代也會有論者討論到現代性的多樣性與多種可能，劉禾的觀點則提供了這種可操作的方式。劉禾在使用 deployment 的說法時重點傾向在實踐操作者上，如用此一觀點來看《中國新文學大系》的編輯們，包括趙家璧等人，那麼這些建立所謂「大系」體系的「部署」者，正是他們把西方的文類觀點「部署」進當時中國。那《香港文學大系》是不是也有同樣的情形呢？陳國球在序中已經非常清楚的回應了此一觀點，他在序中說：「這些《中國新文學大系》各卷的編者，各懷信仰，尤其對於中國未來的設想，取徑更千差萬別；但在進行這些編選工作時，其相同的思路還是明顯的 —— 就是為歷史作證。」我點出陳國球在大系中的對劉禾說法的反駁，也寫了這麼一段講劉禾的

說法，是希望並把兩種「寫史」的論斷並置，去提出一個問題：編文學大系是所謂的「權力部署」，還是為「為歷史作證」？

　　陳國球認為劉禾的詮釋是一「污名化」的詮釋，而我認為這一詮釋的危險在於，所有文學的出版、資料的整理也可以被視為一種「權力部署」。如前述許定銘文章提到過眾多香港文學研究者的成果所看到，《香港文學大系》背後有明顯的「為歷史作證」的意味，我相信在解釋了劉禾的說法後，也會對大家理解陳國球在總序中對劉禾的批評有幫助。

　　但對散文此一文體而言，劉禾的詮釋還有可以討論的地方，她說《中國新文學大系》中的四大文類可等同英語中的相應文類；在短篇小說、戲劇和新詩這幾個文類，還能夠辯說得通，但在散文上這樣說就不一定準確。我們可看《中國新文學大系・散文卷二》郁達夫在〈導言〉中的說法，他認為能把 Essay 的觀念和中國現代散文類比，但「其實這一種說法，這一種翻譯名義的苦心，都是白費的心思，中國所有的東西，又何必完全和西洋一樣？西洋所獨有的氣質文化，又哪裏能完全翻譯到中國來？所以我們的散文，只能約略的說，是 Prose 的譯名，和 Essay 有些相像，係除小說、戲劇之外的一種文體；至於要想以一語來道破內容，或以一個名字來說盡特點，卻是萬萬辦不到的事情。」可見郁達夫對此有很高的警覺，實在不應該硬說郁達夫有意圖作「自我殖民的規劃」。那麼周作人呢？周作人在五四早期，嘗試過把現代散文和英美散文類比，不過很快他就建立了一套自己的散文理論。他認為現代散文與晚明小品相通，並在《中國新文學的遠流》創造了他的「言志、載道」的

文學發展觀念，所以在《中國新文學大系·散文卷一》〈導言〉中他說：「現在的文學——現在只就散文說——與明代的有些相像，正是不足怪的，雖然並沒有模仿，或者也還很少有人去讀明文，又因時代的關係在文字上有歐化的地方，思想上也自然要比四百年前有了明顯的改變。現代的散文好像是一條湮沒在沙土下的河水，多少年後又在下流被掘了出來，這是一條古河，卻又是新的。」就算他更早在 1921 年〈美文〉說寫文章可參考蘭姆、歐文、霍桑的文章，也補說：「我們可以看了外國的模範做去，但是需用自己的文句與思想，不可去模仿他們。」如果要說中國現代文學是模仿西方，似乎過不了散文這一關。不過劉禾的「現代性部署」在這確實有啟發性，研究者蘇文瑜在《周作人：自己的園地》（*Zhou Zuoren and an Alternative Chinese Response to Modernity*）就認為周作人通過他的散文去證明了，現代人怎樣在轉化傳統中國的美而創作。我借蘇文瑜的觀點去看，周作人比郁達夫有更明顯的意圖和「部署」，不過所部署的看來正和劉禾所指的相反。

為甚麼要說這麼多有關部署的話題呢？我想要問的是，就算各編輯間各有「部署」，如周作人、郁達夫，編者有自己的散文體系和想法，選本成書以後，你相不相信文章本身能發出自己的聲音呢？你相不相信讀者能有他獨立的解讀呢？陳國球在〈總序〉小結卻是這樣說：「各種論見的交錯、覆疊，以至留白，更能抉發文學與文學史之間的『呈現』與『拒呈現』的幽微意義。」你比較相信編者「部署」，還是文學自有天地「拒呈現」，上引陳國球的說法正回答了或是展開了本段的提問。

《香港文學大系 1919-1949》兩本散文卷以 1942 年香港淪陷前後為界劃分，因為如我先前所說的有「文學史」的想法在當中，寫導言自然講不出像周作人在導言中：「我可以說明我的是那麼不講歷史，不管主義黨派，只憑主觀偏見而編的」這種話，《散文卷二》危令敦的〈導言〉着重回顧當時香港歷史，對當時香港的實際狀況和報業狀態作了精要概括，〈導言〉後半部則分門別類，依「分析、記述、描繪與抒懷」為類舉例說明。《散文卷二》反映戰後香港聚集了不少文化人才，葉靈鳳、三蘇、舒巷城、黃蒙田的選文也很好讀，如危令敦有趣的概括：「香港這塊『飛地』曾經發揮微妙而重要的作用，不僅被稱為『文化中心』，更被譽為『輿論中心』，甚至被比喻為言論的『天堂』。」

　　《散文卷一》所包括的年代更為久遠，有些資料的散佚更無可避免。樊善標在〈導言〉中除了列舉盧瑋鑾、黃繼持、鄭樹森、黃康顯對這時期的文學研究的貢獻外，他亦指出當時香港的散文與中國大陸的互動情況，例如和中港有互動的如「抗戰文藝」、汪精衛系「和平文藝」，又例如他指出徐遲在〈抒情的放逐〉後並未完全放棄抒情，都是有趣的觀察。樊善標提出更重要的觀點可能是他寫到二十年代末香港文學「其實不僅文風，不少文藝刊物整體上都有前期創造社或中期創造社『小夥記』的影子」，個人覺得樊善標此一觀察在日後的香港文學史中可能成為這時期散文的重要論述支點。

　　上述的中港同步或可以視為兩位編者在〈導言〉中的「文化中心」作一旁證，例如《散文卷一》有一篇署名衛道批評林語堂《人間世》的文章，寫於 1934 年 4 月 30 日，當中批評《人間世》：「既有

閑，又有趣，出口『幽默』，閉口『小品文化』，高調低調都不來，只求個人的玩世驕懷。」《人間世》發刊於 4 月 5 日，不論是時間和口徑，都和當時上海對林語堂及《人間世》的大量批評同步。這個多少證明了，香港在當時也是文化輿論的戰場。

　　中港同步或互動有明確的歷史背景，《香港文學大系》的幾位編者在文章中已經寫得很清楚，在今日社會重視「本土」的聲音下，香港的歷史更需要被清楚了解，才能把「本土」論述的根基打得更穩。《香港文學大系・散文卷》茲事體大，兩篇〈導言〉和周作人郁達夫所着相比自然克制得多，沒有後者的龍飛鳳舞。不過正因如此，我們對大系的第二輯、第三輯更有所期待，就好像一套系列電影，第一集後，很多的伏線可能會在下一集開花。

突破盲點、發現「盲腸」——讀《小說卷》

譚以諾　香港浸會大學

　　《香港文學大系・小說卷》卷一和卷二分別由謝曉虹和黃念欣編撰，卷一謝曉虹負責 1919 至 1941 年的部分，黃念欣則負責 1942 至 1949 年的部分。這個分期，大概是按香港日據時期前後所分，未必有歷史的必然性，但卻是方便學者編輯的方法。

　　兩位編者，自有兩種選文的態度，只要讀畢一遍兩卷的選文，就不難發現。謝曉虹曾在公開講座中表明，她傾向選取一般讀者較少認識的作家、作品，也會選取較為實驗性的作品。她也不諱言，選文會受個別編者脾性所影響，雖然大方向上必然要顧及文學史對編者的要求，但在微小而能調適之處，她會選擇與她脾性相近的文章。

　　就以侶倫的部分為例，一般對香港四九前文學史稍有認識的同好，大概會期待編者會選上〈黑麗拉〉，這無他，皆因〈黑麗拉〉在當時的文學評論上引起現實主義和浪漫主義的爭論（參考《評論卷一》），同時亦看見當中受《茶花女》影響的痕跡，是西風東漸影響的好讀本。它流行，同時切中當時的文學風氣，亦被改編成電影

《蓬門碧玉》，受後人注目自是可以想像。

但謝曉虹卻避開這篇，選了描繪輕巧現代男女戀情的〈Piano Day〉、作書寫聲音實驗的〈安安〉和夫妻間錯摸的〈絨線衫〉。我或許可以説，縱觀謝曉虹的選文，我們會看到一個現代輕巧、實驗性強和古今混雜的香港。就現代性和實驗來説，不得不提謝晨光。他的作品在上海《幻洲》和《現代小説》發表，明顯看出與上海現代派和新感覺派的關聯。特別是〈La Bohème〉這篇，看出了大都市中頹廢浪子的寫作美學、電影等都市文化對文學的影響，更重要的是，這篇在 1927 年寫成的作品，主題、內容與結構，竟與幾年後施蟄存的〈在巴黎大戲院〉十分相似，難免令人猜想，施蟄存是否有受到謝晨光這篇的影響。

説到古今混雜，最能説明莫過於張稚盧的〈牀頭幽事〉，文字與形式上近似古典小説，但意識上卻又十分大膽，一段出奇不意的出軌妻子重演出軌戲碼的文字，叫人讀得目定口呆、異常歡快。或許我可以借用謝曉虹在〈導言〉中引用陳國球的比喻，陳國球説香港「不入體系」的文學史，使得大陸的現代文學故事頓然口吃，直如「盲腸」。我總覺得，謝曉虹也是懷着這種「盲腸」的想法，才編選了這卷《小説卷一》。

至於黃念欣編的《小説卷二》，就顯得大路得多。沒有那些生平不詳、甚至連男女也難以分辨的釵舸、盈女士、騰仁、湘文等，所看見到的都是同好所共識的姓名，例如黃藥眠、戴望舒、葉靈鳳、黃天石、黃谷柳，甚至是茅盾。單從名單，就已能看出香港早期文學史中的一個轉折：四十年代南來作家巨大的影響。這情況一

直影響着香港文學的發展，從四十年代一直到七十年代，幾次的南來潮都為香港帶來了不少新的文學能量與衝擊。

而回到四十年代初，黃念欣的說法很好，表明了在這一波南來作家影響下香港文學的複雜性，在這段時間，香港出現了文學的緊縮、宣傳性文字的衝擊，並南來北往作家所帶來的「不純正」或「非本」的焦慮。其中一篇有趣的示範，就是司馬文森的〈南洋淘金記（節錄）〉。一貫以來，我們閱讀香港華文文學，很多時候會思考與大陸華文文學的關係，例如這卷二中的戴望舒、葉靈鳳和茅盾都是從北南來，還有未及收入這卷卻又在近年火紅的蕭紅。然而，香港文化不論在二次大戰前還是戰後，與南洋的華文世界有很密切的關係，而在學界中新一輪關於「華語語系」（Sinophone）的討論，則更叫人在香港尋出非傳統南來的線索，當中所看見的，是文化、地域、言語、生活習性的擴張，從中看出香港的龐雜與豐富。

所以說，黃念欣所編的這卷中，也不是不見「盲腸」的。另一條「盲腸」就是黃谷柳的〈劉半仙遇險記（節錄）〉。黃谷柳以章回的格式，寫游擊隊的戰事。游擊隊說是不信神佛，卻又借助劉半仙言說的影響力，助他們達到戰事——這或許可以看成是黃谷柳寫作狀況的隱喻。不論是這篇還是《蝦球傳》第一部分的〈春風秋雨〉，都可以看出他受庶民生活所吸引，寫及被大論述所排拒的生活細節，寫得特別起勁。於是，他在左翼評論的論述面前，以某種合乎意識形態的框架，把庶民生活暗渡陳倉，為香港文學保留了一段美妙的風景。是以，在今天，我們才可能由〈春風秋雨〉的灣仔，一直追索至黃碧雲《烈佬傳》和馬家輝《龍頭鳳尾》的灣仔，寫成數

十年變遷的灣仔地誌故事。

　　最後，《小説卷》中的作品固然重要，值得一讀，以便更深的了解香港文學史；同時，謝曉虹和黃念欣的〈導言〉，也是不可錯過，成為我們了解四九前香港小説重要的入門文章。

尋找「香港」的聲音
——淺談《小説卷》的一種讀法

李薇婷　香港中文大學

1. 引言

在《小説卷二》的〈序〉末讀到自己的名字，實在是有點意外
——「意外」二字，貫穿我閲讀《香港文學大系》的過程。閲讀《小
説卷》，如同閲讀一些早應在腦海中存在的記憶，卻又意外於它們
的陌生。記得念欣老師喚我替她到圖書館查找茅盾刊登在《文匯報》
上的〈鍛鍊〉，把整頁報紙版面截取下來時，我亦着實地感到「意外」
——刊登〈鍛鍊〉的格子周邊，是漫天戰火的內地消息（像 1948 年
11 月 2 日的〈鍛鍊〉，上方就是「蔣經國面臨絕境」、「撤退聲中的
青島」等消息），陳克明和蘇子培為了營救蘇小姐的計劃，並不比
這些新聞來得輕鬆，幸而他們在小説世界裏，躲過了現實的殘酷。
閲讀《大系》，就是一場又一場「意外」的發現過程，這也許是現在
我能想到的，最佳的描述。在這篇文章裏，我無意為這兩卷跨度

三十年的小説卷定位，更遑論分析，只是提供一種讀法與觀察，以一個娓娓道來的關於讀者的故事，答謝這兩卷《香港文學大系・小説卷》所給我的許多許多，時而關於歷史、時而關於作者、更多時關於文學的故事，嘗試從中尋找屬於「香港」的聲音。

2. 建構「立體」的聲音：從〈總序〉與各卷〈導言〉説起

《香港文學大系・小説卷》一、二（下簡稱《卷一》及《卷二》），雖屬同一文類，卻分別由謝曉虹及黃念欣所編選，這方針保留了許多彈性，上、下冊一併讀來，竟可讀出兩種迥然的選文風格，可算是另一種「意外」收穫。陳國球在〈總序〉中將之形容為「文學大系」的其中一種基本特徵：

> 這多冊成套的文學書，要能自成結構；結構的方式和目的在於立體地呈現其指涉的文學史；「立體」的意義在於超越敘事體的文學史書寫和示例式的選本的局限和片面。[1]

《大系》的自成結構，是為了「立體」地呈現文學史，而文學史並非敘事體的，亦應避免成為示例式的選本。這種「立體」呈現的可能性，源自於各卷不同編者，雖同樣希望以呈現文學的歷史軌跡為基本立足點，但在編選作品，或是文學取向上，卻可能（亦應該）

1　陳國球：〈總序〉，《香港文學大系・小説卷一》（香港：商務印書館，2015 年 7 月），頁 17。

各懷信仰的。可以說,《香港文學大系》繼承了這種特徵,而且在每卷都收錄的〈總序〉與獨立卷別編者的〈導言〉中,這種特徵亦已甚明顯。

在閱讀《香港文學大系》時的第一個「意外」,亦來自這種自成結構的多聲道之感。以謝曉虹與黃念欣在《卷一》及《卷二》的序文為例,便見二人的思考各有不同側重點,亦從不同方向選文,因此形成了更立體的聲音。

陳國球在〈總序〉中如此說:「『香港』應該是一個文學和文化空間的概念:『香港文學』應該是與此一文化空間形成共構關係的文學。」[2] 正如樊善標所推論,〈香港文學大系·總序〉中透露一種以空間作為基點,來介定「香港文學」的方法。[3] 這種方法,謝曉虹在《卷二》的〈導言〉中有同樣的思考:

> 這裏收入的華文小說,選自 1919 到 1941 年之間。兩個時間刻度,便於故事的啟動與收結。〔……〕我們或也不妨視這些時間標記為複合時空體的兩個側影、返回歷史現場的兩個臨時入口。
>
> 我把這個選本理解為某種「歷史」的入口,並非視小說為時

---

2 陳國球:〈總序〉,《香港文學大系·小說卷一》,頁 24。

3 樊氏在文中提及〈總序〉雖無引用黃子平教授對於香港文學主體性悖論的論點,卻有意在行文之間回應之,並嘗試以「文化空間」來介定何謂「香港文學」。本人在閱讀該文章時,論文尚未發表,得樊善標教授同意引用尚待刊出的論文論點,特此致謝。見樊善標:〈文學史「如何香港」的設想 —— 鄭樹森、黃繼持、盧瑋鑾香港文學「三人談」與陳國球〈香港文學大系總序〉〉,《政大中文學報》(2016 年 6 月第 25 期),頁 116-117。

代的「記錄」。[4]

　　這種以空間置換時間的方法，使作品自身的聲音比歷史的線性敘事更為凸出。有趣的是，謝氏把小說視為歷史的入口——時間標記只為方便說故事而定立，但故事裏的場境（小說），可能成為更多更多的臨時入口。文學作品成為反客為主的聲音，壓過了歷史的斷限，彷彿告訴讀者，歷史有太多時空複合的入口，我們可以穿梭於其中，尋找到意外的連結。

　　不得不提的是，謝曉虹在〈導言〉開首所引述布魯諾・舒茲在《沙漏下的療養院》中提出的一個大問題：「你要拿那些在時間中沒有自己位置的事件怎麼辦呢？」[5] 歷史的線性敘事，以時間為座標，卻忽略了這些「沒有自己位置的事件」。是的，文學史所使用的時間點，例如 1919 到 1941 年，我們應該要問那是屬於甚麼判斷下得出的時間點，更要問那些失落在所謂「重要的」時間點之間「無家可歸、無所適從的游民」怎麼辦。這情況有點像香港文學，畢竟曾經在中國文學史的時間中，失落自己的位置，凌亂地懸在空中。於是，找回「我們的」時間，找回「我們的」空間，或許就是《大系》所着力的方向，亦是小說之為入口所抵達的彼岸。

　　這種方向不單能從謝氏的序中讀到，亦能在黃念欣的卷二〈導言〉中讀到。黃氏運用了柄谷行人在《日本現代文學的起源》中提

4　謝曉虹：〈導言〉，《香港文學大系・小說卷一》，頁 43。
5　謝曉虹：〈導言〉，《香港文學大系・小說卷一》，頁 43。

及的「風景」論來追蹤香港文學的起源 —— 起源可尋,但並非點對點,而是散落在各個不同作品中、高低遠近不同的「起點」。而這些點,是一幀又一幀的「風景」。「風景」二字本就用以形容空間,柄谷行人在閱讀大量的線性文學史敘事後引來的對起源的迷思,未必沒有以空間置換時間的思考,他要「發現」各種小說中的「風景」,一種可視的認識裝置,由此來確認現代文學的起源。這不是純然寫實的「發現」—— 更遑論寫實主義小說書寫的虛構(Fiction)實踐,本就弔詭地遠離「寫實」本意 —— 柄谷的目標是「顛倒的視覺」,正如黃念欣所言,她透過作品希望尋找的香港風景,「往往不在『常態』景物中得之,它包含觀賞者視覺之變化」,[6] 風景所形構成的深意,不止於外表,而是滲有作者對香港的想像與體驗。

無論是尋找入口,抑或是思考起源,都是殊途而同歸,回應了自八十年代起浮現的「香港文學」界定的討論,以及撰寫一部從香港視角出發的《香港文學史》的呼聲。由是,檢視《香港文學大系》裏收入的各式篇章,自然可以梳理出各卷編輯對香港,甚至是香港文學史的想像。

3. 尋找散落的聲音:《大系·小說卷》一、二的香港

殊途雖為求同歸,但路上風光畢竟迥異多姿,選文結集後所帶

6　黃念欣:〈導言〉,《香港文學大系·小說卷二》(香港:商務印書館,2015 年 7 月)頁 46。

出的香港的質感亦不一樣，這不純然是歷史背景使然，更加是編者的心思所致。從選文的方向，或可推斷出編者如何編排香港文學中的多重聲音，組成文學史的旋律。綜觀而言，《卷一》中較多短篇，實驗性強，走偏鋒的《字紙籠》、新奇諧趣的《有所謂報》，以及嚴肅、現代意味強烈的《島上》、《鐵馬》均有收錄在案；而《卷二》選文篇幅則相對較長，入選的作家較為經典，但所選作品卻毫不失色，在寫實中亦能探討「香港」這個空間所盛載的各種故事聲音。比對兩卷，不難發現「香港」的幾個面相，而這些面相，能助讀者認清香港文學史至少應包括在內的幾個範疇。

3.1 香港作家的「北上」故事：新感覺派的繼承

這些散落的聲音，首先就是香港作家的北上故事。《卷一》收入幾位很重要的早期香港文學作家作品，包括謝晨光、張稚廬、張吻冰、哀淪和侶倫。有趣的是，入選的篇章不單來自本地刊物如《島上》、《鐵馬》、《紅豆》，亦有來自上海的《幻洲》、《現代小說》，甚至作者在香港脫稿但在上海出版的作品。[7] 上海與香港的雙城故事，向來只有「南下」的視角，而缺乏「北上」的觀察，而《卷一》在選收篇章上收入許多香港本地青年在上海發表的作品，則見香港作家的「北上」故事。

一如盧瑋鑾在《早期香港新文學資料選》的編選報告〈三人談〉

7　例如張稚廬的《牀頭幽事》，1929 年 7 月 25 日脫稿於香港，卻於 1935 年在上海大光書局出版。見謝曉虹編：《香港文學大系‧小說卷一》，頁 246。

中，總結早期香港新文學青年的心態，《島上》作家羣張吻冰、侶倫，特別是謝晨光，都對上海的現代文學有一定的嚮往：

> 自二十年代末到三十年代初，那羣愛好新文學的年輕人在摸索中，才開始接觸到上海大都市浪漫式的都市文化，如看到上海的雜誌等。謝晨光先生便覺得，他雖然自己在香港辦刊物，但總要向上海的雜誌投稿才可以表示自己的身份，才覺得威風。〔……〕我認為他們上接上海的成份，多於上接廣州。[8]

這種思路在《卷一》的入選作品中可見繼承。例如謝晨光便是「北上」成績豐碩的香港作家，[9]《卷一》收入他的四篇作品，除〈La Bohème〉外均發表在上海。收錄謝晨光在上海刊登的小說，除了透露香港與上海之間的連結外，更重要的是，正如編者謝曉虹所言，香港作家在北方並不被收割入中國文學史的範圍中，他們就像是那些在時間中沒有自己位置的事件，而他筆下的香港空間，就這樣失落在上海洋場霓虹燈影中。

與上海新感覺派的作品氣息異常相近地，謝晨光筆下的香港洋場、電影院，亦不失風情，特別是〈La Bohème〉和〈哀傷的勝利〉，前者猶如施蟄存筆下的巴黎大戲院，「我」對坐位邊的女士起

8　鄭樹森、黃繼持、盧瑋鑾：〈編選報告〉，《香港早期新文學資料選》（香港：天地圖書，1998 年），頁 6。

9　陳子善：〈香港新文學的開拓者 —— 謝晨光初探〉，《活潑紛繁的香港文學 —— 1999 年香港文學國際研討會論文集》（上冊）（香港：香港中文大學新亞書院、中文大學出版社，2000 年），頁 117。

了情色的想像，以致無心觀影，而謝晨光筆下的 S 亦無法回答電影是否好看，因為他全程只在幻想 A 的身體。而〈哀傷的勝利〉裏充滿電影感的書寫方式，亦不禁令人聯想到新感覺派着重視覺的書寫傾向。

3.2 波希米亞風尚與文人憂時感性的拉扯

同樣在香港發表許多作品的「島上社」成員侶倫，亦常在上海發表作品，例如《卷一》收錄的最早刊在《朝野公論》的〈Piano Day〉，後來便易名〈超吻甘〉（Chewing Gum）發表在《中華月報》當中。[10]《卷一》挑選了侶倫的四篇作品，連同《卷二》的〈無盡的愛〉和〈私奔〉，細讀作品，我們不難看見侶倫筆下香港本土 / 異國對照的「風景」，[11] 以及身為文化人在香港的困窘心境。[12] 而兩卷並讀之下，侶倫筆下的波希米亞氣氛，與憂國傷時的文人底色互相拉扯，使他成為很特別的例子，重現了長年被壓倒在左、右意識形態的爭逐之下，被「淹沒」的香港本地聲音。

八十年代突然「流行」的香港文學研究，討論中存在許多尚待釐清的概念，論者將焦點放在政治力量的影響之上，卻忽視了香港本地的聲音，形成了許多香港文學概念中的刻板形象，[13] 甚至在香

10　例如發表在《現代小說》第二卷第四期的〈以麗沙白〉、《北新》半月刊中的〈伏爾加船夫〉、〈一條褲帶〉、《東方文藝》第一卷第五至六期的〈遊戲與義務〉等，雖未收入在《卷一》中，但仍是侶倫早期在上海發表的小說。

11　黃念欣：〈導言〉，《香港文學大系・小說卷二》，頁 55。

12　謝曉虹：〈導言〉，《香港文學大系・小說卷一》，頁 66-67。

13　例如將「美元（援）文學」直接等同於「反共文學」，這方面盧瑋鑾已在〈香港文學

港延續中國內部的意識形態爭論，例如三十年代的大量文學論爭。《卷一》及《卷二》收入侶倫六篇作品，其中〈Piano Day〉及〈無盡的愛〉雖見言情本色，卻同時能見香港年輕知識分子的前衛與掙扎；而〈安安〉、〈夜之梢〉及〈私奔〉則以憂時之筆書寫了動盪時期的香港。

〈Piano Day〉裏的 T、P、我都是年輕知識分子，終日流連在咖啡廳，生活不無波希米亞之風，特別是文中描寫 T 在咖啡廳中把玩一張游藝會的秩序表，把它來回捲起又鬆開，絕不遜於丁玲的莎菲在家裏無聊得來回翻熱牛奶，卻又不為喝掉，只為解悶之舉。這種頹廢的、不願受社會一般價值所約束的行為與思考，遠不止於日式咖啡廳的異國情調，而是一種波希米亞香港的呈現。

但是，這樣一位波希米亞的侶倫，亦有不少感時之作，〈夜之梢〉與〈私奔〉都寫貧困者逃租，兩文的筆調一洗前衛，趨向寫實。而〈安安〉寫戰亂走難者從鄉間逃轟炸至香港，在睡夢中想起大兵的粗暴行為，以及爸爸在轟炸中死去。有趣的是，〈安安〉經過改寫，最後定稿為〈輝輝〉，把原本在睡夢中的小孩安安，改寫成從夢中清醒的輝輝，並且親自目睹爸爸被日本大兵殺死，把一切的不確定性消除，取而代之的是清晰的敵人。改寫與原稿之間的刪增，正凸顯了侶倫所經過的拉扯，〈安安〉是感時憂傷的即時回應，〈輝輝〉則似乎是鐘擺已傾向波希米亞的另一方，走向更堅定的左翼寫實文

研究的幾個問題〉一文中提出反思。見盧瑋鑾：〈香港文學研究的幾個問題〉，《追蹤香港文學》（香港：牛津大學出版社，1998 年），頁 64-65。

藝路線。而《卷一》、《卷二》的並讀，讓我們能順時序地察看出這種搖擺。這種聲音，是過去曾出現的《香港文學史》中，甚難聽到的部分，散落於意識形態先導的作品身旁，悄然被忽略掉。

3.3「南來作家」的聲音：站在本地視角的一點回應

《卷二》收入 1942 至 1949 年間的香港文學作品，剛巧經歷淪陷時期，而這期間的小說選本亦缺。[14] 正如黃念欣所言，這段時期的作品「反映了如此『身不由己』的香港時刻」，但這類作品是否就具代表性？事實上，在《卷二》的作品聲音裏，早已隱含回答的線索。較值得注意的是，相比《卷一》，《卷二》收入了較多南來作家的作品，這可能是基於時局影響，而從卷別〈導言〉中，黃念欣亦解說了從這些南來文人的作品中，我們能照見香港的哪一個面相：

> 從「風景論」的角度，南來作家的作品在四十年代香港出現，是有其獨特的意義。〔……〕既是社會上普遍狀況的縮影，也寄喻了當時內地人對五光十色香港的想像，以及實際情況的落差。[15]

南來作家對香港處境的描繪，一直是香港文學重要的一片風景，與本土作品之間相互對照，更能照見香港的不同面向。盧瑋鑾

14　除盧瑋鑾、鄭樹森編《淪陷時期香港文學作品選：葉靈鳳、戴望舒合集》（香港：天地圖書有限公司，2013 年）涉及淪陷時期香港文學作品選外。

15　黃念欣：〈導言〉，《香港文學大系・小說卷二》，頁 58-59。

曾提出對「南來作家」一詞的幾點界定與反思，[16]《卷二》裏眾多入選的南來作家作品，正好是站在本地視角的幾點回應，亦為香港文學納入南來的聲音。而傾聽這些聲音，或能理出些許站在本地視角看「南來」的回應。

除了黃谷柳筆下奇蹟地成為極具本土意味的角色蝦球外，《卷二》收入黃氏不以香港為背景的〈劉半仙遇險記〉；另外，亦收入周而復的〈冶河〉以及茅盾的〈鍛鍊〉，這引證了南來作家在香港創作的「去香港」作品，其實是基於香港作為地理空間，予他們一定的距離，作一場「離」與「返」的思考——香港成為小說的生產場，卻不是小說的背景。

把這種「離」與「返」的思考極力發揮的，可能還要數陳殘雲的〈還鄉記〉，這部 1946 年的作品，以主角羅閏田從南洋過港居住一段日子，再轉輾奔往「更美好」的廣東鄉下，這場北返「回歸原鄉」的過程，面對太多落差，漸漸將四十年代華人流離失所，想像落空的困窘描繪出來。這種「南來」與「北返」的思考，不再止於離散文人希望還鄉的片面的中國性想像，而是從各種落差中，真切反省了香港作為內地與南洋之間的喘息空間的重要性——南洋的專制對比香港的自由；廣東鄉下鄉里間的金錢欺壓，比香港的租金與生活費之累更讓主角窒息。

把這類作品納入「香港文學」的範疇，或多或少有為「香港文學」爭取多一點與中國文學、南洋想像對比的空間，亦為「文化人

16　盧瑋鑾：〈「南來作家」淺説〉，《追跡香港文學》，頁 113-124。

為何南來」這道南來文人永不願說個清楚明白的問題，提供了一個好答案。

4. 餘論：回溯過去的聲音 ——「文學大系」呼喚的回應

　　除去對《卷一》、《卷二》選文內容的幾點看法，這套「文學大系」的出現，亦在文學史書寫進程中，回應了本地研究者從八十年代開始對「大系」的呼喚。面對八十年代的香港文學研究熱，黃繼持、盧瑋鑾等本地學者，都不約而同地呼喚學界着手整理香港文學「史料」，[17] 黃繼持更明言：「多年來始終未能出現諸如『文學大系』或系統性持續性的選本，更遑論由豐富的評論所積累起來的意見或共識了。」[18] 黃、盧和鄭樹森在 1996 年至 2000 年間出版合共十冊的香港文學作品選、資料選，以及《香港新文學年表》，正是肩負起整理史料的重任的前哨，而《香港文學大系》一系列的卷別，則可謂是回應了當時的呼喚的重要選本。對比黃、盧、鄭的十冊選本和《香港文學大系》的十二卷，作品的重複入選者較少，既可見出香港文學作品與史料的豐富，更能見出三位學者與《大系》各卷編者抱有不同的香港文學史想像。惟本文因篇幅所限，無法詳述。能夠肯定的是，《大系》是黃、盧、鄭三人編選系列的一種繼承與回應，亦是重提書寫香港文學史討論的再一次呼喚。

17　見盧瑋鑾：〈香港文學研究的幾個問題〉，《追跡香港文學》，頁 57-76；黃繼持：〈關於「為香港文學寫史」的幾點聯想〉，《追跡香港文學》，頁 77-90。

18　黃繼持：〈關於「為香港文學寫史」的幾點聯想〉，《追跡香港文學》，頁 86。

論述「香港戲劇」的理想進路
——簡論《戲劇卷》

鄧正健　評論人

　　據《香港文學大系》總主編陳國球的說法，文學以「小說、詩歌、戲劇、散文」的文類形式四分法，是在民國時期開始流行。有一種觀點認為，這種分類法是從西方文學形式直接移植過來，因此當《中國新文學大系》以此四大文類為規劃主體時，便很有「自我殖民化」之嫌。針對這個出自劉禾的觀點，陳國球便認為這是過度詮釋了，原因是此四分法應是「一種糅合中西文學觀的混雜體」，即以中國傳統的「詩文」為基礎，再加入西方文學傳統中的「小說」和「戲劇」所組合而成。可是，當《香港文學大系》直接從《中國新文學大系》裏摘取此原型時，編者卻未有釐清此種原型移植為何不是一種「自我殖民化」，令我有點意外。我在本文的任務是要評論《香港文學大系》中的《戲劇卷》，對於上述詰難，在討論卷內編選之前，有必要先檢驗以下事情：將「戲劇」理解為置放在《香港文學大系》裏的「文類」背後，隱藏了對「香港文學」和「香港戲劇」怎樣的想像呢？

按照上述編輯原型追溯，我們會發現一個盤根錯節的文學系統層級想像：「香港文學」是「中國文學」的支流，而「香港戲劇」則既是「香港文學」裏的一種文類，也接承着「中國戲劇」的現代化傳統。當然對於「香港文學」跟「中國文學」之間的劃界和越界問題，陳國球在〈大系・總序〉中已有闡述，在此不贅，可是對於「戲劇」是否／如何作為「文學」，卻仍需更多解説。

　　中國戲劇史的書寫有幾個常見傾向，一是強調「話劇」在中國本土裏的獨特發展脈絡，及其跟西方現代戲劇的異同，二是十分重視戲劇工作者的藝術活動，三是將劇本作為「文學文本」並作細讀的深度，遠遠不如其他文類，反而更着重「戲劇文本」跟實際演出之間的扣連和張力。簡言之，即使我們大可以把「戲劇文本」(劇本)當作自足的「文學文本」來閱讀，但戲劇研究者往往不滿足於此。

　　香港戲劇史的書寫長期處於零亂片碎狀態，既缺乏中國話劇史的脈絡梳理，鈎沉工作亦遠遠未達其他香港文學文類的成績。對於 1949 年前的香港戲劇史書寫，大多只停留於史實記錄，比較系統的論述就只有羅卡等人編寫的《從戲台到講台：早期香港戲劇及演藝活動 1900-1941》以及內地學者梁燕麗的《香港話劇史 (1907-2007)》等。前者僅羅列史料，分析不多，後者則抱持着正統中國話劇的思維，儘管史料翔實，卻在行文之間有意淡化香港戲劇的主體性。至於其他，莫不是一些概論文章、口述史和個案研究。

　　我們自然可以説，《香港文學大系・戲劇卷》彌補了現存香港戲劇史研究的不足。主編盧偉力清楚言道，這段時期「香港的現代戲劇創作是單薄的」，具一定藝術水平的演出本就不多，傳世劇本

就更少了，因此從卷中收入的劇本來看，要爬梳出一條成型的香港戲劇史脈絡，其實絕不容易。原因不難理解：不少有資料記錄的演出都沒有留下劇本，而卷中劇本之所以能夠被鈎沉出土，並非因為作品在藝術上或歷史上有其重要性，而僅是因為刊載該劇本的出版物剛好仍有流傳。可見，早期香港戲劇史書寫的零散狀態，並未因為《戲劇卷》的出版而被有效整合，這些劇本跟已知史實之間的聯繫，還需要多作深入研究。

可見，戲劇史研究之困難，並不是一般文學史研究所能比擬。畢竟戲劇是一種表演藝術，表演當下的現場感往往決定了作品的影響力，事後發表劇本通常只是輔助記錄，也受到像「出版生態」、「劇作家發表意慾」等非關戲劇活動的因素影響，因而難以視作在戲劇史上具有重大價值的事件。例如，論者早有共識，香港戲劇的最早期形式，是盛行於二十世紀初的「白話劇」，一種類似上海「文明戲」形式，但以粵語演出。史料顯示，當時香港的白話劇演出十分蓬勃，亦跟革命活動和早期華語電影發展關係密切，如革命黨人陳少白、電影導演黎民偉等，俱積極參與過白話劇演出。可是，我們基本上找不到任何傳世白話劇劇本，難以得知作品內容。反觀一些在文字媒體發表的劇本，藝術水平不高，也缺乏相關的演出記錄，因而難於判斷這些劇本的歷史價值。

戲劇不只是一種文學，更是一種文化形式（cultural form，盧偉力語）。「戲劇文本」中的文學性不過是戲劇內涵的一部分，尤其在早期香港戲劇裏，優秀作品絕無僅有，這跟中國戲劇在 1920 年代以後通過「話劇」本土化和民族化之後所產生的巨大藝術力量，

有着明顯的地域落差，要挖掘早期香港戲劇及其文本的意義，就必須從其文化意涵去考量。因此，孤立地閱讀《戲劇卷》內所選的劇本，是無法勾勒出任何相對完整的歷史地貌的，而必須輔以文字史料，尤其是演出記錄、劇評等文字與之並讀。《香港文學大系》中的《評論卷》和《文學史料卷》裏所收的某些選文，或能對《戲劇卷》的先天不足稍作補償。

《香港文學大系・戲劇卷》收完整或節錄劇本三十四篇，存目二十篇，除一般戲劇劇本外，兒童劇的比重亦相當高，但免跟《香港文學大系》中的《兒童文學卷》重複，故多只作存目處理。據盧偉力的說法，「在香港出版並不是『香港戲劇』的充分條件」，原因是在1949年以前，大批中國文人長時間在香港活動，他們充分利用香港的殖民地位置，或演出或出版在題材上和意識上俱只與中國內地有關的作品。盧偉力認為，這些作品不宜列入「香港戲劇」之列。然而，縱觀現時所收劇作，可以發現要嚴格定義「香港戲劇」的範圍和邊界，仍然非常困難。不少劇本俱不是嚴守香港本位，而是滲雜大量國家民族、外省及華南想像。其中，華南想像更是所謂「香港戲劇」其中一個重要文化板塊，它既體現於劇本裏對華南城鄉的歸屬感，也表現在以地道粵語作為演出甚至出版的語言。這種以「地域認同」超越「國族認同」或「香港本土認同」的混雜性身份想像，要至1930年代末鋪天蓋地的抗戰救國聲音中，才被高度政治化的愛國意識所掩蓋。

在「中國」和「文學」的雙重規範之下，「香港戲劇」仍需找尋更理想的論述進路。尤其是當我們深入迷霧不清的歷史現場，「劃界」跟「越界」再無法是靜態的定位問題，而應該是動態的辯證歷程。

本土的今生與前世

黃淑嫻　嶺南大學

有一些書，你不知道從何開始看，它沒有故事，沒有意象，沒有生活的片段；它不是小說、詩或者散文，甚麼也不是，但它又好像包涵了所有的東西，有着重量，等待你把它放在書桌上，好好地打開它。我看《香港文學大系·評論卷》的時候，心情大概是如此。

這是一本收集了 1919 年至 1949 年間在香港發表的文學評論選集，在編纂的過程中遇到的種種難關，編者陳國球教授在〈序言〉中告訴了我們。我想跟大家簡單分享一下，我作為讀者如何開始走進這本書。編者按所得的資料把文章分為兩部分，以 1930 年為界線，而第二節的文章明顯較為豐富。我把目錄仔細地看了一篇，有一些題目實在太有趣了，與我的研究有關，例如〈茶花女與蘇曼殊〉、〈動亂中的世界文壇報告之一 —— 他們在那裏？〉等等。無論是題材和用詞，都有新鮮的感覺。新鮮感何來？可能是我們對那個時代的事情太陌生了。我看了不少五、六十年代的香港電影，這幾年因為有舊香港電影「出土」，所以有機會看多一點三、四十年代的電影，每一次看這些電影都感到非常特別，無論它們的情節發

展、人物打造、場景設計等等，都與五、六十年代的情況不一樣，總之有一種「估你唔到」的意外感。這個感覺也在香港評論中看到，原來香港評論這麼早已經關注表現主義，原來香港評論有這樣有那樣的關注，視野廣闊，這證明了香港絕對不是文化沙漠。

　　總數是五百四十一頁的厚書，我從哪裏開始看？這次我採用「任性型」的閱讀方法，沒有按着書的時序，隨着自己近年有興趣的課題開始，找出有關的文章閱讀，這樣子這些遠古的文章馬上好像復活了起來，與當代的問題產生對話。我首先有趣興閱讀的文章是一系列有關「風花雪月論爭」的文字，這個論爭的背景是國難當前時候，文學是否應該負起救國責任為討論前提。我第一篇看的文章是〈從風月說到香港文壇今後的動向〉（1933.11.14/17/20），作者的立場很明顯，就是反對那些鴛鴦蝴蝶派的作品，又對香港教育着重古典文學有所批評，認為「香港社會既然外面披一件摩登漂亮的大襖，而內裏卻是一套長衫馬褂，它的文化脫不離風花雪月，自為不能諱言的事實。」（頁 191）另外，楊剛的〈反新式風花雪月 ── 對香港文藝青年的一個挑戰〉（1940.10.1）及松針〈「反新式風花雪月」座談會會記 ── 團結・求進步・文藝工作者的大眾會〉（1940.11.26）的文章也值得注意。話說當時在香港當《大公報・文藝》主編的楊剛，他對於香港年輕作者的文章不太滿意，認為只是一種個人抒情的散文，風花雪月，自我懷緬，沒有回應大時代的苦難，他以正面的態度鼓勵香港文藝青年離開不良的創作風。其後，他們就這個議題舉辦了一個聚會，楊剛和胡春冰等都有發言。我尤其覺得大會的入場儀式非常有趣，松針這樣寫道：

廳堂的中央，擺着一張圓桌，上面劃着一條有着鋼鐵氣味的首尾緊接的鐵鏈。每一個出席者都鄭重地在鐵鏈裏寫下了自己的名字，同時就是向着旁邊的得意忘形的狗沉重的一擊！

鐵鏈貫串起七八十個名字，有些是文藝戰線上的老將，有些是文藝營壘的新兵，而更多的是陌生的年青的名字。有甚麼比這意義更大呢？先進作家與文藝青年團結在一起，向「新式風花雪月」這壞傾向鬥爭！（頁252）

這些文章把文學的責任寫成了政治的任務，用鐵鏈作為意志的象徵，不畏強權。我可以明白當時緊張的社會形勢，文人有其責任，但這種意識形態先行的態度，有違文學藝術創作的本質。

另一方面，文學在當時如何連起民族主義和殖民地主義？這個問題在現時後殖民時期的香港仍然以不同的形態出現，圍繞着我們。香港在國際大都會（世界）和中國城市（民族）之間如何定位？這個問題在亂世時期可以演變成非常極端的。《香港文學大系・評論卷》的文章，可以讓我把現時關心的課題連起歷史，深化討論。

當時不少文章都是站在一個外來者和民族主義的立場，把香港寫成一個殖民地統治下沒有文化的地方。在民族與殖民之間，本土在哪裏？我們現在常常掛在口邊的「本土」，原來森蘭的〈關於反映香港〉（1940.5.28）一文開始有一點點的談到了。這篇發表在《大公報》的文章，對於香港本土生活有關注，不全是把文學放進意識形態的框架裏，或者作為對抗西方殖民地主義和資本主義的工具，作者這樣寫道：

作家來到香港，多數是暫時居留，帶來的一身烽火氣味，繳給海風吃散了，也許就要重上征途。

……

他的筆鋒不願觸到大馬路的浮華和艷冶，小民居的侷促和污穢。他要從事一個「大時代的創作」，離開祖國的狹小的香港不在他的筆下。（頁 197）

如果我們把這篇文章放在整個論爭來看，這是一篇比較能夠反思香港本土角度的作品。作者批評那些只來香港一陣子的內地作家，他們其實不了解香港，然而以大時代的角度來教訓香港文壇一頓，沒有真正地看到香港的生活。

《香港文學大系・評論卷》啟發了我很多點子，不光是了解過去，還可以把近一百年前的文章，它們所關心的問題，連起到現在的香港。回歸後的香港，我們有很多急切的問題放在眼前，但要深刻地思考這些問題，我們需要了解歷史的發展。在這角度來看，整套的《香港文學大系》意義重大。

評論・香港

區仲桃　香港教育大學

> 「香港」由無名，到「香港村」、「香港島」，到「香港島、九龍半島、新界和離島」合稱，經歷了地理上和政治上不同界劃，經歷了一個自無而有，而變形放大的過程。更重要的是，「香港」這個名稱底下要有「人」；有人在這個地理空間起居作息，有人在此地有種種喜樂與憂愁、言談與詠歌。有人，有生活，有恩怨愛恨，有器用文化，「地方」的意義才能完足。
>
> ——陳國球〈香港文學大系・評論卷一・總序〉頁 19

　　讀陳國球編的《香港文學大系・評論卷一》讓我想起卡爾維諾（Italo Calvino）的《看不見的城市》(*Invisible Cities*) 來。這個聯想有點奇怪。前者是一部關於香港文學評論的論文集（1918－1941）；後者是一本戲仿《馬可波羅遊記》的小說（或者是遊記）。然而，只要我們用心閱讀，小說中的某些描述及對話原來可以幫助我們更深入思考《評論卷一》的內容。據說，馬可波羅每次從外地考察回來都會詳細向忽必烈做報告。意大利人把每座城市的特色介

紹給這位韃靼皇帝。一天，忽必烈問馬可波羅：這些年來你給我報告了那麼多的城市，為甚麼你從來沒有提過你的故鄉威尼斯呢？馬可波羅解析道：每次當我介紹一座陌生城市的特色時，都是以威尼斯作為參照點，所以我一直在說的其實是威尼斯。

如果我們把《評論卷一》看成是由許多像馬可波羅般的旅行者，於二十至四十年代在香港發表文學評論的話，情況會較容易明白。評論集的〈作者簡介〉部分總共收錄了九十二位作者，其中有部分生平資料不詳，這部分無法討論。剩下來的作者可以籠統分為兩大類：第一類作者因種種理由在香港作短暫停留；第二類在香港居住的時間較長，但大部分來自中國內地或其他東南亞國家，都有較多旅居外地的經驗。總體來說，土生土長的香港人並不多見。這種作者羣最大的特點要麼以自己的故鄉為中心，要麼以自己想像的故鄉為中心，以香港作為討論中心的只佔少數。簡單來說，大部分評論者一直都是在跟我們訴說另一座城市（另一個地方）的故事。

離地

「香港」在《評論卷一》大部分作者心中都是一座「看不見的城市」。施蟄存那篇〈再談新文學與舊形式〉（1938）最為明顯，開宗明義「因為本刊編者索文甚急，所以一到香港就寫了一點關於最近文學界利用舊形式作抗戰宣傳意見。」接着作者提到茅盾送了他新出的《文藝陣地》參考，以了解最新的文學論爭情況。這段描述特別有意思。文中提到的文學界論爭，明顯是指中國內地的文學討

論，跟香港當時的實際情況無關。另外一個例子是李育中的〈現代美國文學專號讀後〉(1934)，作者讀了邵洵美在《現代》雜誌刊登的〈現代美國文學專號〉後而寫的讀後感。它們反映了當時很多作家都好像施蟄存和李育中一樣，並沒有注意到香港這個城市的特色或它的實體存在。跟施蟄存背景相近的還有徐遲、戴望舒、路易士等。他們都是在內地已有名氣的詩人，在港期間這些作家的討論同樣以延續在中國內地的文學話題為主。三人都是以談論現代詩為主，他們關心的話題跟當時香港的文學發展情況並不吻合，引用陳國球的詞彙，這些討論是「離地」的。

再看三、四十年代的「離地」評論，我們會發現有些評論文章不單跟香港本土主流情況不吻合，亦無法和內地的主流評論例如「抗戰文藝」扣上關係，可以稱為雙重「離地」。這裏只舉數個例子說明：梁之盤〈金色的田疇——世界史詩談〉(1934)、路易士討論〈關於詩的定義〉(1940)、木下〈詩之鑑賞〉(1940)、明之〈論幻想的美——徐訏的「鬼戀」〉、何洪流〈中國文學之虛無主義〉(1941)等等。這些純文學的討論，如果放在抗日期間在內地出版的話，相信會受到很大的壓力和阻力。

同樣「離地」的討論還出現在香港接受教育或生活得較長時間的評論者身上。袁振英是一個特別的例子。他在廣東出生，十一歲來港，曾先後在英皇書院及皇仁書院讀書，深受殖民地英式教育的影響，後進入北京大學主修英國文學。袁振英的〈易卜生 (Henrik Ibsen) 傳〉於 1918 年在《新青年》發表，可以說是直接參與新文化運動，內容跟香港生活沒有關係。袁振英另一篇在香港發表的〈托

爾斯泰主義〉（1930）同樣有這種情況。我們在香港大學教育系畢業生葉觀棪的評論文章〈鬟鬟派〉（1928）中亦無法看到香港當時的情況。葉在文章中把達達主義的精神解讀為「將『潛下意識』裏的情操的苦悶抒出來」，再而「希望這主義的勢力在外交方面澎湃起來，那末，國內的封建制度背後的靠山，及一切縛束民眾自由的惡勢力可以掃除，鐵蹄下輾轉着的中華民眾也就可以解放。我寫這篇文的慾望在這裏，更希望那慾望在最近之將來得到滿足。」葉觀棪的着眼點明顯是內地的情況，香港的殖民地景況沒有在考慮之列。究竟是在殖民地大學的刊物《香港大學雜誌》不容許觸碰這個話題？還是殖民地統治並沒有我們現在想像中那麼多矛盾？又或者是接受新文化運動洗禮的作者，他們的關注自然受這個運動影響，所以把注意力都放在內地？也許還有另外一個可能性，這些作家雖然都在香港生活着，但他們似乎沒有意識到香港是英國的殖民地，所以他們對香港年青人或者是文藝創作的要求都是跟內地的一致，因此才會出現「抗戰文藝」、「和平文藝」、「國防文學」等等的論爭。會不會他們當年口中的香港其實是指被英國殖民前那個「香港」呢？

在地

卡爾維諾透過模里利亞（Maurilia）這個城市提醒我們一個事實：「有時候不同的城市在同一個地點，依序承繼同一個名字，在不知道彼此的情況下誕生與死亡，相互之間沒有溝通……它們之間沒有關係……只不過湊巧……也叫做模里利亞。」香港的情況還是

有點不同。她在英國殖民以前一直以一種「無名」的狀態存在，也許早至秦漢，已有來自中原的居民移居當時還沒有名字的「香港」。朝代的更替，無阻不同的移民進出「香港」。「香港」正式被命名跟英國人有關，換言之，也許在這些參與「離地」評論的作者意識裏，香港仍然是一種「無名」的存在。然而，同樣是三、四十年代，亦有少數評論家意識到香港是一個殖民城市。

　　相對來說，雖然把「香港」納入文學評論的作者較少，但還是可以簡單勾畫出一些特徵來。有關香港「在地」的討論，石不爛的〈從談風月說到香港文壇今後的動向〉（1933）是一個很好的例子。這篇評論的出發點是要批評當時的香港文化，正正由於他的大力否定，無形中反而肯定了香港文化的存在。作者先從香港社會說起。我們撇除石不爛那些情緒化的謾罵，歸納得來的三十年代香港是「交通南北的一個重要都市」，是一個「商業社會」。中國內地極力廢除的傳統倫理觀念及儒家思想在香港得到空前的重視。教育方面，英文及中國傳統文化同樣佔有重要的地位。在這種環境及背景下，一般香港人喜愛的作品包括「江湖奇俠和新封神榜」、張恨水的《啼笑姻緣》、「張資平的『三角戀愛』」等。當然在石不爛（一個從內地來港的共產黨員）眼中，那時香港流行的作品都是一些「風花雪月」的作品，是一些不當的東西，需要改正過來。

　　如果我們以石不爛的文章作為參照點的話，大概會更清楚、更明白為甚麼說《評論卷一》很多評論文章都是「離地」的。「在地」的評論文章，特別是從香港本土文化出發，而不是像石不爛那般以內地作為文化中心來批評香港文化的，並不多見。羅禮銘的〈新舊

文學之研究和批評〉（1927）是其中一篇重要的文章。顧名思義，文章以討論文言和白話、新舊文學的長處和短處為主，最後提出香港的文學可考慮以新舊及文白夾雜的一種折衷形式存在。雖然羅禮銘的着眼點是嚴肅文學，但事實證明這種混雜的寫作模式（或「三及第」文體）在一般市民大眾當中十分受落。羅禮銘的文章寫於1927年，石不爛和另一位評論者水人（〈關於「香港文壇今後的動向」〉）在1933年發表的文章，其中針對的與這種模式多少有點關係：一種不新不舊的「劍俠神怪」、「封建式的鴛鴦蝴蝶派」。王幽谷（〈怎樣在華南寫小說？〉）是少數探討如何在香港創作小說的評論者，他於1939年得出的結論跟上面提到的相若：「不論文言白話，只要大眾化，有場面，事實廣而曲折，對上中下人都能有所描寫，尤其注意一點，總標題，要醒目，能引人入勝，那自然博得讀者去看！」在香港這個以通俗文學為主流的環境下，侶倫是罕有的堅持用白話寫嚴肅文學的香港本土作家。

《評論卷一》收錄了三篇關於侶倫的評論文章，以比例來說數量算是較多，包括：夢白的〈「黑麗拉」讀後──侶倫其人及其小說〉、寒星女士的〈論侶倫及其「黑麗拉」〉及冬青（黃谷柳）的〈從一個人看他的作品──侶倫著：「黑麗拉」‧「無盡的愛」‧「夜岸」〉。夢白那篇着重分析侶倫的性格，大有人如其文的味道。寒星女士對《黑麗拉》這部短篇小說集的內容作簡單的介紹，指出侶倫的創作路向有別於當時香港文壇的主流──新鴛鴦蝴蝶派及口號文學──走出自己的新文藝創作之路。當然正如編者陳國球指出把侶倫和莫泊桑、左拉、哥德等並置，實在有待討論。黃谷柳那

篇評論指出，香港新文藝自魯迅訪港後受了上海的影響。另外，侶倫亦受外國文學影響較深，所以黃谷柳暗示侶倫的作品對香港現實狀況的描述不夠（深入），最少侶倫的作品中沒有描寫他熟悉的工人和農民階層。跟侶倫情況相若的是香港本土詩人劉火子，他從事創作的同時也有寫評論文章。他的〈論「現代」詩〉是較全面的對上海《現代》雜誌的分析；另一方面，劉火子的詩集《不死的榮譽》則由黎明起作評論。這些評論文章以今天的角度來看，當然還有很多進步的空間，但它們的存在讓我們知道四十年代已經出現評論香港本土文學的文章，這點補充了香港「在地」評論這方面的空白，證明了香港「有人」。

有人

　　模里利亞（Maurilia）的故事還沒有說完。除了上面提到的城市的名字相同外，「有時候，甚至居民的名字還都一樣，他們的口音與容貌的特質也都相同；但是，活在名字之下、土地之上的諸神，已經不發一言地離開了，外來者則在祂們原先的地方安頓下來。詢問新城比舊城好或差是沒有意義的，因為它們之間沒有關係……是一個不同的城市，只不過湊巧像這個城市一樣，也叫做『香港』。」

　　陳國球透過編撰《香港文學大系・評論卷一》帶着讀者穿越時空，回到三、四十年代，一處同樣叫做「香港」的地方，但對我們來說是完全陌生的地方。那個年代的「香港」跟中國內地的有形跟無形的邊界沒有今天的森嚴，人們的流動性（包括思想上的）較高。

今天的香港人對曾經被殖民的意識或認識較深；但三十年代的「香港人」似乎沒有像近年香港人的感覺來得那麼強。我們今天看來（或者曾經以為）外語（特別是英語）能力是香港人的優勢，但新文化運動前後很多內地知識分子都通曉外語（包括英語及其他語言），直接接觸外國文化的第一手資料。香港人礙於受英國殖民的關係，眼光反而有可能因此長期囿於英語文化的世界。有趣的是，三十年代的「香港」對中國古典文化的承傳較中國內地優勝。

總體來說，今天的香港跟三十年代那個「香港」最大的分別是我們「有人」。我們有更多人願意留下來，努力地創作及做評論工作，把這個地方管作自己的家，認真生活下去，讓香港這個地方的意義得以完足。

刻畫文學香港的面容——讀《評論卷一》

李婉薇　香港教育大學

　　在《香港文學大系 1919–1949》（以下簡稱《大系》）諸卷中，《評論卷一》有特殊的重要性。對這套劃時代的文學史料來說，該卷的〈導言〉以兩個概念勾勒出一條主線，既呼應〈總序〉，又聯繫各卷，使整套大系的結構更形緊密；對香港文學來說，〈導言〉不單揭示1919 至 1941 年文學評論及思潮的成因、特點和啟示，也同時指出香港的文學及文化方面的基本性質，為後學開闢了一條極富啟發性的前路。

　　「文學香港」是〈導言〉其中一個重要概念。倒「香港文學」而為「文學香港」本身固然是一種聰明的修辭學，但筆者更希望進一步視之為一種命名方面。如果讀者了解香港文學的前世今生，則更能感受這個名字的力量和感情。這個名字代表着一個信念，這個信念仿如夾縫中的樹苗，在曠日持久的執着和抵抗中緩慢地成長。相對於「商業城市」、「重商主義社會」、「亞洲國際都會」，「文學香港」這個名字質樸而直接地賦予香港別樣的定位和身份。當「香港文學」成了「文學香港」，意味着《大系》不單在研究一門學科、一堆資料，

更在重塑一個生命主體、一種歷史的精神結構。因此，陳國球教授指出：「《香港文學大系》的編纂意旨不離歷史的考掘，《評論》兩卷的作用，就如時間的感光紙，讓早被遺忘的『文學香港』的一段精神史樣本得以顯影。」（48頁）「精神史樣本」一詞表明《評論》兩卷除了整理和詮釋一段文學活動和思想的歷史，還希望展現這段歷史對香港的普遍意義。

我們不妨把〈總序〉中兩句溫和平淡卻又力量飽滿的話解讀為「文學香港」的定義和說明：

> 我們認為「香港」是一個文學和文化的空間，「香港」可以有一種「文學的存在」；「香港文學」是一個文化結構的概念。我們看到「香港文學」是多元的而又多面向的。（30頁）

「文學香港」的意思是：以香港為一文學和文化空間，承認她有文學的存在。而我們若把上述引文中的「香港文學」讀成「文學香港」，一張香港的面容便躍然紙上：她有一種文化結構，她是多元又多面向的。如果〈總序〉為「文學香港」作了初步界說，那麼，《評論卷一》的〈導言〉就以二、三十年代的文學評論為例子，生動細緻地闡述了文學香港的面容。

〈導言〉還有一組不可忽略的概念，即「企圖『認同』與體認『他異』」。關於「企盼認同」和「體認他異」的論述貫串整篇論文，形成主要的線索和架構，例如：

香港的華人就在企圖「認同」與體認「他異」（otherness）之間，不斷探求身份的定位。（54頁）

他（按：指黎覺奔）的長篇論文顯出嚴肅面對文藝時的一種游移滑動。這種滑動，正如上文所說，是「認同」與「他異」之間的依違往返。（57頁）

「文學香港」一直在體認「他異」與企盼「認同」之間往復游移。（68頁）

所謂「他異」，源於三十年代的文人對香港的觀察。陳教授以吳灞陵、侶倫、簡又文、石辟瀾等人的説法，指出當時香港在他們眼中是一個發展畸形的商埠。其中廣東左派文人石辟瀾在〈從談風月説到香港文壇今後的動向〉的演講稿中指出：「香港是交通南北的一個重要都市，卻不是現代式的工業都市，而是一個畸形發展的商業社會。」（52頁）香港的工業史是十分重要的議題，一些本地史學家或詳細剖析殖民政府輕視工業的原因，或據此證明「積極不干預政策」只是一個神話。從他們的研究成果看來，只要細心審視這方面的歷史，便不難發現去殖民化的必要。當然，誠如陳國球教授所説，左派文人眼中的工業化，是現代文明的標誌，煙囪林立的都市才是光明未來的景象，也如他所指，「畸形」可以指「香港城市缺乏工業之不正常的現代性，也可指香港人之市儈氣習，不同於農業社會之傳統倫理秩序。」（53頁）事實上，經濟政策不只是經濟政策，長久下來，還會影響整個羣體的精神面貌。不過，作為人文學者的陳國球教授，其貢獻在於超越性的眼光。以「他異」代「畸

形」，可以說是把左派的紅色視線洗滌乾淨，為我們今天客觀深入地審視三、四十年代及其前後的香港文學撥清迷霧。他說：

> 或者我們將「畸形」置換為「他異」（alterity），思考不同位置對這「他異性」的解讀，也許能夠深入當時所謂「新」與「舊」、「本地」與「外江」等矛盾衝突與協商互通間的微妙關係，甚至有助我們思考百年來香港文化空間的模態與演化之跡。（53-54 頁）

「他異」乃理解香港文學以至香港的關鍵，明白「他異」大抵也就能明白香港在政治、歷史、思想、文化等方面的獨特性。筆者還想指出，香港的「他異」和現代中國迂迴多艱的道路有密切關係。如果我們願意不帶成見地擴大視野，便能擁有更多資源，能更完備地理解香港的「他異」，也必能在歷史碎片的邊緣上發現更多隱藏的線索，幫助我們拼合更整全的圖畫。

陳國球教授認為，「企盼認同」和「體認他異」是文學香港的一個特點。在三、四十年代，不少評論文章可見這種充滿張力的精神狀態。黎覺奔的〈新藝術領域上底表現主義〉發表於 1935 年 1 月，論述表現主義在諸種藝術上的特點，極為專業詳盡，戲劇和音樂兩部分尤其如此。黎氏在文中一方面肯定表現主義這種形式，一方面又批評它是「個人主義的」、「帶着無政府主義的性質的」，原因在於他「要思量如何取資於表現主義以促進舞台藝術，又不致違反他的政治信念。」（58 頁）這種「游移滑動」，正是「『認同』與『他異』之間的依違往返。」（57 頁）另一個例子是戴隱郎在 1934 年 9 月發

表的〈論象徵主義〉，這篇長文似乎旨在拆毀敵人的堡壘，批判象徵主義詩藝唯我、唯心、非客觀。陳教授指出該文乃「清洗『個人主義』思想雜質——一種『他異性』——的一項儀式」（59頁）。對此，陳教授仍然不無同情和理解地指出，其原因在於戴隱郎這位南洋土生華僑的人生旅程，都在不斷求索祖國的認同。高度政治化的現代中國文學語境，彷彿是巨大的思想洪爐，每位作家、批評家都面臨嚴苛的熬煉。青年左翼批評家李南桌或者是當時少數能在這時代洪爐中煉出自家面目的一位。李氏深受茅盾賞識，可惜在1938年10月病逝，雖然《李南桌文藝論文集》翌年在港出版，目前在香港卻很難讀到。陳國球教授高度讚揚他的「〈廣現實主義〉和〈再廣現實主義〉等精彩論文，照亮了香港的文壇。」（58頁）《評論卷一》收入後者，有助他超越性的思想能被廣泛閱讀。〈再廣現實主義〉發表於1938年9月的《文藝陣地》，該文既準確地論述各種「主義」，又不囿於各種「主義」；既推崇現實主義，卻沒有將之神話化和教條化。在兼容並包之餘，不失鮮明立場。李南桌說：「主觀與客觀的統一是真理的實證，也是藝術成功的實證。」（289頁）現實主義追求再現客觀世界，象徵主義源於主觀宇宙，因此這句話實是認為藝術的成功並非僅僅一種主義可以擔當。在文末更明確地說：「古典的，浪漫的，寫實的，象徵的，從縱的方面看，是一整部文藝史；縱橫的方面綜合起來看，或者是一個表現全現實的一個較全的方法。」（292頁）雖然這種平等的文學觀今天讀來或者已成常識，但在戰時的文壇卻擲地有聲。李氏指出象徵主義和現實主義的相通之處，則應該仍不乏啟發性。他認為：「『象徵主義』的長處是典型

的情勢的創造，短處是典型的性格的模糊。（雖然意指有時是很明顯的，然因出自觀念，不易具象，）同『寫實主義』的分合，於此可以看出。」（291頁）

《評論卷一》的資料按年代分為「1930年及以前」、「1931年至1941年」兩輯，每輯再按內容大致分為文壇情況、文體論、作家和作品、思潮和論爭等幾部分，選文全都能體現〈導言〉所說文學香港的兩大特點：認同和他異；多元和開放性。但筆者認為文體問題的部分特別值得關注。文體觀的形成和變化、各種文體的生滅消長、文體規範的破與立等議題，一向是文學研究極重要的切入點，也往往能展示時代更迭中文學思潮的變遷。陳國球教授更認為在文學的經驗世界中，文體是無法繞過的領域：「無論作者或者讀者，要進入『文學』的經驗世界，必先要對文學的體裁格式有所認知，從而在相應的體制（institution）內展開活動，或優游其中，或嘗試變奏革新。」（63-64頁）陳教授引用新批評的觀念，視文體為體制，強調其變動不居的特質，一方面配合他對四十年代以前文學評論整體特徵的判斷，一方面幫助我們進一步思考文學和意識形態的關係。在1930年及以前的一輯，收入「文體認知」一節的文章連存目在內共有九篇，涉及的文體包括新詩、短篇小說、偵探小說、駢文、南音、粵劇。這樣的編排充分體現二十年代香港文論多元並置的生態，例如〈新詩的地位〉和〈概談國詩的過去及將來〉二文，雖然對放棄用韻同樣或多或少有些疑慮，但都以甚為通達的文體觀展望新詩的未來。陳教授讚賞前者是「香港早期的重要詩論」，作者許夢留就說「詩的意義本來沒有新舊的區分」（137頁），後者更

認為新詩既不一定用韻，只要同樣有真實豐富的感情，不妨做成散文詩，可說表現了甚為開放的文體觀。〈談偵探小說〉和〈短篇小說緒言〉一通俗一嚴肅，雖然同以小說為論述對象，但箇中的美學追求和擬想讀者截然不同。在新文體和地方文體之間，又有「騈文」這一韻文的代表，更可見當時文論和思潮的多面性。同樣值得注意的是，許氏在文末提到方言和新詩的問題，認為新詩用國語寫作，廣東人難免感到困難，但也認為這隔閡和文言無異，不必因此灰心。雖然許氏沒有深入詳細地展開有關論述，但這種「本土性」仍然有罕見的價值，如陳教授所說，對理解香港文學的「語言模態和書寫策略」非常重要。本土性視角還見於其他兩篇談南音和粵劇的文章，不但使本輯的選文包含更豐富的思想層次，更表現陳教授深厚的本土情懷。

第二輯「文體論」的部分共收入共二十篇文章，存目的佔九篇，除了因為當時論爭頻繁而選入更多文章之外，也許還可見編者對這部分的重視。如果說「文體認知」以資料編排自然呈現文學香港的重要特徵，則「文體論」把一系列政治氣息濃厚的文學評論置於文體的視野中，更可見編者在學術上的創意，據此，我們可以更徹底地思考歷史變革、政治運動和意識形態，如何改換作家和批評家的文體觀 —— 一種非常深層的思想變化。詩是抒情的，一向是常識般的文體論，但在戰爭時期卻被顛覆。這種文藝與政治的衝突，在詩歌的討論中最為尖銳。今天一邊重讀這些討論，一邊思考詩歌的文體問題：詩歌的抒情到底是怎樣的抒情？是否必然等同「個人化」？詩的那些性質使它不見容於戰爭年代？這些性質是否無可改

易？讀者彷彿目睹滿有生命力的文體在槍砲聲中，經過一次又一次的生關死劫，令人有驚心動魄之感。今天我們或者不完全同意當時的一些論述，但以文體的視角重新審視這些論述，有助我們對詩的本質和作用再作深思，這些論述的歷史和文學價值於焉彰顯。筆者還想強調的是，研究者在批判中必須有同情。現代中國屢次有亡國之虞，時人面對黑暗現實的絕望反抗和逼切求變，非我輩能夠輕易想像。陳國球教授顯然深明文學評論活動中個人和時代的關係：「『評論』作為一種文學活動，更需要深入文字宇宙，游走於不同主體之間的精神領域；再加上時代又賦予淑世的責任，其間春秋之義特別容易彰顯。」（48 頁）上文提到他在對戴隱郎等人「認同」方面的理解，在文末他更熱情又逼切地呼喚「人性的寬厚上揚」（72頁），凡此種種，都示範了並重批判與同情的學術研究精神。

　　儘管上文已略有述及，筆者還須再談談文學香港「多元又多面向」的特點，這對我們目前身處的語境極有價值。二十年代中期，相對於新文學運動在北京的全面勝利，香港文壇卻是新舊雜陳：「新舊文化固然有其爭持的局面，但卻不似內地的殊死爭戰。」（50頁）第一輯第一部分「文壇新與舊」表現了這種特色。在三、四十年代，香港文壇一方面經歷不同政治派系的多次論爭，包括「兩個口號」、「民族形式」、「和平文藝」、「抗戰文藝」等；但另一方面，一些報刊卻能擔當世界窗戶的角色，包括二十年代末、三十年代初袁振英主持的《工商日報・文庫》和三十年代的《紅豆》。陳國球教授特別提出後者二卷三號的《世界史詩專號》「應是當時華文世界中對史詩文學最深入的介紹」（62 頁），並以《紅豆》為例，指出「這

種開放的視野和敏銳的觸覺,於三、四〇年代香港報章副刊可謂常態。」(63 頁)即使在政治和輿論空間動盪紛亂的年代,香港仍然能在「歷史夾縫中提供省思的空間」(63 頁);即使本土面目尚未成形已被遮蔽,香港文壇的有識之士仍然按自己的信念,嘗試開闢廣闊多元的精神園地,這對我們思考香港當前和未來的思想文化狀態提供了重要的參照。

獨特的地理位置和歷史命運,固然給予香港與別不同的挑戰,也使香港不容易被外界理解,但肯定同時提供了獨特的土壤,可以滋養與別不同的生命主體和精神遺產,箇中關鍵,端視乎我們撒下怎樣的種子,能否帶來充足的陽光和水份。細讀四十年代及以前的文學評論,解讀那些充滿質感的思想,我們可以發現,跨越他人和自我、中心與邊緣、整體和部分種種二元對立的屏障,方能把文學香港的面容刻畫得更立體豐富。《香港文學大系》已經走出可貴可觀的第一步,必須迎來更多深刻又清晰的足印。

評林曼叔主編的《評論卷二》

古大勇　鄭麗霞　泉州師範學院

　　林曼叔先生主編的《香港文學大系 1919-1949・評論卷二》2016 年由商務印書館（香港）有限公司出版，此書是由陳國球先生總編的《香港文學大系 1919-1949》其中之一，《香港文學大系 1919-1949》作為一項姍姍來遲的文化工程，共分為十二卷，以題材分卷，其中小說兩卷、散文兩卷、新詩一卷、戲劇一卷、舊體文學一卷、通俗文學一卷、兒童文學一卷、文學史料一卷、評論兩卷，可見「評論」在《香港文學大系》中的分量不輕，《評論卷一》由陳國球先生擔任主編，《評論卷二》則由林曼叔先生擔任主編，它既是《香港文學大系》一個不可分割的有機組成部分，也具有鮮明的自身特色。

一、「文學譜系學」的自覺建構

　　「譜系學」這一概念來源於西方，較有影響的是福柯關於「譜系學」的概念，但福柯突出「那些偶然事件，那些微不足道的背離」

對歷史的影響，認為「真理或存在並不位於我們所知和我們所是的根源，而是位於諸多偶然事件的外部」。[1]也就是說，福柯的「譜系學」關注的不是歷史發展的連續性、邏輯性和本質性，而是歷史發展過程中的偶然性、斷裂性、無序性。福柯的「譜系學」產生於西方後現代主義文化語境中，與後現代的「解構中心」等本質化特徵相互聯繫。而中國語境中的「譜系學」，由於特定歷史傳統的影響，表現出與西方不同的特徵，「相較於福柯的發現歷史的複雜和差異性、解剖政治、分析權力的『譜系學』，中國的譜系研究更加注重歷史性、秩序性、考據性，……強調文化上的一致性和連續性。同樣是以歷史本身和其中的事物為物件，西方的譜系研究強調其中的斷裂、差異性，中國的譜系研究則看重其中的聯繫性、關聯性」。[2]

從中國語境中的「譜系學」來看，林曼叔的《香港文學大系‧評論卷二》便是對「中國新文學大系」這一「文學譜系」的自覺建構，它促進了這一特定「文學譜系」連續性和秩序性的完成。眾所周知，「文學大系」作為一種「文體類型」，濫觴於趙家璧先生主編的《中國新文學大系（1917-1927）》，這部舉舉大端式的煌煌巨著，具有開山和引領後來者的示範作用。但就「中國新文學大系」這一「文學譜系」來說，《中國新文學大系（1917-1927）》是一部未完成

1　〔法〕蜜雪兒‧福柯：《尼采‧譜系學‧歷史學》，蘇力譯，汪民安、陳永國編：《尼采的幽靈：西方後現代語境中的尼采》（北京：社會科學文獻出版社，2001年），頁121。

2　劉勇：〈關於20世紀中國文學譜系研究的思考〉，載《北京師範大學學報》2013年第1期，頁81。

的「譜系」，因為它的時間段僅僅覆蓋 1917-1927 這短短十年，所幸後來由上海文藝出版社陸續出版了《中國新文學大系 1927-1937》、《中國新文學大系 1937-1949》、《中國新文學大系 1949-1976》、《中國新文學大系 1976-2000》，這一近百年的中國新文學「譜系」才算完成。但嚴格來說，這一「文學譜系」仍然是未真正完成的。從「文學譜系」的縱向座標即時間性上來說，已經完成了「連續性」；但從「文學譜系」的橫向座標即空間性上來說，卻並不完整，因為它把香港文學「遮罩」在外。如果說從 1949 年到 1997 年香港回歸祖國之前，由於特定的政治與意識形態原因，香港文學脫離「母體」，被割裂與大陸當代文學之外，成為互不交往、相對獨立的文學主體，其內涵和特徵也迥然相異。但是，1949 年之前的香港，雖然是被英國佔領的殖民地（其中 1942 年至 1945 年被日本短暫佔領），但是其文化生態和 1949 年至回歸祖國之前的香港是不一樣的，無論是北洋軍閥政府統治時期，還是國民黨統治時期，香港和內地交往密切，活躍在香港文壇上的作家、批評家，雖有一些出自本土，但相當一部分來源於內地，香港成為大陸作家轉移的一個文學活動中心，也就是說，不少作家在內地和香港之間流轉遷徙，從事各種文學活動，內地的文學活動能影響香港，香港的文學活動也能對內地造成反輻射作用。因此，1949 年之前的「香港文學」，並沒有脫離大陸文學母體，與大陸文學血肉相連，天然親和，是大陸文學不可分割的一部分，有着相同的文化基因。正如林曼叔在《大系》〈評論卷二‧導言〉中所說：「香港自十九世紀中葉至二十世紀末成為英國的殖民地，但香港社會的文化的演變與中國近代以至現代歷

史的發展卻是息息相關的。中國現代文學的發展一樣在這個彈丸之地留下深深的足跡，在不同歷史時期扮演着不同的角色，可說是中國現代文學的一個重要舞台」。[3] 從林曼叔的《香港文學大系・評論卷二》收錄的理論文章作者來看，如郭沫若、茅盾、馮乃超、邵荃麟、林默涵、夏衍、聶紺弩、臧克家、胡喬木、侯外廬、以羣等人，哪一個不是耳熟能詳的從內地赴港的作家？只不過他們的文學活動暫時由內地遷移到香港，因此可以自然納入到「中國新文學大系」的版圖。但遺憾的是，趙家璧先生主編的《中國新文學大系（1917-1927）》及其後的上海文藝出版社出版的《中國新文學大系1927-1937》、《中國新文學大系 1937-1949》，竟然拋離「香港文學」這個血脈相連的親生「孩子」，成為一張並不圓滿的「文學譜系」。從這個意義上來説，陳國球先生總編的《香港文學大系 1919-1949》（十二卷）意義非凡，是對這一殘缺性「文學譜系」的建構性完成。在這「十二卷」中，《評論卷》共有二卷，其中《評論卷二》的作者便是林曼叔先生，此卷收錄的是 1942 年到 1949 年之間香港文學理論的文獻，這八年又分為兩個歷史時期，即 1942 年至 1945 年的淪陷時期（日治時期）和 1945 年至 1949 年的戰後時期（國共內戰時期），此時期的香港成為除延安之外的另一個中國的左翼文藝運動中心，產生了中國現代文學史上一些重要的理論性文獻。《香港文學大系・評論卷二》從「左翼文藝運動的開展及文藝統一戰線建立」、「對『反動文藝』的鬥爭及幾個文藝問題的論爭」、「文藝大眾

3　林曼叔：《香港文學大系・評論卷二》（香港：商務印書館，2016 年），頁 43。

化與方言文學的討論」、「關於詩歌創作的討論」、「主要作品評論」等幾個方面，對這一時期香港文壇具有代表性的理論文獻進行選錄，本着「重點突出、全面兼顧」的原則，既凸顯「左翼文藝理論」的中心地位，同時也兼顧不同流派、不同思潮、不同特色的理論文章，比較全面地收錄了香港該時期的代表性理論文獻，「記錄了香港文學也是中國文學一個頗為重要的歷史時期的文學現象和理論建構」[4]，為讀者了解該時期香港文壇理論建設概貌提供了一個有效的視窗，具有重要的文獻學意義。

二、準「知識考古學」方法

福柯提出「知識考古學」研究方法，「知識考古學」主張採取返回「歷史情境」的方法，將歷史事件和文化現象帶到特定歷史語境中，關注它們產生、發展、演化的條件和情境，並努力挖掘顯示這些情境和條件的原始材料，探求這一話語的生產機制和實踐過程，而不僅僅作一種簡單的價值判斷。正如福柯所説：「考古學所要確定的不是思維、描述、形象、主題，縈繞在話語中的暗藏或明露的東西，而是話語本身，即服從於某些規律的實踐。」[5]

《香港文學大系·評論卷二》的研究方法與「知識考古學」方法有幾分類似，可稱之為準「知識考古學」方法。當然，作者也並非

4　林曼叔：《香港文學大系·評論卷二》（香港：商務印書館，2016 年），頁 66。

5　〔法〕蜜雪兒·福柯著，謝強、馬月譯：《知識考古學》，（北京：三聯書店，2007 年），頁 122。

沒有價值判斷，在〈導言〉的「後話」部分，作者對四十年代的香港文學理論作出了整體的價值裁判，認為「四十年代的香港左翼文藝的理論建設，為中共政權落實文藝為政治服務的文藝政策打下基礎。文藝從此成為政治宣傳的機器，嚴重扼殺文藝創作空間，只准歌功頌德，不准離經叛道。作家只能按照政治所畫出的白線寫作從而製造大量概念化公式化的作品，文學創作失去了真正的意義，對中國文學創作的發展造成了嚴重的損壞，同時，也為中共文藝界歷次的批鬥作好準備，揭開了序幕」。[6] 從這一結論性判斷來看，作者顯然並不認同四十年代佔主流地位的香港左翼文藝的價值立場，從而予以相當嚴厲的批判。但如果按照這一價值邏輯，作者在選擇《大系》所收錄的理論文章時，理應少收錄這些左翼性質的理論文章，因為，作為歷史的四十年代的香港文學理論不僅僅是一種對歷史真相的再現，同時也是史學家自身的一種主體性建構，也就是說，「真實發生的歷史」和「事後對歷史的敘述」並非同一性質，「歷史」是一回事，怎麼「敘述歷史」是另一回事，不同的史學家有對歷史不同的敘述方式，體現了史學家的敘述策略和價值立場。如果按照《大系》作者的價值立場和他的個人偏好，他完全可以削弱他所反感的左翼文藝理論在「大系」版圖中的比例。這並非沒有先例，如《中國新文學大系‧散文二集》，由郁達夫選編，共選了 16 家散文 148 篇作品，然由於作者格外偏嗜周氏兄弟的散文，周作人選了57 篇，魯迅選了 24 篇，周氏兄弟的散文佔了大系的一大半，一些

6　林曼叔：《香港文學大系‧評論卷二》（香港：商務印書館，2016 年），頁 66。

重要的散文作家入選的篇目少了，「從他（郁達夫）的選文傾向來看，最注重的是作家『個性的表現』，他選的大多是『個人文體』的作品，這是《散文二集》的一個特色」。[7] 如果不出於苛責，這種個性化的編選方式也不失為編撰大系的一種方法。林曼叔並沒有採取郁達夫的這種編選方式，因為這種方式雖有優勢，但也存在着不可避免的缺憾，正如溫儒敏所說，「（郁達夫的）這種編選角度很能看出選家的性情和審美趣味，卻不一定能很好地反映歷史」；從而造成選本選目「不夠完全，甚至可以說是失之偏嗜」。[8] 林曼叔可能意識到郁達夫的這種個性化編選方式的弊端，在編選《香港文學大系‧評論卷二》時，做到返回「歷史情境」，盡可能復活歷史的真實細節，還原文學的歷史現場，讓文學大系的編選成為一種「知識考古」的行為，歷史是怎樣，《大系》就盡可能呈現出怎樣的模樣。在他為《大系》選擇理論文章時，左翼文論佔據絕大部分版圖，並非因為作者對左翼文論有多麼偏嗜，而是因為「歷史真相」就是這樣。四十年代後期的香港文壇，左翼文藝獨領風騷，佔據着話語權，其他各派文藝或處於無法平等對話的劣勢狀態，或處於缺席「失語」的狀態。《大系》的選文雖然稍嫌單調，但卻客觀反映了當時香港文壇的基本格局，還原了歷史真相。

　　正是因為作者採取了準「知識考古學」的方法，〈導言〉部分除了「後話」有較為明確的表態外，作者很少直接站出來作出價值裁

7　溫儒敏：〈論《新文學大系》的學科史價值〉，載《文學評論》2001 年第 3 期，頁 57。

8　同上注。

判，即使有，也只是隻言片語，從不多說。如〈導言〉中也出現如下判斷：「從政治出發的文學批評，必然扼殺了中國文學的正常健康的發展」。[9] 但對更多內容卻並沒有作出明確褒貶，似乎秉持中立的價值立場，如《大系》介紹了郭沫若批判沈從文的〈斥反動文藝〉一文，郭沫若斥責沈從文「一直是有意識地作為反動派而活着」[10]；邵荃麟在〈朱光潛的怯懦與兇殘〉指出朱光潛的文字「卑劣、無恥、陰險、狠毒」，「儼然以戈培爾的姿態在出現」[11]；聶紺弩在〈有奶便是娘與乾媽媽主義〉中指出「蕭乾先生的見解是反民主的，同時也是反民族的……他是南京政權最合適的代言人」[12]……，但作者並沒有對以上觀點作出褒貶判斷，而側重於還原歷史的真相與細節，此乃「知識考古學」的一貫傳統。但「知識考古學」也並非完全拒絕價值判斷，而仍然可以在返回歷史現場的客觀敘述中隱隱看出作者的價值立場，例如，以上通過對於沈從文、朱光潛、蕭乾等的批判文字的冷靜客觀的敘述，難道不可以透露出作者的態度嗎？正如一些小說，敘述不動聲色，無一貶詞，而能達到情偽畢露的效果。林曼叔的冷靜敘述其實也能達到類似的效果。

9　林曼叔：《香港文學大系・評論卷二》（香港：商務印書館，2016 年），頁 61。

10　同上注，頁 48-49。

11　同上注，頁 49。

12　同上注，頁 50。

三、特色鮮明的大系「導言」

對於作為一種「文體類型」的「文學大系」來說，「導言」的意義非常重要。如果說「文選」是「大系」的主體，具有文獻價值，那麼「導言」就是「大系」的文眼和靈魂，引領讀者對該階段文學進行閱讀，具備「準文學史」的功能。如趙家璧先生主編的《中國新文學大系（1917-1927）》，其殊勝之處不但在於選錄了第一個十年的各體文學資料，反映了該時期文學發展的歷史軌跡，同時也在於每一位編選者都撰寫了一篇鞭辟入裏、風格各異的〈導言〉，其中卓越者，如魯迅的《小說二集》〈導言〉，「堪稱是文學史的經典學術之作」[13]，產生了廣泛的學術影響。而林曼叔的《香港文學大系・評論卷二》也提供了一篇特色鮮明的〈導言〉。

首先，以特定文學歷史現象作為基本單元，構成「導言」的結構形式和敘述邏輯。「導言」分為前言、後話（結語）和主體部分。主體部分乃是導言的核心，作者將香港十年時期的文學理論通過六個以文學歷史現象為特徵的敘述單元呈現出來，如同六個大的珠子串接起整個香港十年文學理論地圖。這六個「單元」或「珠子」分別是「左翼文藝運動的開展及文藝統一戰線建立」、「對『反動文藝』的鬥爭」、「文藝大眾化與方言文學的討論」、「關於新詩創作的討論」、「文學批評原則與主要作品評論」、「關於馬華文學的討論」等

13　溫儒敏：〈論《新文學大系》的學科史價值〉，載《文學評論》2001 年第 3 期，頁 60。

方面，其內容與大系正文內容的標題大體一致，但也有不同之處，如「導言」就將「馬華文學」作為一個獨立的部分提出，足見作者對有關「馬華文學」問題的重視。大系便是以這六個「單元」或「珠子」作為統攝性綱領，將相關的理論文章就收集在這一「單元」之下，摘錄其主要觀點。六大「單元」的集中呈現、六顆「珠子」的集中串聯，香港十年文學理論全圖就綱舉目張地清晰顯示出來了。如在「對『反動文藝』的鬥爭」這一「單元」中，就分別涉及到左翼作家對沈從文、朱光潛、梁實秋、蕭乾、蕭軍、胡適、林語堂、馮友蘭、錢穆、張道藩、潘公展、徐仲年、顧一樵、易君左等人的批判，以及左翼文藝界內部對右傾思想和宗派主義的鬥爭，引用了郭沫若、邵荃麟、聶紺弩、白堅離、陳閑、蕭愷、胡喬木等人的批評文章的主要觀點，讓讀者對這一時期左翼對「反動文藝」的鬥爭有一個感性和理性的了解。值得注意的是，左翼對「反動文藝」的鬥爭，其實也涉及到論爭的雙方，雙方大致分屬於左翼作家羣和自由主義作家羣。從論爭的性質來說，和鄭振鐸編選的《中國新文學大系（1917–1927）‧文學論爭集》有點類似，後者收錄新文學發難期新文學先驅與林紓、學衡派、甲寅派、國故派等的論爭，以及新文學陣營對舊文學陣營的批判。雖然新文學在論爭中最終獲得勝利，但論爭的另一方——舊文學及其代表是有反擊、回應和鬥爭的，如該書上卷分為五編，第一編是「初期的回應與爭辯」；第二編是「從王敬軒到林琴南」；第三編是「學衡派的反攻」；第四編是「文學研究會與創造社的活動」；第五編是「甲寅派的反動」。也就是說，論爭的雙方新舊兩派都「在場」，因此，鄭振鐸所編「大系」對新舊兩

派的論爭文章都有收錄。但林曼叔所編「大系」則迥然不同，這其中當然也有論爭，但是論爭的雙方有一方處於「缺席」狀態，即沈從文、周作人、蕭乾、胡適、朱光潛等所謂的「反動文藝」作家由於時代與環境的原因，他們對於左翼作家的批判，無法作出回應，處於沉默「失語」狀態，也就無法形成真正的對話。這種狀況，造成《香港文學大系・評論卷二》選文以及〈導言〉部分敘述的「單調」——這是一場沒有對手回應的「大獲全勝」；但這種「單調」格局卻就是那個時代的客觀真相。

其次，〈導言〉思考和解決了文學領域中一些令人困惑的基本問題或難題。如在「關於新詩創作的討論」單元中，涉及到「詩歌創作規律」和「新詩發展前途」的問題，這不僅僅是存在於香港文壇的特定問題，更是一些文學發展過程中的基本問題和難題。例如，五四新文學運動後，用白話寫新詩，雖打破了舊體詩的形式，但又無力建築新詩形式，優秀新詩不多，造成了詩歌發展的困境。對於這個問題，〈導言〉中列舉了幾家詩人的看法，如郭沫若認為詩歌的出路在於「向人民學習」、「工農兵自己寫出來的詩，那才是詩歌礦坑裏真正的金礦銀礦」；[14] 林林認為新詩打破了舊體詩的桎梏，實現了詩體的大解放，是一個進步，但是，新詩「自把纏足布解放之後，又變成過於歐化，而消化不良，發生洋酸氣了，詩是散文化了，缺乏中國詩音樂美，因為以白話寫音節韻律太不注意了，對於大眾化，對於中國氣派也是有障礙的，詩失去了詩腔，好看不

14　林曼叔：《香港文學大系・評論卷二》（香港：商務印書館，2016 年），頁 57。

好朗讀，這傾向相當濃厚，因而不能不提出來商討，今天是應該來個五四文藝運動的否定之否定，這不是復古，而是進步」[15]；黃藥眠提出詩歌「各種不同風格同時並存」[16] 的主張；對於臧克家的詩集《泥土》，臧克家肯定其「濃厚的農民性」、「鄉村」的泥土特色，而林默涵則批評《泥土》「幾乎看不到一點農村階段鬥爭的影子」，「嗅不到一絲絲今天已經燒紅了全中國的農民鬥爭的火焰氣息」；對於馬凡陀的詩歌，刑天舞認為，「他運用了可能的新舊形式，但實際上他也就否定了所有的形式。我以為在形式問題上，馬凡陀值得學習的地方不是他成功地運用了甚麼體，而是他的放手運用一切的體。特別是更多地運用民謠體。……馬凡陀之所以值得鼓勵是因為他的詩反映了廣泛的現實，有許多過去被認為不屑寫的東西，都被他寫了。有些人認為這可能破壞了詩的莊嚴的藝術性，但我認為真的新詩的出發點就是在於寫那些被一般詩人所不屑寫，而一般羣眾都非常關心的東西」。[17] 筆者覺得，這裏所要試圖呈現和解決的不僅僅是在詩歌問題上個人是非的判斷問題，也不僅僅是香港或中國文壇詩歌領域所存在的個別性問題，而觸及到對於詩歌普遍性問題和難題的思考，也給出了較為滿意的答案：所謂「來個五四文藝運動的否定之否定」、「各種不同風格同時並存」、「濃厚的農民性」、「放手運用一切的體」、「反映了廣泛的現實」、「（寫）羣眾都非常關心的東西」，不都可以視為解決詩歌創作困境一個個行之有效的「良

15　林曼叔：《香港文學大系・評論卷二》（香港：商務印書館，2016 年），頁 58。
16　同上注，頁 58。
17　同上注，頁 60。

方」嗎？此外，對於「文藝大眾化」、「方言文學」、「文學批評原則」等文學領域的基本問題，「導言」都有獨特的思考。

　　另外，大系還有一個特色，就是在收錄香港理論文獻的時候，還提供一些珍貴的圖像資料，包括一些理論文章的作者如郭沫若、茅盾、邵荃麟、黃藥眠、林林、樓棲、靜聞、周鋼鳴等人在香港的活動照片，以及該時期香港出版的《生活文藝》、《海燕文藝叢刊》等刊物和書籍。這些圖像資料，不但具有圖文並茂的效果，同時也增加了歷史的現場感。值得注意的是，作者在編寫大系時，把葉靈鳳、李志文、天任、魯夫等「漢奸理論」排除在香港文學之外，反映了作者鮮明的民族主義和愛國主義立場。

香港舊體文學總覽

劉錚　《南方都市報》編輯

　　陳國球先生主編的十二卷本《香港文學大系 1919-1949》從去年下半年起陸續出版，這無疑是香港文學界，乃至整個華語文學界的一件大事，為全盤梳理、評價香港文學的成績奠定了基礎。《香港文學大系》已刊各卷，搜羅之廣、研探之深、視角之新，令人讚歎。《兒童文學卷》、《通俗文學卷》、《舊體文學卷》三卷的創設，尤能體現編者的眼光與胸襟。

　　《舊體文學卷》由致力粵港古典文學文獻多年的程中山先生主編，爬梳剔抉，極見功夫。程中山先生將香港舊體文學的發展分為四個時期：晚清時期、民初時期、抗戰時期、戰後時期。這幾個時期各具特點，約略言之，晚清時期的香港，不過是整個中國沿海城市詩文地圖上的一個點而已，除潘飛聲、丘逢甲外，並無太重要的詩人，而這兩位詩人在香港駐留的時間也不很長。民初時期，在香港舊體文學史上佔極重要的位置，而其突出成就則體現在所謂「遺民文學」上，代表人物有陳伯陶、溫肅、賴際熙、張學華等。至於抗戰時期與戰後時期，在精神上其實是通貫的，也就是說，前清遺

老派的詩文退出舞台，來自新的文學背景、有新的思想觀念的北來文人湧入香港。蔡守、葉恭綽、李仙根、楊圻、柳亞子、廖恩燾、吳天任等可能是其中最重要的幾位作者。而香港本地作者的詩文創作，雖也頗為熱烈，但成績似略遜一籌。

《舊體文學卷》有意識地選入了一些反映新事物與歷史事件的作品，比如廖頌南的〈詠暖水壺〉、〈詠無線電〉，葉次周的〈無聲電影〉、〈有聲電影〉，梁廣照的〈馬棚火災行〉，古卓崙的〈香江曲〉、〈後香江曲〉、馮漸逵的〈原子彈〉……等等。可惜的是，這些試圖處理新題材的詩作，在藝術上都很難說是成功的，較之梁啟超、黃遵憲、夏曾佑的「詩界革命」，差距太大，如今恐怕只剩下了歷史的價值。

在我看來，香港舊體文學的精華，仍只能到「遺民文學」中去尋找。而「遺民文學」的概念或許要擴大一點：既包括 1912 年之後的「清遺民」，又應涵蓋 1949 年之後的自我放逐者。對前期的「清遺民」，《大系》體現很充分，尤其是圍繞宋王台遺跡，遺老唱和甚多，堪稱近代詩史上一大題目，值得深入研考。當然，這些詩文的局限在於，典實、字句因襲古人，無新意見、新意思，以至於有些作品，假若掩上作者名字，你幾乎分不清是明末清初的遺民寫的，還是清末民初的遺民寫的。至於 1949 年之後的「遺民文學」，則因為《大系》斷限的關係，未能收入易君左、曾克耑等人寫於 1950 年後的詩文，稍有遺憾。不過入選的吳天任作於 1949 年的數首詩，悲慨憤激，洵為壓卷之作。

《香港文學大系：舊體文學卷》已將香港舊體文學的面貌基本

勾勒清楚了，貢獻甚大。微覺遺憾的是，書中所錄作品，錯訛較多，後來的研究者引據時須多留意。有些訛誤非常明顯，是不必對照原書就可知道的，如羅灝的駢體《游九龍宋王台文》，「會穩三千之甲楯，海島五百之旌旗」，「會穩」顯為「會稽」之訛。又如何恭第《傷時作此》詩，「燕省怡處堂，鳥獸悲同羣」，「燕省」顯為「燕雀」之訛。個別文章也有斷句之誤，如黃佛頤《〈宋台秋唱〉序》，「九龍真逸，管寧辟地，陳咸閉門纂述，餘聞斯焉登眺」，當作「九龍真逸，管寧辟地，陳咸閉門，纂述餘聞，斯焉登眺」。

香港（通俗）文學
——《通俗文學卷》與「香港文學史」

鄒芷茵　恒生管理學院

　　「香港文學」這個故事，寫成了數個劇本，各有不同序幕和結局。現在説句「香港有文學」的話，反對者肯定比 1950 年代的少，但未盡同意者，至 1980 年代似乎仍大有人在；否則鍾玲玲不會在 1979 年仍感慨「香港有文學，但香港時常給人一種沒有文學的誤解，這種誤解直到今日，恐怕是再也不應該誤解下去了。」[1]

　　在這些不同的「香港文學」故事裏，「通俗文學」就像最佳配角，頻頻上場，而永不擺出正印身姿。古今中外，文學史書寫向來皆囿於雅俗觀念之下。雖然香港通俗文學來歷久遠而數量甚豐，卻暫只見個別著作或作家研究，而尚未出現如大陸、台灣的大規模整理計劃，可見通俗文學還未成為香港文學研究的明朗氣候。黃仲鳴主編《香港文學大系‧通俗文學卷》，呈現通俗作品在戰前香港文

1　鍾玲玲：〈誤解〉（「香港有沒有文學」筆談會），《八方文藝叢刊》第 1 輯（1979 年 9 月），頁 36。

學裏獨當一面的戲碼，帶來更多有關香港通俗文學研究方法和「香港文學史」書寫的討論。

一、戰前香港通俗文學在「香港文學史」

黃仲鳴認為「香港文學」不等於「香港文學史」，因「香港文學」較「香港文學史」強調「香港作家」的定義；故他不以「香港文學史」為《通俗文學卷》之編輯目的，而不選入難以確定「香港作家」作者身份之作品。[2] 話雖如此，但《香港文學大系》出版計劃，本身有其文學史意義。

《通俗文學卷》有其改良「香港文學史」書寫的價值。戰前的香港通俗文學，常常在 1990 年代的香港文學史或選本中缺席：如鄭樹森等編選《早期香港新文學資料選（1927-1941）》和《早期香港新文學作品選（1927-1941）》時，雖提到「從二十年代至四十年代，香港的報章副刊是諧部與現代文學同時並存」，[3] 但如書名一樣，出版計劃聚焦在「新文學」身上；王劍叢也輕輕提及 1920 年代有些「低級庸俗的作品」，[4] 而認為侶倫等新文學作家方算為「香港文學的

2　黃仲鳴：〈導言〉，黃仲鳴主編：《香港文學大系 1919-1949・通俗文學卷》（香港：商務印書館，2014 年），頁 61-62。

3　鄭樹森、黃繼持、盧瑋鑾：〈編選報告〉，鄭樹森、黃繼持、盧瑋鑾編：《早期香港新文學資料選（1927-1941）》（香港：天地圖書有限公司，1998 年），頁 3。

4　王劍叢：〈香港文學前 30 年發展的一個輪廓〉，《香港文學史》（南昌：百花洲文藝出版社，1995 年），頁 5-6。

拓荒期」的一員等。[5] 香港通俗文學論述，也往往指向戰後的文學生產，如費勇、鍾曉毅在劉登翰主編的《香港文學史》裏，把香港通俗文學的起點定於 1950 年代：「五十年代初期，當香港文壇在左右對峙的政治糾葛中，〔……〕通俗文學在香港興起，構成了從這一時期延及此後數十年的香港文壇為滿足社會文化消費需要的另一番熱鬧景象」。[6] 由此可見，不少學者均選擇以「新文學」為「香港文學」的正史，而視 1950 年代以前的通俗文學，為「香港文學」出現之前的文學生產，甚至是香港早期新文學生產的他者 —— 總之是「香港文學」尚未誕生的混沌前世。

《香港文學大系》總主編陳國球在〈總序〉裏明言這是「『文學大系』而非『新文學大系』」；[7] 即「香港文學大系」中的「文學」，與「中國新文學大系」中的「新文學」並不相等。陳氏指「香港的文化環境與中國內地的最大分別是香港華人要面對一個英語的殖民政府」，[8] 也就是兩地文學的場域條件不同，而「香港文學」的步調不必與「新文學」一致；因此，《香港文學大系》的書名和出版理念，本身已甚具改寫以「新文學」為主旋律的「香港文學史」之意味。

除了從書名外，《通俗文學卷》的設計，更明確呈現了「文學大

---

5 王劍叢：〈香港文學前 30 年發展的一個輪廓〉，《香港文學史》（南昌：百花洲文藝出版社，1995 年），頁 7-13。

6 費勇、鍾曉毅：〈第七章 通俗小說〉，劉登翰主編：《香港文學史》（香港：香港作家出版社，1997 年），頁 214。

7 陳國球：〈總序〉，黃仲鳴主編：《香港文學大系 1919-1949．通俗文學卷》（香港：商務印書館，2014 年），頁 25。

8 同上注。

系」與「新文學大系」之間的距離。[9]《通俗文學卷》並非以精選佳作為本的選本；黃氏在〈導言〉先開宗明義：「本卷所選作品，按作者、年份的排序，試圖勾勒出在 1949 年前，香港通俗文學一副流變的面貌來，以供後來者的研究」。[10] 其中「流變的面貌」，即「演變歷程」。[11] 在《通俗文學卷》所呈現的文學風景下，「通俗文學」不再是「香港文學史」一個於 1950 年代以前只能懸空的線索。既然通俗文學於 1949 年以前已是變動不居的生產，那麼箇中的參差細節，已不再概論為「新文學」的他者。《通俗文學卷》所反映的另一個更宏觀的「流變」，是華文文學的「通俗文學」概念。黃氏指出「通俗文學的涵義已變型」，[12] 即戰前的香港通俗文學與鄭振鐸在《中國俗文學史》裏所説的、或者是鄭振鐸當下接觸的通俗文學已面目全非；如一味依循固有文學史觀，將未能説明香港通俗文學的獨特之處。

　　黃氏更意識到，「大陸的學者每將通俗文學等同於民間文學」，[13] 這話題可參考以下資料一併討論。於 1930 年代末的大陸抗戰時期，大陸作家除了在港成立「中華全國文藝界抗敵協會香港分會」（文協香港分會）外，還在各報刊提出不少抗戰通俗文學主張。杜

9　除《通俗文學卷》外，程中山主編的《舊體文學卷》也為「文學大系」理念重要一環。見程中山主編：《香港文學大系 1919–1949・舊體文學卷》（香港：商務印書館，2014 年）。

10　黃仲鳴：〈導言〉，頁 43-44。

11　同上注，頁 63。

12　同上注，頁 44。

13　同上注，頁 45。

埃在《大眾日報》提出：「抗戰七個月來，〔……〕尤其是一般落後的舊文化的讀者，他們到今天仍在閱讀七俠五義神怪誨淫的小說，〔……〕要改變這現象，當前抗戰新文化的通俗運動，是必須加緊進行的。」[14] 施蟄存也在《星島日報》呼籲：「要『大眾』拋棄了舊形式的俗文學而接受一種新形式的俗文學。〔……〕我們談了近二十年的新文學，隨時有人喊出大眾化的口號，但始終沒有找到一條正確的途徑。以至於在這戎馬倥傯的抗戰時期，不得不對舊式的俗文學表示了投降。」[15] 杜埃、施蟄存所說的「通俗」，明顯指把新文學改良成易於教育大眾的寫作手法，而非與新文學對立的鴛鴦蝴蝶派等通俗作品。因此，有關 1930 年代末在港出現的抗戰通俗文學主張，實仍為「新文學」或「嚴肅文學」的話題。

黃氏沒有為《通俗文學卷》選入與抗戰通俗文學相關的作品，反而選入同年代的黃天石〈紅巾誤（節錄）〉和〈生死愛（節錄）〉、[16] 望雲〈黑俠（節錄）〉、[17] 周天業〈三十年來粵東奇案選：胡塗上的胡塗〉，[18] 以及林瀋的〈書香斷客魂〉和〈書聲破夢迷〉。[19] 其中周、林

14　杜埃：〈舊形式運用問題的實踐〉，《大眾日報・大眾呼聲》（1938 年 3 月 20 日）。轉引自鄭樹森、黃繼持、盧瑋鑾編：《早期香港新文學資料選（1927–1941）》，頁 97。

15　施蟄存：〈新文學與舊形式〉，《星島日報・星座》第 9 期（1938 年 8 月 9 日），第 14 版。

16　黃天石：〈紅巾誤（節錄）〉，《通俗文學卷》，頁 224-230。黃天石：〈生死愛（節錄）〉，《通俗文學卷》，頁 231-237。

17　望雲：〈黑俠（節錄）〉，《通俗文學卷》，頁 309-340。

18　周天業：〈三十年來粵東奇案選：胡塗上的胡塗（存目）〉，《通俗文學卷》，頁 365-372。

19　林瀋：〈書香斷客魂〉，《通俗文學卷》，頁 373-375。林瀋：〈書聲破夢迷〉，《通

三作，更屬香港淪陷時期之作。由此可見，比起與戰爭互動的新文學，黃氏更聚焦於香港通俗文學從戰前直至 1949 年之間本身的風格變化，印證陳國球在〈總序〉所說明的「文學大系」概念。這種鮮明的香港通俗文學價值觀，不但予以香港通俗文學一種不依附或對立嚴肅文學而生的姿態，而且為「香港文學史」的書寫方法提供新的選項。

二、《通俗文學卷》的語言和類型

「通俗文學」常常因形式相近、結構分明，而遭批評內容千篇一律、價值乏善可陳。「通俗文學」與「嚴肅文學」最明顯的形式差異，在於「類型」（genre）和「公式」（formula）；[20] 嚴肅文學追求創新、獨一無二，作家、讀者和研究者因而習慣視通俗文學為嚴肅文學的對立面，不喜因襲之作，把「類型」和「公式」視為文學的缺點。劉以鬯於 1950 年代已為資深作家及報人，他曾親證：「在香港文學的發展過程中，五十年代初期雖然值得重視的作品不多，卻是一個重要的時期」，[21] 因為當時充斥「都市傳奇」、外國作品改寫、「新鴛蝴」、「新武俠」和政治宣傳等通俗文學，令「香港文學」差點

俗文學卷》，頁 375-377。

20　見考維爾蒂（John G.Cawelti）著：〈通俗文學研究中的「程式」概念〉，周憲等編譯：《當代西方藝術文化學》（北京：北京大學出版社，1988 年），頁 424-435。

21　劉以鬯：〈五十年代初期的香港文學——1985 年 4 月 27 日在「香港文學研討會」上的發言〉，《香港文學》第 6 期（1985 年 6 月），頁 14。

「成為怒海中的覆舟」。[22] 他所言之通俗文學盛況非虛，並以之反襯當時嚴肅文學（純文藝）的弱勢；所以他也在表示，這些通俗作品不屬嚴肅文學的一員。這說法雖可理解，但容易成為定見，難作通俗文學研究的參考。黃仲鳴在〈導言〉提到，劉登翰主編的《香港文學史》認為，黃天石因戰後生計而從新文學轉投通俗言情小說；黃仲鳴依黃天石於 1920 年代早已發表多篇言情小說等資料為據，推論黃天石本早已投身通俗文學，以訂正劉氏說法。[23] 研究者宜在定見的基礎之上，把「千篇一律」看為「通俗文學」的優點，掌握通俗文學的共時風景，探尋更多針對「類型」和「公式」的通俗文學研究方法。以下，本文將討論《通俗文學卷》如何從語言和類型來點出戰前香港通俗文學獨特之處。

若把《香港文學大系》全套齊集起來，我們可得一幅 1919 至 1949 年的香港文學宏觀風景；其中有新文學、舊體文學、三及第通俗文學，它們必然浮現書寫語言的問題。陳學然在《五四在香港：殖民情境、民族主義及本土意識》裏綜合陳君葆等的回憶文字，總結 1930 年代香港對新文化運動的反應不大：「直至 1935 年許地山到港之前，『五四在香港』的論述基本上是不能過度誇大的，『五四』在香港沒有造成大的迴響。」[24] 雖然當時的新文化運動並未

22　劉以鬯：〈五十年代初期的香港文學 —— 1985 年 4 月 27 日在「香港文學研討會」上的發言〉，《香港文學》第 6 期（1985 年 6 月），頁 18。

23　黃仲鳴：〈導言〉，頁 50-52。

24　陳學然：〈「五四在香港」論述重探〉，《五四在香港：殖民情境、民族主義及本土意識》（香港：中華書局，2014 年），頁 196。

使新文學席捲香港文壇，但仍衍生了「文言文」與「白話文」、「新文學」與「舊文學」之書寫衝突。

這個問題，在《通俗文學卷》身上則更為複雜。通俗文學既有文言，亦有白話，另有摻入英語和粵語的三及第體：「但證之香港的通俗文學，〔……〕語言也更多姿，古文、白話文、粵方言，甚至來個語言大混合的三及第等，可見作者的文字功力和思想的開放，不囿於已成氣候的白話文」。[25]《通俗文學卷》收錄的文言、白話、三及第作品不為時序所限，並不呈現一個語言從舊到新的順序形態。卷內有黃崑崙的小說〈毛羽〉（1921 年），[26] 行文主要為白話：「怎想張景渭先生的命運。却夠不上這個時代。來大出風頭。偏在科舉狂熱的時代。他才呱呱墜地。他才束髮受書」，[27] 雖語法與現代小說仍有距離，但已大致消除文言語感；而林濬晚於淪陷時期發表的小說〈書香斷客魂〉（1944 年），[28] 卻以淺白文言成稿：「玉薇至是，還筆欲去，卓如乃笑曰：『否，前言戲之耳！顧汝欲寫長相思耶？何以今夜始還我？』」[29] 兩小說發表時間相差近二十年，前後之間又有不少三及第作品面世，如黃言情的小說〈老婆奴續篇〉（1926 年）、[30] 高雄的怪論〈清明論拜山〉（1949 年）等，[31] 可見文、白、三

25　黃仲鳴：〈導言〉，頁 43。

26　黃崑崙：〈毛羽〉，《通俗文學卷》，頁 91-99。

27　黃崑崙：〈毛羽〉，《通俗文學卷》，頁 92。

28　林濬：〈書香斷客魂〉，《通俗文學卷》，頁 373-375。

29　林濬：〈書香斷客魂〉，《通俗文學卷》，頁 373。

30　黃言情：〈老婆奴續篇（節錄）〉，《通俗文學卷》，頁 189-201。

31　高雄：〈清明論拜山〉，《通俗文學卷》，頁 383-384。

及第並行之寫作環境，很可能是 1949 年前的香港語言面貌，是釐清新舊文學界限的一個理想切入點。

至於類型的方面，《通俗文學卷》所選作品涉及小說，篇幅較長，自然較難歸納當時通俗故事的公式；但在類型種類上，選文就提供不少具體研究線索。黃仲鳴深明類型之於通俗文學的重要性，在〈導言〉引導讀者析讀香港戰前通俗作品的本色，如哪些作家承自大陸鴛鴦蝴蝶派的文風、[32] 香港作家在技擊小說上的獨特成就等；[33] 另選入粵謳、班本、龍舟等「極見地方色彩」的作品，可見其對本地通俗作品類型特色的觸覺。[34]

在體例上，由於大系整體設計所限，《通俗文學卷》雖有「類型」的自覺，但體例被動，未能完全按類型或語言排列，多少難以展現通俗文學的類型面貌。無論是黃言情的〈新西遊記〉和侯曜的〈摩登西遊記〉，[35] 抑或是我是山人和高雄的三及第作品，均無法在體例上自成一類。這體例對嚴肅文學的閱讀經驗影響較輕微；就通俗文學而言，卻大大減弱作品之間的聯繫。《通俗文學卷》和《舊體文學卷》似乎都是大系作品選本可考慮轉變編輯體例的地方。

雖然大系體例為《通俗文學卷》帶來分類的不便，但〈導言〉有意凸顯香港通俗文學特色，可補體例之不足。其中技擊小說雖非首

32　黃仲鳴：〈導言〉，頁 54。

33　同上注，頁 54。

34　同上注，頁 43。

35　黃言情：〈新西遊記〉，《通俗文學卷》，頁 204-215。侯曜：〈摩登西遊記〉，《通俗文學卷》，頁 291-304。

見於香港，但我是山人、鄧羽公的技擊小說對後來者甚具啟發，甚至對香港影視創作影響深遠。陳國球引用朱西甯編修大系的看法，認為是對「文類功能」很有意義的詮釋：「我們避免把『大系』作為『文選』，〔……〕我們所選輯的是可成氣候的作品，〔……〕供後世據此而獲致某一小說家的專門研究資料蒐集的線索。」[36] 這似乎也是《通俗文學卷》的編輯理念。研究者可按作品具體內容，再行「蒐集」戰前香港通俗文學的類型和公式的風格變化的「線索」。

三、再思「香港文學史」的「雅」與「俗」

最後，我們不妨透過《通俗文學卷》，再思「香港文學史」書寫的雅俗問題。如上文所言，文學史書寫向來囿於雅俗觀念，而「香港文學史」書寫也不例外。部分文學史觀非常強調通俗文學的商業功能，容易產生作家棄雅投俗、棄新投舊的說法。在通俗文選或涉及通俗文學的文學史書寫裏，編者既深明香港通俗文學個別美學價值不高之理，但又不忍對這出版量龐大的俗文俗字視若無睹，編著時舉步維艱，可見其中的審慎和苦惱。

黃仲鳴認為「雅俗分流」是無可避免的，[37] 而香港通俗文學研究「是個沙中淘金的工程」：「本卷的編纂，只想起一個帶頭的作用，喚起大家的注意：原來香港通俗文學雖『沙』多，也有『金』的；這

36　陳國球：〈總序〉，頁 14。
37　黃仲鳴：〈導言〉，頁 46-47。

『金』，除含藝術性外，在社會學、民俗學、經濟學、語言學、讀者接受論等方面，都有豐富的資料。」[38] 這個「淘金」的概念，在繼後之第二階段「香港文學大系」編輯，以至日後的「香港文學史」書寫而言，也將來得小心翼翼。所謂「淘金」，就是在低廉之中找出貴重的意思；如簡單以通俗為廉，以嚴肅為貴，一心要在通俗之中找出符合嚴肅眼光的作品，則容易再陷新文學主張的雅俗舊見，形成通俗文學遭現代主義作品覆沒消亡的文學史幻象。

　　1949 年以後的通俗文學和新文學數量愈豐，而通俗文學對嚴肅作家來說更是來勢洶洶，加上冷戰時期的文藝工程，雅俗問題注定更加尖銳。長遠而言，「香港文學史」也必須摒棄通俗文學作為 1950 年代純文學他者的概念，或者以 1970 年代本土文學為養份的「改俗入雅」簡單脈絡，直面香港舊體文學、通俗文學，甚至英文文學在「香港文學」主體形構過程中的前世今生。如果我們期待、發掘愈來愈周詳的雅俗觀念和研究方法，通俗文學終可趨赴「香港文學」的新色。

38　黃仲鳴：〈導言〉，頁 43。

《兒童文學卷》書評

陳惠英　嶺南大學

在年前一個公開講座上，霍玉英教授講述她從事兒童文學研究的緣起，實始於教授兒童文學，她以很決斷及充滿情感的語調說：我知道，自始便走不出兒童文學這範疇了！

兒童文學從來不是熱門的學科，願意修讀的，撇除職業因素，有志從事這方面的研究及創作的，從來只是少數 —— 極少數。能夠在《香港文學大系》佔上一席位，實是難得。《大系》總主編陳國球教授言：

> 《香港文學大系》又設有《兒童文學卷》。我們知道「兒童文學」的作品創製與其他文學類型最大的不同是，其擬想的讀者既隱喻作者的「過去」，也寄託他所構想的「未來」；當然作品中更免不了與作者「現在」的思慮相關聯。[1]

1　陳國球：〈總序〉，載霍玉英編：《香港文學大系・兒童文學卷》（香港：商務印書館，2014 年），頁 27。

因此之故，在 1919–1949 年的香港，兒童文學自有其時代面貌：

> 這時段的兒童文學創製有不少與政治宣傳和思想培育有關。
> 部分香港報章雜誌上的兒童文學副刊，是左翼文藝工作者進行思
> 想鬥爭的重要陣地。依照成年人的政治理念去模塑未來，培養革
> 命的下一代，……可以說，「兒童文學」以另一種形式宣明香港
> 文學空間的流動性。[2]

全書共五百頁，頗見份量。第一輯理論；第二輯詩歌；第三輯
童話；第四輯故事；第五輯寓言；第六輯戲劇，最後一輯漫畫。理
論的一輯之中，大多是一些方向與指引。昔日致力推廣兒童文學的
曾昭森、黃慶雲於 1941 年發表的兒童教育信條 30 則，便是他們對
於兒童文學的強烈信念，所有信條均以「我們相信」開始，今日讀
來，仍覺擲地有聲，茲列首數則如下：

> 一、我們相信一切兒童都是可愛的，善良的；我們並且相信
> 他們根本是願意對於他們的環境，予以善良的反應的。
> 二、我們相信兒童無論是怎樣幼小與軟弱，都具有一個「神
> 聖不得侵犯」的人格；並且相信社會對於每一個兒童都有給他人
> 格發展的機會的責任。
> 三、我們相信兒童是充滿着無限的活力與型塑性，蘊藏着多
> 方面的能力與無限的可能性，因而相信明日的光明的社會，光明

2　陳國球：〈總序〉，載霍玉英編：《香港文學大系・兒童文學卷》，頁 27-28。

的國家，光明的世界的能否實現與何日來臨，就必要靠我們對於兒童環境的如何改善，對於兒童教育的如何努力。

閱讀其中篇章，除了由此得知當日的兒童文學狀況，更可藉此得見是時的社會面貌、文化生態。

書中入選的文學家的兒童文學作品，很值得一談，如柳木下及鷗外鷗，分別表達對於兒童文學發展的關注，並寫出饒有童趣的作品。

於「理論」一輯中，柳木下在 1949 年寫下的〈兒童圖書館的設立（一個目前非常迫切的工作）〉，充分表達他對兒童成長所需的深切了解。今日我們的兒童圖書館以至書店的兒童圖書部分數不在少，卻與柳先生早於大半個世紀以前所提出的，仍有差距！柳先生指出：「……這個有一百八十萬人口的城市，直到現在還沒有一個『兒童圖書館』。」[3] 柳先生結合香港的生活實況，清楚道出圖書館對於兒童教育來說，是何等重要：

> 譬如在這人煙稠密的香港，普遍中下階層的住所，大都是非常窄的，一個初中學生在放學回來之後，他是繼續在家自修呢，還是把書包一放就跑出門去玩耍，直到吃晚飯的時候才回來呢？我想是沒有幾個學生能夠在家裏坐下來自修的，這不僅是家裏沒有美麗豐富的圖書，而家裏那種氛圍也很難引起他的求知慾。如果有好的圖書館的話，在晚飯前他可以在那裏流覽兩個鐘頭，

3　霍玉英編：《香港文學大系・兒童文學卷》，頁 124。

自由地吸收各種適當的智識，以補充課本的不足，調和課本的枯燥。[4]

今日看來，這仍是切合實況的建議！

鷗外鷗的三首詩歌及一則童話，充滿童言的無忌。如果說上世紀二十至五十年代有不少兒童文學是為國家為民族未來的目的而創作，鷗外鷗的作品則見日常生活及童趣角度，如「大衣後面的門」，既有男孩生理的描述，復有日常生活的觀察：

我們知道：

男子們穿的褲前面

有一扇褲門

是小便用的門

⋯⋯

爸爸穿的大衣後面

也有一扇門

⋯⋯

弟弟說：

「這大衣後面的門，

放屁用的罷；

一定是放屁用的門了！」[5]

4　霍玉英編：《香港文學大系・兒童文學卷》，頁 125。
5　同上注，頁 146。

文學家關心兒童文學，甚或參與創作，很值得注意。這類的兒童文學，往往能夠兼顧不同的寫作特色。像上述鷗外鷗的詩作，與他的文學作品中所表現的都市感，亦見相關。今日從事香港文學創作的作家，亦有為兒童、青少年而寫作的，他們作品中的文學元素，往往為兒童文學增添豐富的內容與多元的表現手法。

《兒童文學卷》從詩歌到漫畫，大抵是嘗試包攬兒童文學的不同類型，是有意為過去的兒童文學的多樣化留下記錄。

大家熟悉的豐子愷，在《星島日報》兒童副刊《兒童樂園》（創刊於 1948 年 4 月 9 日）刊載的作品以漫畫為主，主編霍玉英言「這些作品都『從兒童視角切入，強調兒童的遊戲性，既貼近兒童生活，又表現了鮮活的兒童情趣』」，[6] 由此觀之，儘管「這時段的兒童文學創製有不少與政治宣傳和思想培育有關」，但細讀卷中所選文本，還是看出是時的兒童文學仍以生活的趣味與童真的書寫為重點。

閱讀此《香港文學大系・兒童文學卷》，趣味盎然，一方面是歷史的回溯，一方面是不得不反思當下的兒童文學發展狀況。自 1949 年而下，兒童文學在不同的社會階段，如何開出不同的面貌，實是值得探究的課題。由卷中所見面貌，期待他日有延續的研究，自能為兒童文學的發展勾勒較清晰的路徑，此於過去、於未來、於羣體、於個人，都是重要的吧？

6 　霍玉英編：《香港文學大系・兒童文學卷》，頁 54。括號中引文見於霍玉英：〈豐子愷兒童漫畫與兒童圖畫書〉，載方衛平主編：《中國兒童文化》（第八輯）（杭州：浙江少年兒童出版社，2013 年），頁 146。

因代以求，有其書，有其學
——《文學史料卷》讀後

吳浩宇　評論人

總主編陳國球先生在〈總序〉[1]中曾引朱西甯在序《中國現代文學大系・小說篇》時，提出一個值得注意的論點，並視其能為「文學大系」的文類功能作出一個很有意義的詮釋：

> 我們避免把「大系」作為「文選」，只圖個體的獨立表現，精選少數卓越的小說家作品中的菁華，而忽略了整體的發展意義。這可以用一句話來說，我們所選輯的是可成氣候的作品。如此「大系」也便含有了「索引」的作用，供後世據此而獲致從事某一小說家的專門研究資料蒐集的線索。[2]

朱西甯以「大系」涵攝「索引」，企圖選輯可成氣候的作品，以

1　陳國球：〈總序〉，《香港文學大系 1919–1949・文學史料卷》（香港：商務印書館，2016 年），頁 14。

2　朱西甯：〈序〉，《中國現代文學大系・小說第一輯》（台北：巨人出版社，1972年），頁 19。

照見整體的發展意義，這一論點，亦可視作陳智德主編《文學史料卷》的特點，其選錄香港文學史料文獻 173 種，分為「刊物史料」、「題記與序跋」、「書信與日記」、「作家史料」、「記錄與報道」五輯，以書刊、人物、事件三大項為主題，在閱讀時，一篇篇的創刊詞、書信、日記、紀錄、報導，似乎在看着一幀幀香港文學 / 文化空間的歷史菲林，經由陳智德細心分類，只要相互比對，當可想見其選輯史料文獻之用心。對於香港文學的歷史發展，遙想當年，文言與白話之競爭情形到底如何？要如何創辦一本雜誌？怎樣出版一本書？不同編輯羣、協會的刊物如何在香港生存，書刊的審查跟保證金制度是否阻礙了香港文學的發展空間？如何評估一本雜誌 / 一齣戲劇 / 一本小說能有多大「影響」？或說 1948 年 5 月 4 日五四文藝節的活動，若能對照作家日記與當時報導就能看出歷史上的一日事件的不同觀察角度。

　　當然，對《文學史料卷》乃至於《香港文學大系》任何一卷求全責備都是不宜的，因為「大系」不是「全集」、「叢書」，而是有着類似「索引」的功能，引領有心的讀者舉一反三，即類求書。[3]

　　如果有讀者想直接了解香港文學書刊發展概況，建議先閱讀第

3　[宋]鄭樵《通志・校讎略》有〈求書之道有八論〉：「求書之道有八，一曰即類以求；二曰旁類以求；三曰因地以求；四曰因家以求；五曰求之公；六曰求之私；七曰因人以求；八曰因代以求。」文獻學者潘美月認為所謂「即類以求」，就是求之於專家。因為專家對於自己的研究範圍，比他人熟悉，同時收藏專門之書籍，亦較他人完備，向他訪求該類書籍，自較方便。編纂《香港文學大系》正是一向專家、公共圖書館與民間藏書家長期訪求的過程，讀者從《香港文學大系》自然可以按圖索驥，大大開拓對於香港文學的認識。

五輯中的簡又文〈香港的文藝界〉(1939)、陸丹林〈續談香港〔節錄〕〉(1939)、〈香港的文藝界〉(1940)、〈在香港辦刊物〉(1940)、〈一年來的香港文化事業〉(1941)、馮延〈南海的一角〉(1940)、蕭天〈香港文藝縱橫談〉(1940)、葉靈鳳〈談本港文化界的新組織〉(1939)等篇。

倘若這些文學史料文獻沒有人蒐集整理出版，我們勢必會離香港文學的「真實」樣貌越來越遠，「真實就這樣在不同時空、不同的文章裏閃現過幾次，有沒有人在乎？沒有人在乎，真實就這樣成了虛假。《中國學生周報》、《七〇年代雙週刊》、《盤古》、《大拇指》、《詩風》、《突破》、《素葉文學》等等幾代人前仆後繼創建的文化刊物停刊後了無痕跡，多少年了？香港反覆被稱甚至自稱為『文化沙漠』，彷彿樂此不疲，一切討論返回原點，甚麼都沒有發生。」[4]

宋人鄭樵《通志‧校讎略》：「學之不專者，為書之不明也；書之不明者，為類例之不分也。有專門之書，則有專門之學；有專門之學，則有世守之能。人守其學，學守其書，書守其類。人有存沒，而學不息；世有變故，而書不亡。」

幸好，還有一羣在乎香港文學的有心人推動、編輯、出版《香港文學大系 1919-1949》，誠心祝願《香港文學大系》再編二輯、三輯，讓越來越多人認識香港文學的豐富面貌。

4　陳智德：《地文誌：追憶香港地方與文學》(台北：聯經出版，2013 年)，頁 53。

界限的劃定與超越
——《文學史料卷》札記

馬輝洪　香港中文大學

　　《香港文學大系 1919–1949》（以下簡稱《香港文學大系》）是香港第一套文學大系，由陳國球任總主編、陳智德任副總主編，分為《新詩卷》（陳智德主編）、《散文卷一》（樊善標主編）、《散文卷二》（危令敦主編）、《小說卷一》（謝曉虹主編）、《小說卷二》（黃念欣主編）、《戲劇卷》（盧偉力主編）、《評論卷一》（陳國球主編）、《評論卷二》（林曼叔主編）、《舊體文學卷》（程中山主編）、《通俗文學卷》（黃仲鳴主編）、《兒童文學卷》（霍玉英主編）、《文學史料卷》（陳智德主編）共十二卷。《香港文學大系》大致依照趙家璧主編中國第一套《中國新文學大系》的體裁來編選作品，[1] 並以 1919 年至 1949

1　陳智德在《香港文學大系 1919–1949・文學史料卷》的〈導言〉中說：「對香港文學來說，特別把香港文學的整理放在《中國新文學大系》的體系脈絡當中，我們一方面依照《中國新文學大系》按體裁編選作品，並以 1919 至 1949 年為期，但亦考慮香港文學的歷史本質，因而上溯 1919 年以前的晚清時期⋯⋯」。陳智德〈導言〉，收入陳智德編《香港文學大系 1919–1949・文學史料卷》（香港：商務印書館，2016 年），頁 43。

年期間發表的作品為界限，不僅收錄新詩、小說、散文、戲劇四大文類和評論，[2] 而且超越了趙家璧劃定的體裁，增加了「舊體文學」、「通俗文學」、「兒童文學」三卷，既反映了《香港文學大系》兼收香港新舊體文學的編輯方針，亦突顯了通俗文學在香港的特殊位置，[3] 以及考慮到兒童文學在香港二十世紀三十年代萌發的歷史現實。[4]

　　《香港文學大系 1919-1949・文學史料卷》（以下簡稱《文學史料卷》）的編纂，亦有這種「劃界與越界」的情況。[5]《文學史料卷》主編陳智德是香港詩人、學者，長期關注、收集、整理、研究香港文學，出版了詩集《兩地集：1990-1994》（1994 年）、《單聲道》（2002 年）、《低保真》（2004 年）、《市場，去死吧》（2008 年），評論集《愔齋書話：香港文學札記》（2006 年）、《愔齋讀書錄》（2008 年）、《解體我城：香港文學 1950-2005》（2009 年）、《抗世詩話》（2009 年）、《地文誌：追憶香港地方與文學》（2013 年）等，還主編《三、四〇年代香港詩選》（2003 年）、《三、四〇年代香港新詩論集》（2004 年），另外合編詩文選集多種，著述豐富，兼具創作和研

2　趙家璧主編《中國新文學大系：1917-1927》分為《建設理論集》（胡適編選）、《文學論爭集》（鄭振鐸編選）、《小說一集》（茅盾編選）、《小說二集》（魯迅編選）、《小說三集》（鄭伯奇編選）、《散文一集》（周作人編選）、《散文二集》（郁達夫編選）、《詩集》（朱自清編選）、《戲劇集》（洪深編選）和《史料・索引》（阿英編選）共十卷。

3　《中國新文學大系》先後編了五輯（1917-1927、1927-1937、1937-1949、1949-1976 及 1976-2000），都沒有設立《通俗文學卷》。

4　《中國新文學大系》出版到第五輯（1976-2000）才設立《兒童文學卷》。

5　陳國球在《香港文學大系》的〈總序〉中以「劃界與越界」的觀念討論《香港文學大系》的時段界域，以及「香港文學」範圍的界劃。本文借用這個觀念討論《文學史料卷》的編纂情況，特此說明。

究經驗，對香港 1930、1940 年代的香港新詩素有研究，是主編《文學史料卷》的理想人選。陳智德主編《文學史料卷》的過程中，不忘回顧趙家璧主編《中國新文學大系》的目的、方法及意義，亦同時參考阿英在《中國新文學大系：史料‧索引》（以下簡稱《史料‧索引》）編纂的範圍和方法，但又不囿於前人之見。

阿英主編的《史料‧索引》是《中國新文學大系》中篇幅最大的分冊，[6] 1935 年 10 月付梓，1936 年 2 月出版。《史料‧索引》的出版距離 1915 年 9 月創刊的《青年雜誌》逾二十年，其間沒有一本較為完備的新文學史著作，[7] 阿英對此不無慨嘆地說：「在這雖是很短也是相當長的時間裏，很遺憾的，我們竟還不能有一部較好的《中國新文學史》。」[8] 阿英主編的《史料‧索引》收錄新文學第一個十年的史料，並無先例可援，需要自行摸索及劃定中國新文學史料的界線。《史料‧索引》正文前有阿英的〈序例〉，介紹編纂的原則和方法；正文內容大體而言可分為三部分：第一部分是總史，內收三篇同樣題為〈文學革命運動〉的文章，分別為周作人、胡適和陳子展三人的文章，是認識文學革命運動的緣起及經過的重要文獻；第二部分為「會社史料」、「作家小傳」、「史料特輯」、「創作總目」、

6　阿英（1900-1977）原名錢德富，另有筆名錢杏邨，為中國現代文學評論家、文學史家、作家、藏書家，對中國現代文學史料學的貢獻甚大。

7　第一本以新文學作為論述主體的著作為王哲甫的《中國新文學運動史》（北平：傑成印書局，1933 年），但阿英對此書的評價不高，直言它「是不能使人認為滿意的史書。」見阿英：〈序例〉，收入阿英編：《中國新文學大系：史料‧索引》（上海：良友圖書公司，1936 年），頁 1。

8　阿英：〈序例〉，收入阿英編：《中國新文學大系：史料‧索引》，頁 1。

「翻譯總目」、「雜誌總目」六輯，是新文學十年的主要史料；第三部分是索引，包括「中國人名索引」、「日本人名索引」、「外國人名索引」、「社團索引」四輯。學界對於阿英編纂《史料‧索引》的目的、方法及影響已多有論述，本文不擬贅述，有興趣的讀者自可找來文章細看。[9] 這裏只想指出，阿英編纂的《史料‧索引》堪稱為中國現代文學史料學的奠基之作，開拓了中國現代文學史料學作為一門獨立學科的理念、研究內容和方法，為日後的發展定下了基礎，影響既深且遠。阿英的《史料‧索引》為新文學蕪雜繁多的史料劃定界限、分門別類，其工程之浩大、工作之煩瑣可以想見，儘管《史料‧索引》的編纂略帶瑕疵，[10] 但瑕不掩瑜，無礙它在中國現代文學研究史上的重要價值和意義。

　　陳智德在《文學史料卷》的〈導言〉中開宗明義地指出文學史料的價值：「文學史的編撰，無論新舊古今，關鍵是史料、史識和史筆，其中最基本的無疑是史料……」[11] 面對卷帙浩繁、雜亂無章的文學史料，陳智德直言：「單單把所見資料集合在一起是沒有意

9　例如徐鵬緒、李廣：〈《中國新文學大系》的編選研究（下）——《史料‧索引》卷的編選〉，收入《〈中國新文學大系〉研究》（北京：社會科學文獻出版社，2007年），頁 71-83；葉燁：〈論阿英新文學史料編著的典範價值〉，《學術交流》第 169期（2008 年 4 月），頁 167-170；李江：〈論阿英的史料觀與中國新文學史料學〉，《西南民族大學學報（人文社科版）》第 33 卷第 3 期（2012 年），頁 173-176 等。

10　譬如在「創作總目」之下「專著」中的五類（文學史、文藝思潮、文學原理、批評研究及其他）著作大部分都不屬於新文學創作或研究，諸如中國古代文學史、外國文學史、文學理論等等，不應編入《史料‧索引》。

11　陳智德：〈導言〉，收入陳智德編：《香港文學大系 1919-1949‧文學史料卷》，頁 43。

義的」[12]，最重要的是「對史料的判斷、鑑別、整理，是史識的一部分。」[13] 因此，陳智德提出文學史料的整理應建基於文化需要和歷史意識兩個重要因素，並從書刊、人物、事件三方面來蒐集香港文學的史料，從而了解「香港過去有甚麼讓文學傳播的刊物，舊體文學和新文學在其間的演化、作者的生平資料以及他們與羣體和時代的關係，由文學作品發表所衍生的活動，以及作家回應時代的方式。」[14] 陳智德在《文學史料卷》建構香港文學歷史的觀念，是以書刊、人物、事件為主軸，並以三者之間的互動，以及與時代的關係，形塑香港自晚清至 1949 年之間的文學圖像。《文學史料卷》具體的編纂工作歷時一年半完成，全書分為「刊物史料」、「題記與序跋」、「書信與日記」、「作家史料」、「記錄與報道」五輯，共 173 種文獻，另有 12 種文獻只存篇目，各輯文獻分別按發表日期排序，呈現當時文學發展的進程和歷史推移的軌跡。從內容上來說，「刊物史料」、「題記與序跋」二輯以書刊為主體，選收重要的文藝報章、期刊和單行本史料，包括報刊的創刊詞、編後記、停刊詞，單行本的前言、後記，以此記錄書刊的文化理想、時代精神和歷史面貌；「書信與日記」、「作家史料」二輯以人物為主體，記錄作家的生活、感受和觀察，從中反映了作家與羣體的互動，以及與時代的關係；「記錄與報道」以事件為主體，通過記錄香港主要的文學團體、

12　陳智德：〈導言〉，收入陳智德編：《香港文學大系 1919-1949・文學史料卷》，頁 43。
13　同上注。
14　同上注，頁 43-44。

文學活動，反映香港獨特的政治和文化空間。陳智德在《文學史料卷》中以文化需要和歷史意識重新界定文學史料的價值和意義，並且以書刊、人物、事件為蒐集史料的對象，超越了前人編纂文學史料的實踐。

見證時代的歷史之書——
《評論卷一》與《文學史料卷》的參照閱讀

王鈺婷　國立清華大學

同安街 107 號，紀州庵，天橋旁林蔭深處，隱身在台北市區曲折巷弄內，曾是日治時期知名的料理亭，供日本商賈飲酒作樂之高級藝妓館；亦是小説家王文興年少居住地，《家變》中「異鄉人」范曄於此體認六〇年代「虛無」時代氛圍與精神衝突。紀州庵，此一歷史遺跡與文學地景，歷經火焚幾成廢墟，而今修復離屋，成為城南文藝空間的重心，周圍圍繞着爾雅、洪範、藍星詩社、余光中舊家、林海音故居。紀州庵的起落曲折，遙遙呼應歷史的興替，是夜，我和巾力、俐璇相約，穿越城南靜謐陰暗的一角，走進交錯在市井與遺址間的同安街，來到歷史悠遠的紀州庵，是為發現「文學香港」而來。

文學香港與文學紀州庵，頗為耐人尋味的牽繫。紀州庵，籠罩在層層恬遠的光暉裏，曾經見證改朝換代下歷史的失語，而今成為重拾文學記憶的現場；而「文學香港」的發現，也歷經漫長的尋索，八〇年代香港文學漸受重視，九〇年代盧瑋鑾教授、黃繼持教

授、鄭樹森教授致力於早期香港文學史料的整理，2009 年陳國球教授與同事陳智德教授邀集同道，正式開展「香港文學大系 1919-1949」的編纂計劃，直至 2016 年初完成十二卷出版。「香港文學大系 1919-1949」成為陳國球教授筆下拾落香港文化記憶的一項重要舉措，也是對「刻意遺忘」力量抗衡的歷史考掘。文學香港與文學紀州庵，在同樣充滿殖民與失憶的空間上，再現島與半島長久以來文化思維的窠臼，對照出台港文化政治生態的參照。

2016 年 2 月 19 日夜裏的紀州庵，「發現・文學香港——《香港文學大系》的收集與編彙」座談會，主講人為由香港連袂前來的《香港文學大系》總主編陳國球教授與副總主編陳智德教授，他們將與主持人須文蔚教授對談《香港文學大系》編纂的多元意涵。一踏上紀州庵優美日式樓閣的二樓，一羣關心香港文學的師友將紀州庵原本清淨的空間簇擁得極為熱絡，單德興教授、鄭文惠教授、楊宗翰教授、秀萍、宗潔、顏訥，由新竹北上的婉舜，與從海德堡大學返台進行田調的正維，加上巾力、俐璇與我，以及行程繁忙的封德屏總編也特地放下工作趕來，一起見證《香港文學大系》的豐收之夜。

在台灣對於香港文學的引介和研究工作，投注無數心力的須文蔚教授首先引言，他幽默宏觀的說話涵養，軟化了學術場合嚴肅的氣氛，點出了使命感強烈的陳國球教授和陳智德教授編纂《香港文學大系》背後的備嘗艱辛，繼而指出《香港文學大系》在保存文學史料與建構本土傳承的重要意義。其後陳國球教授和陳智德教授分別就《香港文學大系・評論卷一》和《香港文學大系・文學史料卷》

的編纂觀念、編纂體例，以迄香港文學傳播風貌與引領讀者觀看的視野，發抒深廣幽憤的情懷，此一情懷襯納着紀州庵影影綽綽的敘述背景，構成文學香港的迷魅感傷，使得閱讀《香港文學大系·評論卷一》和《香港文學大系·文學史料卷》更產生某些參照對比的意義。

文心幽微，所為何事之慨？而其間深切寓意，更與何人說？《香港文學大系·評論卷一》和《香港文學大系·文學史料卷》的編纂，本為考掘香港文學的過去而為，視為先鋒的文學評論所具備「現世」的文化政治意涵，以及文學史編纂最關鍵的史料，從時間的長河頻頻回望，其間所顯露的歷史感懷，是陳國球教授所言的「春秋之義」：「『評論』作為一種文學活動，更需要深入文字宇宙，游走於不同主體之間的精神領域；再加上時代又賦予淑世的責任，其間春秋之義特別容易彰顯。」[1] 也是陳智德教授所謂對於「文學內部和外部因素造成歷史斷裂」的超越：「以史料作為理念的證言，也修補斷裂、抗衡反制、超越焦慮」[2] 然而在龐雜細瑣的原始文獻中，如何以評論彰顯春秋之義？如何以史料修補斷裂？以呈現出記憶「文學香港」的歷史銘刻，必得有賴於陳國球教授所揭示的「歷史眼光」，以及陳智德教授所彰顯的「史識」，以「歷史眼光」召喚記憶、編錄時間，以「史識」抗衡遺忘、鈎沉歷史，閃耀其間的歷史意識，

1　陳國球：〈導言〉，《香港文學大系·評論卷一》（香港：商務印書館，2016 年 2 月），頁 48。

2　陳智德：〈導言〉，《香港文學大系·文學史料卷》（香港：商務印書館，2016 年 2 月），頁 46。

其中所牽動出文學史意義，亦是史家苦心孤詣之所在。

　　《香港文學大系‧評論卷一》和《香港文學大系‧文學史料卷》的編纂，依照陳國球教授在〈總序〉中對於「文學大系」的回顧與省思，參照《中國新文學大系》體例編選作品，並以香港文學發展體系脈絡為主軸，以 1919 年至 1949 年為期，這兩部書所勾勒的初步史觀，一方面對香港早期文學發展有較為整體系統的了解，一方面也呈現出香港文學史論述的對話性，特別是與中國大陸、台灣、南洋與其他華語系之間的交流與影響。

　　《香港文學大系》以 1919 年為始，主要是對於香港文學此一概念的追尋，以回溯早期香港文學的發展歷程，並梳理香港與五四新文化運動之間的關係，以回應香港文學與中國現代文學的關係。對於西方理論涉獵廣泛的陳國球教授特別在《香港文學大系‧評論卷一》舉出二、三〇年代香港評論家引進達達主義、無政府主義、女性主義、表現主義所展現出香港文化的前瞻性，其中選錄葉觀棪在 1928 年於《香港大學雜誌》所發表與達達派有關的文論，葉觀棪引述達達派的主要概念，也窺測此一文學思潮所具有革新意義，提出達達派符合民眾文學急迫的要求，也與文學革命和時下的革命文學精神相互掩映，陳國球教授以陳思和教授所論「五四文學的先鋒性」來為葉觀棪的文論定錨。此外，《香港文學大系‧評論卷一》作為一部從香港本地觀點所編纂的文學大系，也隱含以香港為主要論述位置的史敘角度，從此一角度來看，香港思維所帶動的五四史觀是與歷史與政治、主體與殖民的關聯層層掺疊、交相指涉，在早期英國殖民霸權下傳統文化的護衛也可視為抵殖的重要象徵，相較於中

國文壇以白話文學與新文化為發展方向，在香港卻是新舊文化同列，在《香港文學大系・評論卷一》第一輯中陳國球教授以「文壇新與舊」區分文章的類別，輯入羅澧銘的〈新舊文學之研究和批評〉與觀微的〈學者演講〉，都寄託在香港此一殖民地空間文化人對於「新舊同和」的慧見。

專治香港文學史料的陳智德教授，在其所編纂《香港文學大系・文學史料卷》，也以香港為視角，眺瞰香港文學發展的歷程，亦有強烈的文學史意識。陳智德教授在編纂《香港文學大系・文學史料卷》時考慮到香港文學的歷史特質，因而上溯 1919 年以前的晚清時期，《香港文學大系・文學史料卷》頗值得關注之處在於對於晚清香港文學生態的史料輯錄，以及藉由這些輯錄所帶出對於當時香港文化的總體評價，本書呈現出晚清文人在香港創辦報刊，如《中外小說林》、《新小說叢》、《小說星期刊》所提出的維新思想，乃是建構於史家所觀察出香港與當時中國內地相較相對自由文化所催生的香港文學特質。《香港文學大系・文學史料卷》在陳智德教授所選取的 173 種文獻，以「刊物史料」、「題記與序跋」、「書信與日記」、「作家史料」、「記錄與報道」五輯，分別形塑出由書刊、人物、事件三者所構成的歷史全貌，歷時性呈現史料援引的脈絡，一則顯現出香港文學的史觀與歷史承續，一則顯現出「脈絡化」與「歷史化」是史料闡釋所不可忽視的重要面向。然而，早期香港文學究竟傳承了甚麼樣的傳統，書寫了甚麼樣的歷史經驗？這往往需要史家透過篩選龐雜的史料來定義。《香港文學大系・文學史料卷》讓我們看到在戰前香港文學歷史流程中頗為完整的歷史敘述，包括

1919 年五四運動開展後二〇年代香港新舊文化並存夾雜的局面；二〇年代至三〇年代中期活躍於香港的青年作者自資創辦多份文藝刊物；1937 年抗戰爆發至 1941 年香港是抗戰宣傳的文化空間，且成為戰時報刊的中轉站；香港日佔時期作家在和平文藝以外的自表心跡；戰後初期至 1949 年另一段香港左翼文化思潮史的勃興。

《香港文學大系》在想像香港的過去與立足於文學的當代，也展現出香港與更廣大的華語語系文化生產場域之間複雜對應，呈現出「文學香港」的對話性。《香港文學大系・評論卷一》中，陳國球教授特別舉出出生於吉隆坡，後來成為中共與馬共黨員的戴隱郎，具有詩人與畫家的多重身份，他三〇年代短暫停留在香港和劉火子、李育中合編出版《今日詩歌》，在《香港文學大系・評論卷一》所輯錄的〈論象徵主義詩歌〉，表面上是象徵主義文學思潮的評述，然而深具左翼思想與現實主義傾向的戴隱郎，從象徵主義詩歌所思考的關鍵是「前路」，特別是「面對於象徵主義詩歌的前路是否樂觀底問題，也只有待決於目前中國的社會前路」[3]，身為英屬殖民地下南洋華僑戴隱郎對於象徵主義文學思潮的批判，某種程度上來說，也是他個人的離散書寫，寄託深切的民族主義信念。陳國球教授以戴隱郎為個案，分析一個在二十世紀前半葉東亞跨界流動的知識分子，曾以香港作為文學思潮流轉的場域，其中「文學香港」的視野也有助於我們理解此一典型知識分子的身份、認同的困境與掙扎，而香港的特殊性也展現在香港成為左翼文人在廣大東亞流徙，並聯

3　戴隱郎：〈論象徵主義詩歌〉，陳國球主編：《香港文學大系・評論卷一》，頁 272。

繫中國大陸、南洋、台灣等一個重要的文學平台。

　　「文學香港」也牽動着香港文學文化身份的複雜性，香港因其移民城市與殖民地的混雜背景，也使得香港文化身份的尋求，具有難以單向歸屬的意義指向，在台灣學界比較熟知的是六十年代中期後香港本土成長的作家崛起，如西西、也斯其作品夾雜對於香港、現實與自身位置的思索，以探索香港文化身份的可能。歷經百年殖民與歷史錯置的香港，在中英權力敘事中，始終處於邊緣的位置，在《香港文學大系‧評論卷一》中陳國球教授也從二、三〇年代香港文壇評論道出歷史香港的曲折難言，別具啟示。《香港文學大系‧評論卷一》中，陳國球教授引述三〇年代在廣州與香港活躍的左翼文人石辟瀾的香港文壇「畸形」說，石辟瀾討論香港文化和風花雪月的關係，此一引申意義的「畸形」是針對香港的「商業性」與「不純粹性」而發，在陳國球教授詮釋下以不同位置對於「他異性」（alterity）的解讀來思考「百年來香港文化空間的模態與演化之跡」，一則「能夠深入當時所謂『新』與『舊』、『本地』與『外江』等矛盾衝突與協商互動之間的微妙關係」[4]，一則體認到香港文學在探索過程所顯出的生命力：「香港的華人就在企圖『認同』與體認『他異』（otherness）之間，不斷探求身份的定位」[5]，陳國球教授回溯香港歷史，從歷史文化的多元向度，呈現在香港此一混雜空間對於香港文化身份的另一重思考，其中所指陳「文學香港」在體認「他異」與

4　陳國球：〈導言〉，《香港文學大系‧評論卷一》，頁54。
5　同上注。

企盼「認同」之間往復游移，也凸顯香港文化身份在意義生產和文化交涉的多重張力。香港文化身份的混雜與游動，實也描繪出香港文學的特殊性，並從香港「邊緣性」位置突圍、反思後所提供文化身份異質性的思索動能，也寄託陳國球教授對於香港文化能動性的堅持。

當代思想家巴巴（Homi Bhabha）曾指出認同建構是一種「將摺疊事物解開的敘述」（narratives of unfolding），對於這些摺疊事物陳智德教授以「被遺忘的時代理想」[6]傳達最深切的感喟，這些被時間洪流所掩沒的時代理想和淑世理念，一一被解開，重新展開的是百年來香港文化人精神史與心靈圖像，文學如何開啟救贖？如何見證時代？如何安頓己身？在《香港文學大系‧文學史料卷》陳智德教授重新展開時間摺皺中的早期香港文學源流，在《香港文學大系‧評論卷一》陳國球教授所揭示的是百年來香港文化空間的思索，與香港文學文化身份的歷史曲折，這兩部歷史之書也將是獻給香港人見證由過去走向未來最珍貴的禮物。

<hr />

6　　陳智德：〈導言〉，《香港文學大系‧文學史料卷》，頁 62。